葉靈鳳 著 ●

讀書——隨筆（三）

責任編輯	劉汝沁　許正旺
封面設計	陳德峰
版式設計	吳冠曼

●
●
●

書　　名	讀書隨筆（三集）
著　　者	葉靈鳳
出　　版	三聯書店（香港）有限公司
	香港北角英皇道 499 號北角工業大廈 20 樓
	Joint Publishing (H.K.) Co., Ltd.
	20/F., North Point Industrial Building,
	499 King's Road, North Point, Hong Kong
香港發行	香港聯合書刊物流有限公司
	香港新界荃灣德士古道 220-248 號 16 樓
印　　刷	美雅印刷製本有限公司
	香港九龍觀塘榮業街 6 號 4 樓 A 室
版　　次	2019 年 5 月香港第一版第一次印刷
	2021 年 8 月香港第一版第二次印刷
規　　格	大 32 開（140mm × 200mm）340 面
國際書號	ISBN 978-962-04-4236-0
	© 2019 Joint Publishing (H.K.) Co., Ltd.
	Published & Printed in Hong Kong

三聯書店網址：
www.jointpublishing.com

Facebook 搜尋：
三聯書店 Joint Publishing

WeChat 帳號：
jointpublishinghk

葉靈鳳

(1905—1975)

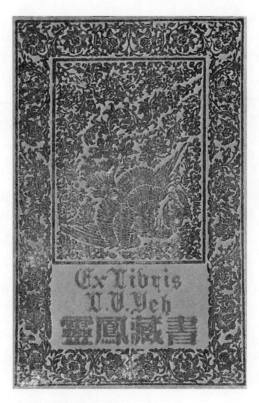

葉靈鳳自製藏書票

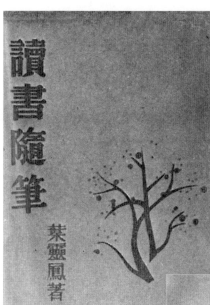

《讀書隨筆》

上海雜誌公司出版

一九四六年・上海

《文藝隨筆》

南苑書屋出版

一九六三年・香港

《晚晴雜記》

上海書局出版
一九七一年 · 香港

《北窗讀書錄》
上海書局出版
一九六九年 · 香港

出版說明

　　葉靈鳳先生是著名作家、畫家、藏書家，其後半生都在香港度過，與香港關係密切。時值近年葉氏在香港歷史及文學史中的地位日漸受到重視，有關研究方興未艾，本書之出版甚具意義。

　　本書一至三集，由羅孚先生所編，一九八八年由北京生活‧讀書‧新知三聯書店出版。當中所介紹的名著名畫涵蓋古今中外，側重文學及美術，文字淺近易懂，筆觸沖淡，娓娓道出賞讀書畫之樂，兼具知識性與趣味性，更流露葉氏對讀書、文藝、生活和家國的愛。

　　本版保留了一九八八年版之編排方式，本集收錄文集《晚晴雜記》和報章專欄"香港書錄"、"書魚閒話"的文章，另附一部譯文，合共七十九篇。

　　本版又對一九八八年版中的錯漏予以訂正，涉及同一人名或作品名使用多於一種譯名者，若含有現今通譯寫法，本書選用通譯寫法；若不包含通譯，則選用首次出現的寫法，在三集中予以統一。為進一步便於讀者閱讀，每集書末分別附譯名對照表，收錄該集中出現的外國人名、外國作品名與現行通譯有別者，按收字筆畫升序排列，以茲讀者參考。

本書三集可與我們即將出版的《葉靈鳳日記》並讀，有助讀者更全面認識和了解葉氏的藏書、讀書嗜好，豐富的學識修養和藝術品味。

三聯書店（香港）有限公司

出版部

二〇一九年四月

讀 書 隨 筆

一　集

前記（絲韋）

序一：鳳兮，鳳兮（沈慰）

序二：葉靈鳳的後半生（宗蘭）

*

讀書隨筆（四十六篇）

文藝隨筆（三十篇）

北窗讀書錄（三十五篇）

二　集

霜紅室隨筆（一百六十四篇）

三　集

晚晴雜記（二十四篇）

香港書錄（三十二篇）

書魚閒話（十五篇）

譯文附錄（八篇）

三集目錄

晚晴雜記

我的讀書.................................2

寫文章的習慣和時間.....................4

我的藏書的長成.........................6

讀少作.................................8

舊作..................................10

今年的讀書願望.........................12

《A11》的故事..........................14

記《洪水》和創造社出版部的誕生.........16

讀鄭伯奇先生的〈憶創造社〉.............26

胡適與我們的《小物件》.................28

郁氏兄弟................................30

達夫先生二三事.........................32

達夫先生的身後是非.....................34

書店街之憶.............................36

敬隱漁與羅曼羅蘭的一封信...............38

"丸善"和〈萬引〉......................40

關於麥綏萊勒的木刻故事集..................42

從一幅畫像想起的事 44

原稿紙的掌故 47

關於寫作的老話 49

金祖同與中國書店 51

郭老歸國瑣憶 53

《六十年的變遷》所描寫的一幕 55

關於內山完造 57

香 港 書 錄

香港書志學..................62

《中國書目提要》和香港..................65

《香港的誕生、童年和成年》..................71

《香港的序曲》..................73

《東印度公司對華貿易編年史》裡的香港 75

《復仇神號航程及作戰史》..................80

《鴉片快船》..................83

十九世紀《泰晤士報》的香港通信 85

《在中國的歐洲》..................89

《芬芳的港》..................94

《一個東方的轉口港》..................96

英格雷姆斯的《香港》..................98

安德科的《香港史》..................101

《香港歷史教材》．．．．．．．．．．．．．．．．．．．．．103

《香港歷史與統計摘要》．．．．．．．．．．．．．．．．105

《香港之初期發展》．．．．．．．．．．．．．．．．．．．107

《早年香港人物略傳》．．．．．．．．．．．．．．．．．109

"洋大人"的回憶錄．．．．．．．．．．．．．．．．．．111

《香港淪陷記》．．．．．．．．．．．．．．．．．．．．．113

《勇敢的白旗》．．．．．．．．．．．．．．．．．．．．．115

香港殖民地的標誌．．．．．．．．．．．．．．．．．．．116

《香港的三合會》．．．．．．．．．．．．．．．．．．．119

《香港植物志》．．．．．．．．．．．．．．．．．．．．．121

《香港的樹》．．．．．．．．．．．．．．．．．．．．．．125

《香港的鳥》．．．．．．．．．．．．．．．．．．．．．．127

《香港蝴蝶》圖譜．．．．．．．．．．．．．．．．．．．129

《香港的海洋魚類》．．．．．．．．．．．．．．．．．．131

《香港食用魚類圖志》．．．．．．．．．．．．．．．．132

《香港的郊野》．．．．．．．．．．．．．．．．．．．．．134

《香港漫遊》．．．．．．．．．．．．．．．．．．．．．．136

《新安縣志》和香港．．．．．．．．．．．．．．．．．．138

關於《澳門紀略》．．．．．．．．．．．．．．．．．．．145

書 魚 閒 話

書籍式樣的進化．．．．．．．．．．．．．．．．．．．．150

中國雕版始源．．．．．．．．．．．．．．．．．．．．．．153

中西愛書趣味之異同 160

讀書與版本 169

藏書印的風趣 171

借書與不借書 180

借書與癡 188

書齋之成長 191

《書齋隨步》 195

《紙魚繁昌記》 197

愛書家的小說 199

蠹魚和書的敵人 201

脈望 204

焚毀、銷毀和遺失的原稿 206

梵諦岡的《禁書索引》 212

譯 文 附 錄

〈書的禮讚〉斯諦芬・支魏格 224

〈書的敵人〉威廉・布列地斯 229

〈愛書狂的病徵〉湯麥斯・弗洛奈爾・狄布丁 269

〈有名的藏書家〉歐文・布洛溫 275

〈書的護持和糟踏〉赫利・亞爾地斯 281

〈不能忘記的損失〉克里浦・鮑台爾 287

〈贋造的藝術〉芬桑・史塔勒特 296

〈人皮裝幀〉荷爾布洛克・傑克遜 315

附錄：三集譯名對照表（筆畫序）............322

圖版（選自比亞斯萊作品）：

阿波羅追襲達夫妮 1

《伏生詩集》封面 61

《伏波尼》封面 149

《薩伏埃》扉頁 223

晚 晴 雜 記

我的讀書

　　我的讀書，這就是說，除了學校的課本以外，自己私下看書，所看的又不是現在所說的"課外讀物"，而是當時所說的閒書。據自己的記憶所及，是從兩本書開始的。這兩本書的性質可說全然不同。一本是《新青年》，是叔父從上海寄來給我大哥看的；一本是周瘦鵑等人編的《香豔叢話》，是父親買來自己看的。這兩本書都給我拿來看了。

　　這是一九一六年前後的事情，家住在江西九江。我那時只有十一二歲，事實上對於這兩種書都不大看得懂，至少是不能完全理解。但是至今還記得這些事情的原因，乃是到底也留下了一點難忘的印象。一是從那一期的《新青年》上，讀到了魯迅的〈狂人日記〉，自己讀了似懂非懂，總覺得那個人所想的十分古怪，留下了很深刻的印象。

　　另一難忘的印象是《香豔叢話》留下來的，這是詩話筆記的選錄。其中有一則說是有畫師畫了一幅《半截美人圖》，請人題詩，有人題云："不是丹青無完筆，寫到纖腰已斷魂。"現在想來，這兩句詩並不怎樣高明，而且當時自然還不會十分明白為什麼要"寫到纖腰已斷魂"。可是，不知怎樣，對這兩句詩好像十分賞識，竟一直記着不曾忘記。

就是這兩本書，給我打開了讀書的門徑，而且後來一直就採取"雙管齊下"的辦法，這樣同時讀着兩種不同的書，彷彿像靄理斯所說的那樣，有一位聖者和一個叛徒同時活在自己心中，一面讀着"正經"書，一面也在讀着"不正經"的書。

　　這傾向可說直到現在還在維持着，因為我至今仍有讀"雜書"的嗜好。愈是冷僻古怪的書，愈想找來一讀為快。若是見到有人的文章裡所引用的書，是自己所不曾讀過的，總想找了來翻一翻，因此，書愈讀愈雜。這種傾向，彷彿從當年一開始讀書就注定了似的，實在很有趣。

　　父親的手上沒有什麼書，我有機會讀到更多的書，是到了崑山進高等小學的時期。住在叔父家裡，這就是寄《新青年》給我大哥的那位三叔，我在那裡讀到了《吟邊燕語》、《巴黎茶花女遺事》一類的小說，也讀到了"南社叢刊"。學校裡也有一個小小的圖書室，使我有機會讀到了一些通俗的名人傳記。書籍世界的大門，漸漸的被我自己摸索到，終於能夠走進去了。

寫文章的習慣和時間

　　蓬子有這樣一個故事：有一時期，他很苦悶，又很窮，又很懶散，整天的東跑西跑，好像很忙，什麼事情都不能做。這就是魯迅先生《贈姚蓬子》詩裡所說的"可憐蓬子非天子，逃來逃去吸北風"的時代。我們勸他多寫一點文章，他總是說心情不好，又說環境不好，不能執筆。

　　有一天，難得他認為心情好了，那時他住在北四川路一家人家的亭子間裡，時間正是夏天。他在傍晚時候，洗完了澡，坐在向北的窗下，攤開了稿紙，坐下來說是要寫創作了。哪知環境太好了，拂着北窗的涼風，通體舒適，很快就伏在桌上呼呼大睡起來了。後來有朋友去看他，發現稿紙已經吹滿了一地，他伏在桌上未醒，結果，自然仍是一個字也不曾寫成。

　　我從前曾有要在燈下寫文章的習慣，可是這習慣早已無法守得住了。最近我時常在自己的文章裡提到在深夜還執筆未停的話，並非我仍在維持要在燈下寫作的習慣，而是這枝筆在白天裡就早已在動着了，一直寫到夜裡還未曾寫完該寫的一切，只好繼續寫下去，根本不是習慣不習慣的問題了。

　　對於寫作習慣，我自己倒另有過一點別的鬥爭，那就是抽煙的問題。不知怎樣，在好多年以前，對於"寫文章的人一定要抽煙"這條"定理",忽然想表示反抗,決定怎樣也不抽煙,文章卻一定要寫。結果,幾十年以來,這一場鬥爭總算不曾敗下陣來。因此,現在每逢有新見面的朋友驚異的向我問:"哦,你寫文章居然不抽煙?"我就會十分得意的回答,"見笑見笑,所以文章寫不好!"

不過,我們雖然不必一定要提倡在晚上讀書、在燈下寫作,但是,在燈下寫作或是讀書,會特別專心和興致好,卻是不能否認的事實。無論在怎樣的季節,無論在怎樣的環境下,夜深人靜,自己一人坐在燈下翻翻書,寫一點自己想寫的東西,這是工作,同時可說也是一種享受。這種心境澄澈的享受,在白晝是很難獲得到的。

說到底,我自己仍是喜歡在夜晚寫作和讀書的,只是有時由於白天的工作做不完,一直要伸延到夜晚來做,遂連這一點享受也被取消了。

我的藏書的長成

　　我在上海抗戰淪陷期中所失散的那一批藏書，其中雖然並沒有什麼特別珍貴的書，可是數量卻不少，在萬冊以上。而且都是我在二十歲到三十歲之間，自己由編輯費和版稅所得，傾囊購積起來的，所以一旦喪失，實在不容易置之度外。在抗戰期中，也曾時時想念到自己留在上海的這一批藏書，準備戰事結束後就要趕回上海去整理。不料後來得到消息，說在淪陷期間就已經失散了，因此意冷心灰，連回去看看的興致都沒有了。

　　我的那一批藏書，大部分是西書，購置發展的過程，其中的甘苦，真是只有我自己才知道。最初的胚芽，是郁達夫先生給了我幾冊，都是英國小說和散文。他看過了就隨手塞給我：「這寫得很好，你拿去看看。」還有則是張聞天先生也給過我幾冊，大都是王爾德的作品。當時我住在民厚南里，還是美術學校的學生。他也住在同一弄堂裡，任職中華書局編輯所。因為我從達夫先生處認識了他的弟弟健爾，時常一起到他那裡去玩，他知道我在學美術、又喜歡文藝，那時他好像正在譯着王爾德的《獄中記》，便送了幾冊小品集和童話集給我。我最初讀王爾德的《幸福王子》，就是從這些選集上讀到的。

　　我那時窮得很厲害，從當年的哈同花園附近到西門斜橋去上課，往來都是步行，有時連中午的一碗陽春麵的錢也要欠一欠。但是這時卻已經有了跑舊書店的習慣。當時每天往來要經過那一條長長的福煦路，在一條路口附近有一家舊貨店，時時有整捆的西書堆在店門口出售。我記得曾經用一毛錢兩毛錢的代價，從那裡買到了美國詩人惠特曼的《草葉集》、英國畫家詩人羅賽蒂的詩集，使我歡喜得簡直是"廢寢忘食"。

我的那一批藏書，就是從這樣的胚芽來開始，逐漸發展長成起來的。一直到參加《洪水》編輯部的時期，我幾乎每月仍沒有什麼固定的收入，因此，仍沒有能力可以買較多或是較貴的書。所幸的是那時的舊書實在價廉物美，只要你懂得挑選，往往意外的可以買到好書，因此，無意中倒也買到了好一些很難得的書，即使富有如詩人邵洵美，見了也忍不住要羨慕。

後來到了自己編輯《幻洲》，又出版了單行本，有編輯費和稿費版稅可拿，這才可以放開手來買，於是我的書架上的書，很快的就成為朋友們談論和羨慕的對象了。

讀少作

　　偶然在一家書店裡見到有一部《現代中國小說選》，編輯
人是趙景深和孫席珍，出版年月卻是一九六〇年九月，裡面所
選的幾十篇短篇小說全是一九三〇年以前的東西。這顯得有點
不倫不類，看來若不是利用別人家的舊紙版，便是根據舊書來
翻印的。

　　翻了一翻，赫然也有自己的一篇〈曇花庵的春風〉在內。
記得這是發表在《洪水》半月刊創刊號上的，《洪水》是在
一九二五年秋天創刊的，這已是將近四十年前的舊作了，連忙
買了一部回來。

　　回來查閱了一下《中國現代出版史料》，知道《洪水》是
在一九二五年九月創刊的，而我的那篇〈曇花庵的春風〉，卻
是在一九二五年七月所寫。一九二五年，我那時還是個二十歲
的少年。因此，這篇東西不僅是我的舊作，簡直是我的少作
了。雖然比這更早，在一九二四、一九二三年，我已在學習新
文藝的寫作了。

　　我是從學習寫抒情小品文開始的。我的“老師”是當時新
出版的冰心女士的那本《繁星》。當時我還在一個教會中學校
裡唸書，附近有一家隸屬同一教會的女學校，她們在聖誕節招

待我們去看戲。我正讀了《繁星》，被那種婉約的文體和輕淡的哀愁氣氛所迷住了，回來後便模仿她的體裁寫了兩篇散文，描寫那天晚上看戲的"情調"。寫成後深得幾個愛好新文藝的同學的讚賞，我自己當然也很滿意，後來還抄了一份寄給那位女主角，可惜不曾得到什麼反應，但是，從此我便對新文藝的寫作熱心起來了。

去年，冰心女士經過香港，我將這件事情告訴了她，稱她為老師，她聽了大笑，說是再也想不到還有我這樣的一個學生。其實，她的小品散文確是值得青年文藝愛好者去研究學習的。直到今天，我仍是《繁星》和《寄小讀者》的愛讀者。

我沒有勇氣讀我自己的〈曇花庵的春風〉，只是翻了一翻，便連忙去看目錄，發現還有倪貽德的〈零落〉、周全平的〈守舊的農人〉，內容好像自己都不曾看過，也不知道他們都是發表在什麼地方的，看來可能是在《創造日》上發表的。這是當時上海《中華新報》的一個副刊，一九二三年九月間創刊的，出了一百天便停刊了，可說是最早的純文藝副刊之一。

小說選裡還選了羅皚嵐的一篇〈來客〉。這個名字，現在知道的人大約已經很少了，他是我們的《幻洲》半月刊經常寄稿者之一，用"山風大郎"的筆名寫過許多很好的雜文，當時還是清華的學生。

舊作

　　整理抽屜，拿出了幾本自己的舊作，在燈下讀了起來。我自己本來早已沒有這些東西存留在手邊了，只是近年有些好心的朋友，偶然在舊書店裡或是自己的書架上發現了，總是很熱心的拿來送給我，於是有些我自己幾乎已經忘記了自己曾經寫過的東西，現在又使我再有機會見到了。這些東西往往使我讀了忍不住要臉紅，或是低微的歎息一聲，然後就隨手擱到抽屜裡，不想隨便使別人見到。

　　就這樣，一隻抽屜幾乎要塞滿了。

　　今夜整理抽屜，在燈下信手將其中的幾冊翻了一下。從記在稿末的年月看來，最早發表的幾篇小品和創作，都是寫在一九二五年的。當然還有比這更早的，不過不曾在正式的刊物上發表過，或是發表後不曾收在集子裡，現在當然更是記不起了。

　　僅就現在所見到的這幾篇的寫作年月算一算，已經都是三十多年、將近四十年前寫的東西了。自己讀了一遍，有些還認得出是自己所寫的東西；有些簡直想不起這是自己所寫的了。這種生疏，簡直較之一時想不起一個多年不見的老朋友更甚。若是有人將這些舊作抄一遍拿給我看，說是別人的東西，我可能會完全信以為真的。

三十多年，這該是多麼悠久的歲月，多麼漫長的一條路了。可是，今夜在燈下回想一下，這些歲月過得又多麼容易、多麼快，甚至多麼糊塗。有幾篇東西好像還是昨天才寫成的，有些事情好像還是昨天才發生的，可是它們已經成了歷史，在時間上已經是永不會再翻回來的一頁歷史了。

有些願望，至今仍是一個未能完成的願望；有一些夢，至今仍在我的憧憬之中；只是有些年輕時代的眼淚和歡笑，現在已經給歲月的塵埃所掩蓋，若不是特地去撥弄一下，一時就不再那麼容易打動我的心了。

今夜的情形就有點如此。在燈下讀着這些舊作，有些使我臉紅，有些使我微笑，也有些使我驕傲，但更多的是使我感慨。有多少值得好好珍惜的感情，有多少值得細細去體會的經驗，都是那麼漫不經心的被我糟踏和浪費了。

但是我卻從不懊悔。這也許正是我至今仍在走着這一條路，仍在凌晨六時，在燈下寫着這一篇小文的原因。

窗外的天色已經魚肚白了，桃樹上已經有小雀在叫，辛勤的年輕人該已經起床了吧，但我仍在這麼一面向前走，一面讀着自己的舊作。

今年的讀書願望

又是一年了。在這一九六三年的新年開始，照例有一點願望，我也不能免此。

我的願望，與其說是新的願望，不如說是舊的願望。因為這些都是我平日的願望，蓄之已久，可是一直未能兌現。現在趁這新年的開始，特地再提出來，向自己鞭策一下。

我的願望是：今年要少寫多讀。如果做不到，那麼，就應該多讀多寫。萬萬不能只寫不讀。

近來對於書的飢渴，真是愈來愈迫切了。有一些書，自己立志要好好的讀一下，拿了出來放在案頭，總是咫尺天涯，沒有機會能夠將它們打開來。僅有的一點時間，往往給翻閱臨時要用的書，或是自己根本不想看的書，完全霸佔去了。結果，那幾本書便被壓到底下，始終不曾讀得成。

隔了一些時候，偶然又因了一點別的感觸，又想到別的幾本應該看看的書，又拿來放在手邊。結果仍是一樣，又給一些本來不想看的書佔去了時間，不曾讀得成。

日子一久，這些想讀而未讀的書，在我的書案上愈積愈高，結果只有一搬了事，騰出地方來容納新的夢想。我的讀書願望便是這樣蹉跎復蹉跎，一天又一天的拖過去了。

這就是我在今天這個日子，重新再向自己提出這個願望的原因。我固然願望世界和平、國泰民安，願親戚朋友和讀者們幸福快樂，但我同時也願望能夠充實自己。如果無法不多寫，那麼，至少也該多讀，萬不能只寫不讀。

有一時期，我曾經讀書讀得很多，一天要同時讀幾本書。讀了歷史或學術性的著作之後，接着就改讀小說或是筆記，用來調劑口味。許多較枯燥、卷帙很繁重的書，都是在這樣的情況下順利的讀完了。可是這樣的讀書生活，現在回想起來，彷彿已是夢境。《戰爭與和平》、《約翰·克里斯多夫》，幾部較大的文化史、美術史，還有文明書局的筆記小說五百種，都是在這樣情況下讀完的。可是現在呢，我想讀一讀幾種不同的比亞斯萊的傳記，多次都未能如願。我決定暫時不將這一疊書從我的桌上搬開，以便考驗自己是否有毅力能執行在這新年開始重新提出來的讀書願望：

今年要少寫多讀，或者多寫多讀，萬萬不能只寫不讀。

《Ａ11》的故事

　　《Ａ11》是當年創造社出版部刊載新書消息的一個小刊物，八開四面。這個有點古怪的刊物名稱的由來，是因為當時出版部是開設在上海閘北寶山路三德里 Ａ 十一號的，因此，就採用了這個門牌號數作刊物名稱。

　　提議出版這個刊物，以及對這件工作最熱心，並且實際負編輯責任的，是潘漢年。他那時也是出版部的小夥計之一，負責刊物訂戶的工作，同許多讀者聯絡得很好，因此，感覺到有出版這樣一個刊物的需要，所以一直對這件工作非常熱心。

　　這是三十年代的事情。那時新文藝出版事業正在開始，即使在上海，專門出版新文藝書籍的新書店還很少，更沒有"出版消息"這一類的半宣傳小刊物出版。不像後來那樣，多數較具規模的書店，都有自己編印的宣傳刊物，按期報導本版新書消息，分贈讀者。因此《Ａ11》出版後，頗受讀者歡迎。

　　這個小刊物是非賣品，最初好像是個半月刊。到門市部來買書的人，可以隨手拿一份。若是外埠讀者，只要寄了郵費來，就可以按期寄奉。第一期印了二千份，就這麼一銷而空。

　　《Ａ11》的內容，並非是純粹的新書消息，它還刊載一些短小精悍的雜文，以及讀者的來信，因此，很快就變成了一個正式的小刊物。這正是它受到讀者歡迎的原因。

除此之外，當時創造社幾位巨頭的通信，以及他們譯作的片段，也偶爾會出現在上面，但主要的還是那些《語絲》式的雜文，以及潑婦罵街式的社會短評，這些都是出自潘漢年的手筆。北方的胡適、劉半農，還有當時正在受人注意的張競生，都是經常被攻擊的對象。

當時上海出版刊物，是不必登記備案，更無須送檢查的。然而這並不是說就沒有人在暗中注意。因此這個小刊物就由於鋒芒太露，很快就被人認為是另有背景的，在“黑名單”上有了名字。有些外埠讀者開始寫信來說郵寄收不到，有些在校的學生為了看這個小刊物發生麻煩。

一九二六年八月間，創造社出版部被上海警察廳下令查封，這個小刊物也成了罪狀之一。

啟封後，《A11》就不曾再繼續出版，但它後來又以另一面目與讀者相見，成了一個正式的刊物，那就是在光華書局出版的《幻洲》半月刊。

記《洪水》和創造社出版部的誕生

　　創造社出版部在上海開始籌備，是一九二六年的事。招股籌備期間的辦事處，設在南市阜民路周全平的家裡。那是一座兩上兩下上海弄堂式的房屋，不過卻沒有弄堂而是臨街的。全平的家人住在樓下的統廂房，另外再租了樓上的亭子間。那裡就是出版部的籌備處。同時也是《洪水》半月刊的編輯部。

　　在這間亭子間裡，沿牆鋪了兩張床，成直角形，一張是我的，一張是全平的。窗口設了一張雙人用的寫字枱，這就是我們的工作地方了。

　　上海南市的老式弄堂房屋，即使是亭子間，也有四扇玻璃窗，對着大天井。另外一面的牆上還有一扇開在後面人家屋脊上的小窗口，因此十分軒朗，不似一般亭子間的陰暗。不過當時白晝在家的時間並不多，總是在外邊跑，大部分的工作總是在燈下的深夜裡進行的。

　　我那時還是美術學校的學生，本來住在哈同路民厚里的叔父家裡（最初的創造社和郭先生的家，都在這同一個弄堂內），為了要參加《洪水》編輯部的工作，這才搬來同全平一起住。白天到學校去上課，中午在學校附近的山東小麵館裡吃一碗肉絲湯麵或是陽春麵當午膳，傍晚才回來，在全平家裡吃晚飯。不過，我那時的興趣已經在變了。雖然每天照舊到學校上課，事實上畫的已經很少，即使人體寫生也不大感到興趣，總是在課室裡轉一轉，就躲到學校的圖書館去看書或是寫小說。

那時上海美專已有了新校舍，設在西門斜橋路。雖說是新校舍，除了一座兩層的新課室以外，其餘都是就什麼公所的丙舍來改建的。這本來是寄厝棺材的地方，所以始終有一點陰暗之感。圖書館有一長排落地長窗，我至今仍懷疑這可能就是丙舍的原有設備，裡面設了桌椅，有一個管理員。書當然不會多，來看書的學生更少。我就是在這麼一個冷清清的地方，每天貪婪的讀着能夠到手的新文藝出版物，有時更在一本練習簿上寫小說。我的第一篇小說，就是在這樣的環境下寫出來的。

當時的上海美專真不愧是"藝術學府"，學生來不來上課，是沒有人過問的，尤其是高年級的學生，只要到了學期終結時能繳得出學校規定的那幾幅作品，平時根本不來上課也沒有關係。不過，學費自然是要按期繳的，可是我後來連這個也獲得了豁免的便利，因為我的"文名"已經高於"畫名"，就是校長開展覽會，也要找我寫畫評了。

當時就在這樣的環境下，白天到美術學校去作畫、看書和寫文章，晚上回到那間亭子間內，同全平對坐着，在燈下校閱《洪水》的校樣，拆閱各地寄來的響應創造社出版部招股的函件。

這些函件，正如平時來定閱《洪水》或是函購書籍的來信一樣，寄信人多數是大學生、中學教員以及高年級的中學生。

但也有少數的例外，如柳亞子先生，他住在蘇州鄉下的一個小鎮上，創造社的每一種出版物，他總是一定會寄信來定購一份的。

當時有幾個地方，新文藝出版物的銷路特別大，北京和廣州不用說了，此外如南邊的汕頭、梅縣和海口，往往一來就是十幾封信，顯示這些地方愛好新文藝的讀者非常多。後來這些地方都成了革命運動的中心，可見火種是早已有人播下了。

也有些個別的特殊情形，使我到今天還不會忘記的，如浙江白馬湖的春暉中學，河南焦作的一座煤礦，寄信來定閱刊物和買書的也特別多。後來上海的一些書局還直接到焦作去開了分店。

當時創造社出版部公開招股，每股五元，那些熱心來認股的贊助者，多數是愛好新文藝的青年，節省了平日的其他費用來加入一股，因此拆開了那些掛號信以後，裡面所附的總是一張五元郵政匯票。

招股的反應非常好。我們每晚就這麼拆信、登記、填發臨時收據。隔幾天一次，就到郵政總局去收款。這些對外的事務，都由全平一人負責。他那時顯然已經很富於社會經驗，在外面奔走接洽非常忙碌，我則還是一個純粹的學生，只能勝任校對抄寫一類的工作。

我已經記不起出版部預定的資本額是多少，總之是來認股的情形非常踴躍，好像不久就足額，或是已經到了可以成立的階段了，全平就忙着在外面找房子，準備正式成立出版部。後來地點找到了，不在南市，也不在租界上，而是在閘北寶山路上，那就是後來有名的三德里 A 十一號了。在這同一條弄堂裡，有世界語學會，有中國農學會，還有中國濟難會。這些都是當時的革命外圍團體。後來一個反動的高潮來到，眼見他們一個一個遭受搜查和封閉，最後也輪到我們頭上，出版部也第一次受到搜查，接着就來封閉，並且拘捕了包括我在內的幾個小夥計。

在出版部還不曾正式成立以前，這就是說，還不曾搬到三德里新址，仍在阜民路的時期，在那年的歲暮或是年初，總之是舊曆過年前後，郭老又從日本回來了一次。特地到阜民路來看我們，並且留下來在全平家裡吃晚飯，而且還喝了點酒，興致特別好。

晚飯以後，大家在客堂裡圍了桌子擲骰子玩，玩的是用六粒骰子"趕點子"或是"狀元紅"那一類的古老遊戲。我記得那時間正是在舊曆過年前後，否則是不會擲骰子的。

參加擲骰子的，還有全平的姊妹。大家玩得興高采烈。郭老每擲下一把骰子，在碗裡轉動着還不曾停下之際，他往往會焦急的喚着所希望的點。若是果然如他所喚的那樣，就興奮的用手向坐在一旁的人肩上亂拍。我那晚恰坐在他的身邊，因此被打得最多。我想古人所說的"呼么喝六"的神情，大約也不外如此。不過，那晚的桌上卻是空的，我們並不曾賭錢，只是在玩。

創造社的幾位前輩，我除了從達夫先生後來的日記裡知道他有時打麻將以外，像郭老和成仿吾先生，我就從不曾見過他們做過這樣的事情。全平是個"社會活動家"，大約會兩手。

至於那時的我，是個純粹的"文藝青年"，彷彿世上除了文藝，以及想找一個可以寄託自己感情的"文藝女神"以外，便對其他任何都不關心了。

出版部的籌備工作漸漸就緒之際，阜民路儼然已經成了一個文藝活動的中心。許多通過信的朋友，來到了上海，一定要找到我們這裡來談談。僻處南市的這條阜民路，並不是一個容易找的地點，但是當時大家都有那一分熱情。彼此雖然從未見過面，只要一說出了姓名，大家就一見如故。可見那時創造社所具有的吸引力。

意外的來客之中，令我至今還不曾忘記的是蔣光慈。那是一個風雪交加的晚上，外面有人來敲門，說是要找我們。我去開門，門外的來客戴了呢帽，圍着圍巾，是個比我們當時年歲略大的不相識的人。他走進來以後，隨即自我介紹，這才知道竟是當時正在暢銷的那本小說《少年飄泊者》的作者。

當時蔣光慈還叫蔣光赤，剛從蘇聯回來，那一本在亞東書局出版的《少年飄泊者》已經吸引了無數熱情青年。他剛到上海，就在這樣嚴寒的夜晚摸到我們這裡來，實在使大家又高興又感激。

閘北寶山路Ａ十一號的地點租定了以後，創造社出版部就正式開張了。可惜我無法在這裡寫下開張的日期，以及當天的情形。反正那時是不會有什麼"雞尾酒會"的，同時在不曾正式開張之前，有些讀者尋上門來買書的，也早已照賣了。

出版部的招牌是橫的，掛在二樓，好像是紅地白字。不用說，招牌字是郭老的大筆。他從那時起，就已經喜歡寫字了。

三德里的房屋，是一種一樓一底的小洋房，每一家前面有一塊小花園，沒有石庫門，一道短圍牆和鐵門，走進來上了石階，就是樓下客廳的玻璃門，這裡就是我們的門市部，辦事處則設在樓上。這一排小洋房共有十多家，租用的多數是社團。出版部的Ａ十一號是走進弄堂的第二家。第一家住的是老哲學家李石岑，當時正在商務印書館編輯一種哲學月刊。我們的右鄰是一位女醫生，沒有男子，只有一個女伴與她住在一起，不過時常有一個男子來探訪她們。

　　這是一個古怪的人家。因此這家右鄰的動靜時常引起我們這一群年輕人的注意。那位女醫生和同住的女伴都已經年紀不小了，可是脂粉塗得很濃，每天在家都打扮得像是要去作客吃喜酒一樣。那個時常來探訪她們的男子也是中年人。這兩個婦人的生活很神秘，有人說她們是莎孚主義者。兩人感情好像很好，可是有時又會忽然吵嘴，而且吵得很厲害，會牽涉到許多小事。有時會深更半夜忽然這麼吵了起來。

　　站在我們這邊通到亭子間的吊橋上，是可以望得見她們的後房的。有時晚上實在吵得太不成話了，哭哭啼啼，數來數去老是不停，這時性情剛烈的詩人柯仲平就忍不住了，總是拿起曬衣服的竹竿去搗她們後房的玻璃窗，並且大聲警告，叫她們不可再吵。

　　由於隔鄰而居，已非一日，平時出入也見慣了，因此這一喝往往很生效，她們總是就此收場不再吵了。

　　這些有趣的小事情，四十年仍如昨日，我還記得很真切。前幾年遊西安，知道柯仲平正在西安，曾設法去找他，想互相談談彼此年輕時候這些有趣的經歷，相與撫掌大笑。不料他恰巧出門去了。滿以為且待以後再找機會相見，哪知回到香港沒有幾天，就從報紙上讀到他的噩耗，緣慳一面，可說是最令人心痛的事。

阜民路全平家裡的那一間亭子間，也就是《洪水》編輯部和創造社出版部籌備處的所在地，我在那裡住過的時間並不長，大約不到半年，出版部已正式成立，大家就一起搬到了閘北三德里。

然而在那間亭子間裡所過的幾個月的生活，卻是我畢生所不能忘記的。因為正是從那裡開始，我正式離開家庭踏入了社會；也是從那時開始，我第一次參加了刊物的編輯工作，並且親自校對了自己所寫和自己付排的文章。在這以前，我不過曾在《少年雜誌》投稿被錄取過，又在《學生雜誌》上發表過一篇較長的遊記〈故鄉行〉而已。

然而這時卻不同，我不僅正式參加了《洪水》的編輯工作，給這個創造社同人的新刊物設計了封面，畫了不少版頭小飾畫，而且自己還在上面發表了文章，這意味着我已經正式踏上"文壇"了。因此一面興奮，一面也非常感激，那些日子的情形實在是我怎樣也不會忘記的。

更有，也正是在那間亭子間裡，年輕的我，第一次嘗到了人生的甜蜜和苦痛的滋味。當時也曾寫過幾篇散文發表在《洪水》上，抒寫自己心中的感情，後來這些散文曾用《白葉雜記》的書名印過單行本，其中有一篇的一節這麼寫道：

> 回想起我搬進這間房子裡來的日期，已是四月以前的

事了。那時候還是枯寂的隆冬，春風還在沉睡中未醒，我的心也是同樣的冷靜。不料現在搬出的時候，我以前的冷靜竟同殘冬一道消亡，我的心竟與春風同樣飄蕩起來了。啊啊！多麼不能定啊，少年人的心兒。

這種郁達夫式的筆調，現在重讀起來，自然不免有一點臉紅。然而想到這是將近四十多年前的少作，自己那時不過二十一、二歲，而且再回想到那時的心情，我不覺原諒了我自己。

那時正是我們要從這間亭子間搬到三德里新址去的那幾天，當時我個人實在有種種理由捨不得離開這地方，可是事實上既不能不搬，而且我們的房東早已先期搬走了，只剩下全平一家人，整個樓上也只有這間亭子間還有我和全平兩人。可是我實在捨不得離開這間亭子間，這正是我要寫那篇文章的原因。我曾繼續這麼寫道：

> 這一間小小的亭子間中的生活，這一種團聚靜謐的幽味，的確是使我淒然不忍遽捨它而去的。你試想，在這一間小小的斗方室中，在書桌床架和凌亂的書堆隙地，文章寫倦了的時候，可以站起來環繞徘徊……

若不是重讀自己這樣的少作，我幾乎忘了我們的全平，有一年他就是那麼神秘的失了蹤，彼此天南地北，誰也不曾再見過他，誰也不再知道他的消息。這位《夢裡的微笑》的作者，可說是《洪水》和"創造社出版部"最忠心的保姆。就是我和柯仲平等人，當出版部被淞滬警察廳封閉，並將我們拘捕以後，若不是靠了他在外面奔走，我們這幾個小夥計也早已不在人世了。可是新的一代文藝工作者，大約很少會知道《夢裡的微笑》這本書（其中還有我的插圖），更不知道全平其人了。

在我的那篇寫於一九二六年的〈遷居〉裡，其中有幾句是寫到了他的像貌的。這怕是僅有的資料了，現在特地重錄在這裡以作紀念：

> 我們工作的時間，多半是在夜晚。在和藹溫靜的火油燈下，我與了我同居的朋友——這間屋子的主人，對面而坐，我追求着我的幻夢，紅墨水的毛筆和令人生悸的稿件便不住地在我朋友手中翻動。我的朋友生着兩道濃眉、嘴唇微微掀起，沉在了過去的悲哀中的靈魂總不肯再向人世歡笑。雖是有時我們也因了一些好笑的事情而開顏歡笑，然而我總在笑聲中感到了他深心的消沉和苦寂，我從不敢向他問起那已往的殘跡……

這裡所寫的生着兩道濃眉的朋友，就是全平。關於他的那些所謂“已往的殘跡”，我至今仍不大清楚，因為始終不曾正式向他問過，他也不曾向我談過，但不外是愛情上的一些不如意事，也就是他的《夢裡的微笑》所寫的那些本事了。

全平是宜興人，辦事和組織能力特別強，同伴之中是沒有一個能及得上他的。若是沒有他，創造社出版部是根本不會誕生的。他曾到過廣州，籌備出版部廣州分部的工作，住過一些時候，因此早期南方的文藝工作者，也許會有人同他見過面的。

全平同郭老的感情特別好。有一年江浙軍閥內訌，發生了內戰，他的家鄉受害慘重，當時有一班進步人士曾組織了調查團去調查這次的戰禍，郭老也去參加了，就是由全平陪了同去的，郭老後來曾在《民鐸雜誌》上寫了一篇紀行的長文。

《洪水》的出版和創造社出版部的誕生，我雖然曾經躬與其事，可是時隔四十年，記憶到底有點模糊了，姑且這麼信筆的記了一些下來。我相信再過幾年，怕連這些也記不出了。

讀鄭伯奇先生的〈憶創造社〉

　　從上海出版的一期《文藝月報》上讀到鄭伯奇先生所寫的
〈憶創造社〉。他是創造社的老前輩之一，直到我在這裡所讀到
的這一期（八月號）為止，他所講的還是《創造》季刊創刊號
出版以前的事情，這都是我未曾參加的。我第一次寄稿給成仿
吾先生，接到他的回信約我去談話時，那已經是《創造周報》
出版的時代。周報的編輯地點雖仍是設在泰東書局編輯所內，
但已經不是伯奇先生所說的馬霍路福德里的那一間，而是設在
哈同花園附近的民厚南里，另外還有一個地方是在從前法租界
近霞飛路的一個弄堂內。那也是一座兩上兩下的樓房，樓下是
書籍堆棧，樓上則是編輯部。正是在周報編輯部內，我第一次
見到了成仿吾先生，這是創造社諸位前輩之中我最先認識的一
位，他當時對待像我們這樣文藝青年的態度誠懇和親熱，實在
是令我畢生難忘的。也正是在這間樓上，我第一次見到了全平
和倪貽德，還有從四川出來不久的敬隱漁。他是從小被關在一
座天主教修道院裡讀法文的，因此，他發表在《創造周報》上
的創作，竟是先用法文起草，然後再由自己譯成中文的。

　　這時伯奇先生大約已經回到日本去，還不曾再回上海，
但他翻譯的《魯桑堡之一夜》卻早已出版了。我第一次有機會

見到他，那已經是創造社出版部成立以後的事。好像是一個夏天，他從東京回到了上海，高高的身材，戴着金絲眼鏡，似乎對我當時所畫的比亞斯萊風的裝飾畫很感到了興趣。我清晰的記得，他帶我去逛內山書店，知道我是學畫的，而且喜歡畫裝飾畫，便用身邊剩餘的日本錢在內山書店買了兩冊日本畫家蕗谷虹兒的畫集送給我。這全是童話插畫似的裝飾畫，使我當時見了如獲至寶，朝夕把玩，模仿他的風格也畫了幾幅裝飾畫。後來被魯迅先生大為譏笑，說我"生吞比亞斯萊，活剝蕗谷虹兒"，他自己特地選印了一冊蕗谷虹兒的畫選，作為藝苑朝花之一，大約是想向讀者說明並不曾冤枉我的。

這個小插話，伯奇先生大約是不知道的，我想這更是他當時買那兩本畫冊送給我時怎樣也意料不到的事。

胡適與我們的《小物件》

因了胡適的死，使我想起三十多年前，我同朋友們所辦的一個小雜誌，以及我在那創刊號上所畫的一幅漫畫。

這幅漫畫就是關於胡適的，畫題是"揩揩眼鏡"。這畫題原是胡適自己所寫的一篇文章的題目，大約是發表在《現代評論》或是《獨立評論》之類的刊物上的。他這時正在動了官癮，表示對於時局有了一種新的看法，這正是"揩揩眼鏡"的結果。

我的那幅漫畫，就是根據這一點來諷刺的。畫得並不好，我之所以至今還記得，乃是因為那本小刊物的本身。而且從那時以後，我就很少再執筆作畫了。

翻開十多年前出版的一冊自己的隨筆集，在一篇題為〈回憶《幻洲》及其他〉的短文裡，其中曾提到了上面所說的這一種小刊物。

在這以前，在一九二九年左右，那時，多年不見的周全平從東北回到上海，帶來了幾百塊錢，於是我們便組織了一個新興書店，為沫若發行了《沫若全集》，同時和漢年三人更編了一個小雜誌，名《小物件》。因為感到那時幾個刊物都停了，無處可以說話，也無人敢說話。《小物件》的小的程度真可以，只有一寸多闊二寸多長，四五十頁，用道林紙印，有封面，還有插畫，這怕是新文學運動以來，開本最小的一個雜誌了。出版的時候，我們在報上只登了三四行地位的極狹的廣告，然而初版三千冊在幾天之內便賣光了。可是，也許是形式小得太使人注意了吧，第二期剛出不久，便有人用公文來請我們停止出版，於是只好嗚呼哀哉了。

這裡要說明的是：那個"公文"事實上是來自南京國民黨內政部的禁止出版命令。我用了一個"請"字，是因為那篇短文當時是在上海發表的。那時即使用了"請"字，也許仍有人看了不高興。

後來我們知道，《小物件》所以被禁得那麼快的原因，就與那幅"揩揩眼鏡"的漫畫有關，原來胡適看見生了氣了。

一個刊物能印三千冊，而且一口氣就賣光，這在當時是很難得的事情，我們很高興，不料第二期就被他們禁了，所以一直對這個"過河卒子"沒有好感。

對於胡適本人，我只見過一次，那是一九二五年左右，達夫先生在上海，他準備到北京大學去教經濟學，有一天中午，忽然對我說："我們吃飯去，有人請客。"我自然跟了去，到了法租界的一家西餐館裡，才知道這天請客的竟是胡適。我那時才二十歲，就這麼糊裡糊塗的擾了他一頓。

郁氏兄弟

女畫家郁風是郁達夫的侄女，她父親郁華就是達夫的胞兄。郁華別號曼陀，是中國司法界的老前輩，在抗戰期間，任職上海高等法院庭長，持正不阿，終為敵偽所害，在自己寓所門前殉職。這位大法官不僅精通法政，而且能詩善畫，也是一雅人。有一時期，我們還是鄰居，一同住在上海江灣路的公園坊內，直到他自己在法租界的新居建築好了，這才搬出去。

那還是一九三五年的事情，文化人住在公園坊的很多，情形十分熱鬧。當時郁風還在南京唸書，放假回上海的時候，也到我們這邊來坐坐，不過由於我們都是她叔父的朋友，她只好屈居世侄女的輩分了。不過那盛況也不常，由於日本軍閥侵略中國的腳步愈來愈急，受到時局的激蕩，大家已經無法在那個小天地裡安居，於是不久就各奔前程，風流雲散了。

郁華住在公園坊的期間，達夫在杭州的風雨茅廬已經建成了，不常到上海來，因此，我們在公園坊裡見到他的次數很少。這時正是達夫在寫作和生活上開始大轉變的時期，所寫的全是遊記日記一類的散文。發表的地方也是林語堂那一系統的《宇宙風》、《人間世》等類的刊物。他所交遊的也都是些達官貴人，這都是王映霞的影響。他自己大約沒有料到，隨着風雨茅廬的建成，也早已伏下日後毀家的禍根了。

也正是在這時期，達夫開始發表了許多舊詩。有人說，達夫舊學的根柢，完全得他哥哥的傳授，這話未必可靠，因為達夫是個天分極高的人，而且據他的自傳所記，遠在他不曾從事新文藝寫作以前，他已經在嘗試寫舊詩了。論功力，達夫的舊詩，當然不及他哥哥，可是講到才華風韻，達夫就自有他的特色。一九三五年達夫在《宇宙風》上所發表的〈秋霖日記〉，其中就記有他們的兄弟倆的唱和之作，可見一斑，茲錄於下。

曼兄乙亥中伏逭暑牯嶺原作：

> 人世炎威苦未休，此間蕭爽已如秋。
>
> 時賢幾輩同憂樂，小住隨緣任去留。
>
> 白日寒生陰壑雨，青林雲斷隔山樓。
>
> 勒移那計嘲塵俗，且作偷閒十日遊。

達夫的和詩，前有小序：「海上候曼兄不至，回杭得牯嶺逭暑夾詩，步原韻奉答，並約於重九日，同去富陽。」詩云：

> 語不驚人死不休，杜陵詩祇解悲秋。
>
> 竭來夔府三年住，未及彭城百日留。
>
> 為戀湖山傷小別，正愁風雨暗高樓。
>
> 重陽好作茱萸會，花萼江邊一夜遊。

郁華殉職後，郁風曾託人將她父親的詩畫遺著印了一本紀念冊，可惜時值喪亂，流傳不廣，見過的人很少。

達夫先生二三事

　　達夫先生的像貌很清癯，高高的顴骨，眼睛和嘴都很小，身材瘦長，看來很像個江浙的小商人，一點也看不出是一個有那麼一肚子絕世才華的人。雖然曾經有過一張穿西裝的照相，但是當我們見到他以後，就從不曾見他穿過西裝，老是一件深灰色的長袍，毫不搶眼。這種穿衣服非常隨便的態度，頗有點與魯迅先生相似。

　　有一時期，他住在上海哈同路民厚南里一個人家的前樓上，小小的一張床，桌上和地上堆滿了書。這簡單的傢具，大約還是向二房東借的，所以除了桌椅和一張床以外，四壁就空無所有。這時他好像正辭了北京大學的教席回來，身體不很好，在桌上的書堆裡放着一罐一罐從公司裡買回來的外國糖果，說是戒酒戒煙了，所以用糖果來替代。這就便宜了本來不抽煙的我，有機會揩油吃糖果了。後來隔了不久，他又繼續抽起煙來，自然是戒不掉，但是另一開戒的原因，據說是吃糖果比抽香煙更貴，因此不如率性恢復抽煙吧。

　　這時達夫有一個對他非常崇拜的年青朋友，名叫健爾，是張聞天的弟弟，差不多每天同他在一起。達夫的小說裡，屢次出現一個戴近視眼鏡善感好哭的神經質的青年，這個人物寫的便是健爾。這時張聞天在中華書局編輯所做事，也住在民厚南里，健爾就住在哥哥的家裡，所以往來很方便。我那時也住在民厚南里叔父的家裡，晚上在客堂裡"打地鋪"[1]，白天揹了畫箱到美術學校去學畫，下課回來後，便以"文學青年"的身份，成為達夫先生那一間前樓的座上客了。他是不在家裡吃飯的，因此，我們這幾個追隨他左右的青年，照例總是跟了他去上館子。他經常光顧的總是一些本地和徽幫的小飯館，半斤老酒，最愛吃的一樣菜是"白爛污"。所謂"白爛污"，乃是不用醬油的黃芽白絲煮肉絲。放了醬油的便稱為"紅爛污"。我記得有一次到江灣去玩，在車站外面的一家小館子裡歇腳，他一坐下來就點了一樣"白爛污"，可見他對於這一樣菜的愛好之深。

後來為了反對他追求王映霞，我和其他幾個朋友都和他鬧翻了。他在《日記九種》裡曾說有幾個青年應該鑄成一排鐵像跪在他的床前，我猜想其中有一個應該是我。這樣一直過了好幾年。年紀大了一點，才知道自己少不更事，便寫了一封信向他道歉。這時他的"風雨茅廬"已經建好了，住在杭州，回了一封長信給我，說是大家不必再提那樣的事吧。這封信後來被人家收在《現代作家書簡》裡，可惜我不僅早已失去了原信，就是連這一本書手邊也沒有了。

---

1 把被褥鋪在地板上睡覺。

達夫先生的身後是非

　　前些時候，我曾寫信託在上海的施蟄存先生，給我找一冊孔另境編的《現代作家書簡》，這是抗戰以前生活書店出版的。他不久來信說，這類舊書，本來是很普通的，但是出版年代一久，歷經滄桑，近年又有許多人喜歡搜集這類史料，一時要買也不容易，只好可遇而不可求了。

　　看那口氣，幾時能給我買到那本書，已經沒有把握。

　　我急於要想得到這本書，是因為其中有一封郁達夫先生寫給我的信，信寫得相當長。內容是些什麼，我現在已經不能詳細記得，只記得這是當年彼此有了一點意見以後的第一封信，可說是一封“復交信”，因此，很想再看看。當然，原信本來是在我處的，可是經過戰爭，連刊載這封信的那本書也不容易買了，遑論這封原信的下落。

　　不知怎樣，近年好像有許多人對郁王兩人的問題很感到興趣，可是，由於郁氏早已去世多年，他不再有說話的機會，因此，使得當年曾經躬與其事的人，讀到別人的文章，不免有一點感傷。因為若是他在世，一定會使大家對他的“毀家”問題知道得更多一點的。

　　我亟亟的要想看看達夫先生從前的那封舊信，可說也是與這個問題間接有關的。因為達夫先生寫這信時，已經在"一·二八"以後，他已經移家杭州，"風雨茅廬"也早已建成了。我當時在上海負責現代書局的編輯部工作，為了向他接洽出書的問題，寫信給他。這是我相隔幾年之後第一次再寫信給他，因此曾在信上向他表示，對於過去的一些芥蒂，還是大家都不必記在心上吧。他得信後，就回了一封信給我，信寫得相當長，而且很有點感慨。這就是孔另境收在《現代作家書簡》裡的那一封。

記得有一次，施蟄存先生曾告訴我，達夫先生寫這封信時，他恰巧正在杭州，到"風雨茅廬"去訪問郁氏，見到他正在寫信給我，有點詫異，王映霞女士在旁見了便加以解釋道：

"他們兩人現在講和了。"

說是"講和"，這對我來說，是有一點僭越的。因為以達夫先生的年歲、輩分和學問來說，對我是在師友之間的，所以應該說是他原諒了這個"少不更事"的我才對。

也正因為如此，想到他現在墓木已拱，身後是非卻還被人播弄不休，令我不免有一點感傷起來了。

書店街之憶

　　已經許多年不曾回上海了。上海的一切，變化一定非常大。不說別的，單是書店街 —— 四馬路的變化，就怕不是我現在所能夠想像得出的。而在從前，這一條馬路上的每一家書店，以及店門前的每一塊磚石，差不多都給我踏遍了。

　　記得一九五七年回到上海，第一件心急的事情就是去逛四馬路。自以為一踏上了那一條馬路，我就是閉了眼睛也可以走，用手摸一摸那門面，不用眼睛看也可以知道是哪一家書店的。

　　當時我的心目中所存留的四馬路印象，還是一九三七年以前的印象，我簡直天真得認為走上那一條熟得無可再熟的馬路，即使遇到劈面走來的正是我自己，也毫不會令我驚異。完全忘記了時間已經隔了二十年，而且是天翻地覆的二十年。在這二十年中間，上海受過戰爭的洗禮，受過地獄生活的洗禮，現在脫胎換骨，翻了一個大身，已經是一個嶄新的上海。這一條四馬路早已不是我心目中的從前的四馬路了。

　　只有望平街轉角處的那一座寶塔式的屋頂還可以辨認得出，我用這作標誌，站在那裡向前後左右細細看了一下，這才如夢初醒，當時曾經狠狠的將自己嘲笑了一頓。

現在眼睛一霎，又過了好幾年，單就這條書局街來說，變化一定非常大。新華書店在哪裡？古籍書店在哪裡？還有，專賣美術圖籍和外文的那些專業書店在哪裡？攤開我心上的那一幅上海地圖來尋找，早已模糊一片，我已經完全迷了路，什麼也找不到了。

那一次回到上海，除了四馬路以外，我又特地去了一次北四川路底。目的之一就是想看看內山書店。我已經知道內山書店不可能仍開設在那裡的，但是仍無法說服自己不去看看。那裡也是閉了眼睛也不會走錯的地方之一。下了車一看，一家藥房，一家人民銀行的服務處，就是當年內山書店的所在地。我站了一下，彷彿仍看見光頭的"老闆"笑嘻嘻的在收拾架上給顧客翻亂了的書，坐在一張籐椅上悠然吸着紙煙的正是魯迅先生。

在靜安寺路上閒步，曾無意中發現一家專賣外文書的舊書店，開設在食物館"綠楊邨"的隔鄰。這是一九四九年後新開的一家舊書店。想到自己存在上海失散得無影無蹤的那一批藏書，滿懷希望的急急走進去，在架上仔細搜尋了一遍，仍是空手走了出來。我安慰自己，可能是整批的送進了圖書館，幾時該到圖書館裡去看看。

敬隱漁與羅曼羅蘭的一封信

　　羅曼羅蘭的《約翰·克里斯多夫》，在中國久已有了中譯本。我想很少人會知道，遠在這個譯本不曾出版之前，早已有人曾經着手譯過這本書，而且還是羅曼羅蘭本人授權給他翻譯的。可惜只是譯了一節便中斷了。

　　這位《約翰·克里斯多夫》最初的中譯者是敬隱漁，他的譯文是發表在當時的《小說月報》上的。

　　敬隱漁的名字，現在知道的人大約已經不會很多了。然而他卻是最初介紹羅曼羅蘭作品給我們的人，後來又譯過一部巴比塞的小說《光明》。他同我們新文壇的關係總不算少了。但他同新文壇還有一個重大的關係，那就是他後來到法國去留學，再回到中國來時，據說羅曼羅蘭曾託他帶來了一封信給魯迅先生。當時敬隱漁在法國是由於窮得無法生活才回國的，由於他生性孤僻耿介，而且神經衰弱，這封信竟被他不知拋在什麼地方，未能到達魯迅先生手中。

　　後來魯迅先生知道了這事，他因為敬隱漁是同創造社諸人經常有來往的，便懷疑這封信是被創造社諸人"乾沒"了，曾一再在文章裡提到這事，這是早期中國新文壇一大"恩怨"。其實是莫須有的，因為真相已如上所述。記得在抗戰勝利後，郭沫若先生曾在上海所出版的刊物《耕耘》上，為文辯解這宗"冤獄"，說創造社根本不曾"乾沒"過羅曼羅蘭寫給魯迅先生的那封信。但郭先生自己也不知道這封信是由敬隱漁失去了，所以仍無法徹底解決這個疑問。—— 這一宗"糾紛"真是說來話長，不是在這樣短文的範圍內所能說得清楚的，只好留待日後有機會再說了。

敬隱漁是四川人，據說是從小在四川一個天主教的修道院裡長大的。他是先學會了法文，然後再學中文的。後來不知怎樣到了上海（也許是由於郭老的關係吧，因為郭老是四川人），在《創造周報》上發表了好幾篇創作，這才同創造社諸人往還起來，並且也住在周報編輯部的樓上。他當時所發表的那幾篇創作，還是先用法文寫好，自己再譯成中文，經過成仿吾先生潤飾後才發表的。

後來他為了想到法國去，寫信向羅曼羅蘭求助，獲得他的回信，這才決定着手翻譯《約翰·克里斯多夫》。這時《小說月報》出版了羅曼羅蘭專號，正要介紹他的作品，同時也只有商務印書館才有財力接受這樣長的譯稿，因此，他的譯文才會發表在《小說月報》上。敬隱漁也藉此湊足了到法國去的路費。然而他性情怪僻，到了法國不僅不能工作，也無法生活，羅曼羅蘭也不能長期照顧他，因此，不久只好設法回國。不料就因了他誤作"洪喬"，平空使得早期中國新文壇增加了一宗不必要的糾紛。

"丸善" 和〈萬引〉

記得郭沫若先生曾寫過一個短篇，題目是〈萬引〉，寫的是一個買書人在一家書店裡偷書的故事。背景用的是一家日本書店，規模很大，而且是賣外文書的。我推測他所寫的一定是日本從前的"丸善書店"，即"丸善株式會社"。那篇小說裡的主人公因為沒有錢買而想偷的幾本書，好像是德文哲學書，不知是尼采還是康德，因為手邊沒有郭氏的原文，記不清了。"萬引"是日本話，即在書店裡偷書之意。

郭老的〈萬引〉，主題寫的當然不是"偷書"，但他在小說裡所寫的那家書店規模之大，架上庋藏的豐富，實在使我當時讀了神往。

日本這一家專售外文書的書店，聽說現在仍存在，可說馳名已久。它在魯迅、郁達夫諸先生的文章裡，是時常被提起的。周氏兄弟的一些外文書，好像都是從這家書店買來的。就是我自己也曾同他們的函售部有過來往。那還是一九三○年前後的事情。那時我正熱衷於藏書票的搜集，既參加了日本齋藤昌三氏主持的一個"藏書票俱樂部"，再想看看歐洲出版的有關藏書票的著作。但這是冷門書，在上海的西書店裡是買不到的，我便寫信到日本向"丸善"去問。他們的服務組織真好，很快的就有了答覆，並且開來了有關藏書票的參考書目，以及他們店中現有的幾種。當時我就寫信請他們將現存的幾種用"國際 C. O. D."方法寄了來。現在我架上還有一冊法國出版的薄薄的藏書票年鑒，就是從他們那裡買來的。這是我離開上海時偶然帶在身邊，歷劫尚存的殘書之一，其餘的早已不知失散到什麼地方去了。

日本是一個出版事業非常發達的國家，因此他們的書店經營也是一流的。從前在上海所見的"內山"和"至誠堂"就已經可見一斑。書籍雜誌總是隨意堆在那裡，任你翻閱，很少會有店員走過來追問你要買什麼。

當然，暗中監視的人大約也是有的，否則就不會有郭老所寫的那篇〈萬引〉的故事了。

我不曾去過日本，更不曾到過"丸善"。但是想到這家有名的書店，仍使我不禁悠然神往。

關於麥綏萊勒的木刻故事集

　　當代比利時老版畫家弗朗士・麥綏萊勒的作品，我們該是不陌生的，因為他的四部木刻連環故事《一個人的受難》、《我的懺悔》、《沒有字的故事》和《光明的追求》，早在一九三三年就介紹到中國來了。

　　一九三三年夏天，我在上海一家德國書店裡買了幾冊麥綏萊勒的木刻故事集，給當時良友圖書公司的趙家璧見到了，這時良友公司正在除了畫報以外，轉向印行新文藝書籍。趙家璧想翻印這幾本木刻集，拿去徵求魯迅先生的意見，魯迅先生認為可以，並且答應寫一篇序，於是這項工作就正式進行了。這就是當年這四本麥綏萊勒木刻故事集在中國出版的由來。當時由魯迅先生選定了那部《一個人的受難》，由他自己寫序，將《我的懺悔》交給郁達夫先生作序。我因為是這幾本書的"物主"，我自己又一向喜歡木刻，便分配到了一本《光明的追求》，也寫了一篇序。剩下一本《沒有字的故事》沒有人寫序，因為趙家璧是《良友》的編輯，便由他自告奮勇的擔任了這一冊的寫序工作。

　　原本每一冊的前面本有一篇介紹，是用德文寫的，魯迅先生和郁達夫先生兩人都懂德文，看起來不費事，我不懂德文，這可吃了苦頭，自己查字典，又去請教懂德文的段可情，再參考其他資料，這才勉強寫成了那篇序。但是後來還是不免被魯迅先生在一篇文章裡奚落了幾句，說我只知道說了許多關於木刻歷史的話，忘了介紹《光明的追求》本身。

至於那四冊木刻集的原本，本來是由我借給良友公司的，後來趙家璧說製版時已經將每一冊都拆開了，不肯還給我。當時在上海買德文書又很難，雖然賠償書價給我，可是已經不再買得到，於是我便失去那四冊原本了。好在已經有了翻印本，而且印得很不錯，我也就無話可說了。

這四冊麥綏萊勒木刻故事集，絕版已久，直到近年，大約由於麥綏萊勒曾到中國來訪問，上海才進行重印。先印了有魯迅先生序文的《一個人的受難》，後來又續印了郁達夫先生作序的那一本《我的懺悔》。

在《魯迅書簡》裡，有三封寫給趙家璧的信，就是講到這四本木刻故事集的。

從一幅畫像想起的事

　　見到人民文學出版社出版的《蔣光慈選集》，書前附有一幅鉛筆速寫像，沒有注明這幅畫像是誰畫的，但我一看就知道這是光慈的愛人吳似鴻畫的，因為這幅用鉛筆畫的速寫像的原稿，至今還在我這裡。

　　這幅畫像原先是發表在《拓荒者》月刊上的，這是蔣光慈主編的以當時太陽社諸人為中心的一個文藝刊物。我當時正在出版這個刊物的書局裡做事，原稿和圖片的排印製版都是我經手的，我一向就有收藏圖片癖，因此這幅畫像就由我保存了下來。在這幾十年中，經歷了多次戰爭和人事變遷，舊有的書籍圖物能夠倖存下來的極少，但是不知怎樣，這幅畫像夾在一包雜物裡，竟被我從上海帶到了香港，一直保存到今天。

　　吳似鴻女士給光慈畫這幅速寫像時，已經同他同居了。這是畫在一張像三十二開書本那樣大小的鉛筆畫紙上的，是用六 B 鉛筆畫的，簽名的顏色很淡，因此經過製版後便辨不出是誰畫的了。這幅畫像畫得不能算好，但是認識蔣光慈的人，一看還認得出來這是他的畫像。在當時的環境裡，多數作家過的都是受迫害的不自由生活，很少有被人拍照的事，尤其像光慈這樣留俄回來的作家，所過的始終是一種半地下式的生活，隨時有被"包打聽"[1]光顧的危險。所以能有這樣一幅畫像流傳下來，給今日的文藝青年依稀認識一下他的面目，實在是很難得的事。

光慈最初寫的兩部小說《少年飄泊者》和《鴨綠江上》，今日的文藝青年，大約從新文學史上還知道這兩部書的書名，但是讀過這兩本書的，怕一定很少了。不過當時卻是極為暢銷的為文藝青年愛讀的兩部小說，僅是這兩個書名已經能令人嚮往了。在當時的環境裡，凡是愛好文藝的青年，大都是不肯向反動勢力和封建家庭低頭的，因此誰不以"少年飄泊者"自居？至少在精神上是如此。這兩本書的字數並不多，薄薄的兩冊，大紅書面紙的封面，書名是用方體大號鉛字橫排的，出版者就是當時出版《新青年》、《獨秀文存》和胡適標點本《紅樓夢》、《水滸傳》的亞東圖書館。這家書店當時就靠了這一批暢銷書賺了不少錢。

那時的蔣光慈還叫"蔣光赤"（光慈的名字是後來改的。有一時期，在當時國民黨的黨老爺和圖書審查老爺的眼中，不要說是蔣光赤的作品的內容，僅是這個名字，就不能通過，什麼書都查禁，所以後來由書局經過他的同意，將赤字改為慈字，如《麗莎的哀怨》便是用蔣光慈的名字出的，但這遮眼法起初還行，後來也照樣的要禁查了。許多青年往往為了身邊有一本《少年飄泊者》就被捕，送了性命），他的這兩本小說，顯然是在未回國以前就寫好的，因為我在一九二六年左右第一次見到

---

1 便衣警探。

他時，早已讀過他的作品了。我至今還清晰記得那情形：我那時正住在上海南市阜民里的全平家裡，這裡正是創造社出版部的籌備處，在一個大雪的冬天晚上，有人來敲門，我去開門，門外是一個不相識的氈帽戴得很低，用一條灰黑色圍巾圍住下巴的男子，年紀大約比我們大了十多歲。經他自我介紹，我們才知道他就是蔣光赤，有名的《少年飄泊者》的作者。他這時剛從蘇聯回來不久，說話帶點安徽口音，以後就經常見面了。

抗戰時期，似鴻曾來過香港，後來就一直不曾再見過她了。

原稿紙的掌故

　　在我們初學寫文章的時候，是沒有原稿紙可用的。若是用鋼筆寫，就用普通的練習簿橫寫或直寫；若是用毛筆寫，便用今日小學生作文簿所用的那種紅格或藍格的文稿紙來寫。我的第一篇拿到稿費的創作，是發表在《學生雜誌》"文藝欄"的〈故鄉行〉，這是一篇散文，便是寫在練習簿上的。當時是由成仿吾先生介紹給這位編者的，使我拿到了三十元或四十元的稿費。這是我畢生難忘的一件高興事情。

　　我不知當時在北方的魯迅先生等人用的是什麼稿紙，但是當我在上海同創造社諸人有了往來以後，我見到他們寫稿所用的稿紙，全是當時上海一家名叫"學藝社"印的毛邊紙文稿紙，格子很小，每頁有七百二十字，格子是印成藍色的。

　　那時多數作家都是用毛筆寫稿。我見到好幾位作家所用的也是這種稿紙，文學研究會的幾位先生也是如此。當時學藝社的這種藍色毛邊紙的文稿紙，顯然是作家一致慣用的稿紙。我當時既然想做"作家"，自然很快的也改用了。好在這並不要用錢買，泰東書局編輯部（創造社諸人主持的）的桌上有一大疊一大疊的擺着，只要拿一疊回去就行了。

　　今日我們慣用的這種四百字或五百字的原稿紙，其實是日本式的，根本連"原稿紙"三字也是從日本輸入的。我不知道是否有人要來爭這一份"光榮"，因為我覺得在我們不曾自印原稿紙以前，從來沒有人印過這樣的稿紙。那是一九二五或一九二六年的事情，當時被稱為"創造社小夥計"的幾個人，仿效日本式稿紙自印了一種橫寫的稿紙，每張三百六十字，是用道林紙印的，可以寫鋼筆，因為當時大家已漸漸不用毛筆寫稿了。這時成仿吾、郭沫若等人都不在上海，但是達夫先生在上海，他在這期間所寫的創作，便多數是寫在這種紫色橫寫的"創造社出版部原稿紙"上的。

在這以前，要用日本式的原稿紙，在上海只有到虹口一帶的日本書店裡去買，多數是每張四百字的，因為日本作家算稿費是按照原稿紙頁數來算的，以四百字的原稿紙一頁為一單位，所以多數是印成四百字的。但當時來貨不多，很不容易買到。我們見到那時張資平先生從日本寄回來的三角戀愛小說，全是用這種原稿紙寫的，真是不勝羨慕。有時白薇女士放暑假從日本回來，路過上海，箱子裡有原稿紙，便老着臉皮向她討一些，原稿紙上帶着淡淡的日本化妝品的特有香味，便又收藏着捨不得用。

等到北新、開明等書店在上海開設後，自製日本式原稿紙的人家便漸漸多起來。許多書局、報館、雜誌，都有了自己的原稿紙。有一時期，現代稿紙和生活稿紙最為流行。格式都是三十二開雙摺的，有的四百字，有的五百字。但我總嫌三十二開的格子太小，喜歡用十六開雙摺五百字的一種，因為便於刪改。可是這樣大的稿紙有時不容易買得到，於是只好自己印了。許多年都是如此，但我從來不曾在上面印過自己的名字。

關於寫作的老話

茅盾先生，指示有志寫作的年輕人，要他們寫自己所熟悉的事情和人物，不要寫那些自己不熟悉的東西。換句話說，不要見獵心喜，閉戶造車。

那麼，一個作家豈不是只能寫自己生活小圈子裡的東西，永不能越雷池一步了？其實並不是這樣的。因為對於一個作家來說，比執筆寫作更重要的乃是他的生活。他如果平時接近現實，隨時隨地觀察體驗，他的寫作範圍自然就廣闊了。

這些關於寫作的金石名言，其實也都是"老話"了。問題乃是說起來容易，做起來就難，在寫作上肯認真做這樣準備工作的作家更少。據我所知，以茅盾先生為例，他倒並不是說說就算的。為了要寫《子夜》，他在上海曾天天到交易所裡去觀察，混在那些隨着股票和標金漲落而狂呼亂叫的人群中，親身去體驗他們的那種瘋狂感情。因此，他描寫人物往往着筆不多，已經活現紙上，正不是偶然的。

在文學史上，也不乏這樣的例子。自然主義和寫實主義那幾位大師，如福樓拜、左拉、莫泊桑，他們都曾經做到了這一點。據說左拉為了要描寫馬車撞倒人的場面，要親身體驗那個被撞的行人恐慌心理，自己曾故意在街上去給馬車撞倒。這雖未必會是真的事實，但是當時法國這一批作家努力去體驗生活，則是真事。

更有名的逸話是莫泊桑與福樓拜的關係。福樓拜受了莫泊桑母親的請託，要他精心指導她的兒子如何寫小說。有七年之久，莫泊桑每天要登門受教，將自己的作品拿給老師去看。福樓拜給他弟子的指導是簡單的：

觀察，然後再觀察，再觀察。對於每一種東西，只有一個最恰當的形容詞，你一定要找到最恰當的那一個才歇手。街上有三十匹馬，你如果要描寫其中的一匹，你一定要使別人一眼就從三十匹馬之中，認出你所要描寫的那一匹，與其餘二十九匹有如何不同之處。

據說，莫泊桑終身不忘老師的這樣訓誨，養成了隨時隨地仔細觀察的習慣。甚至福樓拜逝世時，莫泊桑隨侍在側，從入殮出殯到下葬，他都一絲不放鬆的看着，寫下了詳細的札記。這雖未免有點言之過甚，然而左拉、福樓拜、莫泊桑等人的作品為自然主義和寫實主義文學鋪下了坦坦的大路，供後來有志者可以有遵循的途徑，卻是有目共見的事實。

作家當然可以描寫幻想，但是僅憑了幻想卻從來不會寫成好作品。

金祖同與中國書店

　　目前讀某報副刊"古與今"的鄭逸梅先生：《郭沫若歸國經過》，其中說起研究甲骨文的金祖同，說他已經在一九四九年以前去世了，這是我現在才知道的。若是如此，真是太可惜了，因為他還很年輕，一九三七年同郭老一起離開日本回到上海時，還是一個二十幾歲的青年。如此算來，去世時不過三十歲上下而已。

　　鄭君說金祖同用"殷塵"的筆名，寫過一篇《郭沫若歸國秘記》，共有七八萬字，一九四五年在上海由言行出版社刊行，是用小說體裁寫的，可惜未曾有機會讀過，不知如何寫法。

　　郭老在一九二八年到日本去，是由於"寧漢分裂"、"南昌起義"，他發表了那篇〈請看今日之蔣介石〉，老蔣通緝他，無法在國內容身，這才逃到日本去避禍的。鄭君說他到日本去是從事古史甲骨文的研究，這當是他到了日本以後的工作，並非他那次到日本去的目的。

　　金祖同是在日本跟郭老學習甲骨文研究的，是他的私淑弟子。金氏的家裡在上海經營中國書店，這是當時上海專門買賣古本線裝書的一家書店，開設在南京路新世界遊藝場對面的弄堂裡，營業的主要對象是受外國圖書館委託配購中國古書，所以，同日本的那些古籍書店也有來往。日本出版的關於研究中國典籍版本的著作，也託他們代售，因此，我們的一些藏書家也是中國書店的主顧，鄭振鐸、阿英等人就經常出入這家書店的。

後來，郭老在日本出版的《卜辭通纂》、《兩周金文辭大系》等書，也由中國書店代售。

* * *

金祖同跟郭老一起回國後，在上海"八‧一三"那一段期間，同大家往來很密切。這正是《救亡日報》在上海創刊的時期。後來淞滬戰場發生變化，租界上流傳着日本人將不利於《救亡日報》的消息。我們為了慎重計，臨時放棄設在大陸商場樓上的辦事處，將編輯部暫時設在中國書店，借用他們的"灶披間"[1]發稿，就由後門出入。每天晚上，在隱蔽的燈光下，大家就在那裡工作，直到將大樣送往承印的印刷所付印了，這才僱一輛出差汽車[2]，一路送大家回家。

年輕的金祖同，在當時日本人橫行的租界環境下，敢於借出他的書店餘地供《救亡日報》使用，實在是很勇敢的行為。

---

1 滬語，廚房。

2 營業汽車。

郭老歸國瑣憶

鄭逸梅先生在那篇記郭老從日本化裝歸國的文章裡，說起金祖同曾用"殷塵"的筆名寫過一篇小說體的《郭沫若歸國秘記》。我還不曾有機會讀過這篇秘記，內容如何，這裡自然不說了。若不是鄭先生說破了這個筆名，我即使有機會見到了，大約也不會猜到"殷塵"就是金祖同。但是一經說穿，想一想這個筆名倒也很有點蛛絲馬跡。

原來他對甲骨文和金石考古很有興趣，當時在日本讀書，其時郭老也正在埋頭從唯物史觀的立場，研究甲骨文和金文，希望從其中發掘中國古代社會史料，他遂從郭老遊。"殷塵"這個筆名，顯然與甲骨文有關，因為那些龜甲牛骨上所刻的文字，全是殷人的卜辭。"殷塵"者，殷人的塵屑之謂，所以這筆名一望就知道是對金石考古有興趣的人所擬。

就是郭老也是如此。他在那時不能用真名在國內發表文章，惟有採用筆名。他翻譯美國辛克萊的小說，如《屠場》和《煤油》，用的是"易坎人"的筆名。他在《東方雜誌》上發表過一些研究中國銅器銘文的文章，署名用"鼎堂"。從他這時為自己所擬的筆名用字來看，"鼎"、"易"、"坎"，也可以看出他對於中國古代文物典籍興趣之濃。

當然，想到郭老在日本讀書時代用的名字是"郭開貞"，也可以說這些筆名與他學生時代所用的真名也有一點淵源的。

　　當年郭老化裝改名逃離日本，不知在船上所用的是什麼名字。殷塵的《郭沫若歸國秘記》不知有敘及否？事實上，他那時離開日本回到上海，在國內是早已有所安排的。因此船到虹口匯山碼頭時，已經有人去接船，並且給他在滄州飯店開了一個房間，後來才在法租界租了地方住下。

　　郭老回到上海之初，上海國民黨官方還掛着"團結救國"的招牌，也喊着"統一戰線"的口號，因此，他們也參加了文化界救亡協會。郭老當時從日本棄家歸國，共赴國難，是文化界的一件大事，文化界救亡協會曾在南市民眾教育館開過一個歡迎大會。那天是我陪他去出席的。因為時間還早，曾去逛了城隍廟，又在城隍廟的茶樓上小坐。

　　歡迎會開得非常成功。官方一直想控制會場，始終未能如願。赴會的青年對郭老的每一句話都報以掌聲，並且在開會之前和散會之際，不停唱着救亡歌曲。

《六十年的變遷》所描寫的一幕

　　李六如的長篇歷史小說《六十年的變遷》第二卷，最近已經出版了。這部小說一共要寫三部才完成。第一部所寫的從滿清變法維新到辛亥革命失敗，這時期正是我的童年時代，而且我是在變法以後十多年才出世的，所以書中所敘的許多事情不曾趕得上。可是新出的第三卷所包括的時代就不同了，一九二七年大革命失敗那一年，我已經是一個二十多歲的青年，已經從美術學校畢業出來，一面想做畫家，一面又想做作家了。因此，這一卷所描寫敘述的那些歷史變遷，對我就有了特別親切之感。尤其是第二卷最末一章"革命高潮又低潮"裡的"蕭牆啟釁，功敗垂成"所敘述的"寶山路上大慘案"，國民黨軍隊屠殺請願工人的那一幕，更是我親身目睹的事實。

　　這是一九二七年三月十二日的事情，我們的創造社出版部就開設在閘北寶山路的三德里，弄堂隔壁就是那有名的大建築物天主堂，也就是本書所說的國民黨第二十六軍第二師司令部的所在地。當時上海總工會的總部設在東方圖書館，在寶山路的另一頭，相距約有半條街。前一天，為了一部分工人糾察隊的武裝被繳械，已經有過一點小衝突，夜裡已經聽到有槍聲。第二天，總工會召開大會後，就舉行遊行示威大會，隊伍非常雄壯。當時我們都站在弄堂口，也就是寶山路邊上看熱鬧。我清晰記得，走在遊行隊伍最前列的是工人糾察隊，仍保持了相當的武裝，有輕機槍，有盒子炮，有步槍。武裝的糾察隊過後，就是徒手的工人糾察隊，緊接着的是一般工人和民眾，其中有不少是婦女和小孩。他們一路走一路喊着口號，態度十分激昂。可是當這些徒手的隊伍從我們面前經過了一半的時候，耳畔忽然起了連珠似的槍聲。因為司令部就在我們貼鄰，因此槍聲聽來就特別響，同時在混亂起來的遊行隊伍中也就見到有許多人倒在地上。

這次的屠殺是極其殘酷而且懦怯的，因為這些軍隊是在近在咫尺的距離內，事先一點警告也沒有，突然就瘋狂的開槍掃射。我們當時站立的地點是在天主堂圍牆的這一邊，若是站在街對面，也許早已遭殃了。

從這一瞬間起，上海的反革命行動就大規模的開始了。東方圖書館的總工會被包圍，徹夜響着不停的槍聲，我們一夜不曾合眼。

讀完《六十年的變遷》第二卷，三十多年前親身經歷的這恐怖的一幕，不覺又浮上了我的眼前，使我又將這歷史的一課溫習了一遍。

關於內山完造

一　內山和他的書店

　　內山完造先生應邀到北京去，日前過港，住了一夜，第二天一早便走了。可惜我知道這消息太遲，錯過了可以見到他的機會。

　　他是從前上海內山書店的老闆，因此，大家一向慣稱他為內山老闆。報上說他今年已經高齡七十四歲了，我想他確是也該有這樣的年紀了。因為在我們很年輕的時候就已經到他的書店裡買書，如我上次提起過的鄭伯奇先生送給我的那兩部蕗谷虹兒畫集，就是在他的店裡買的，而這件事情，已是將近三十年前的舊事了。

　　他的內山書店，最初是開設在從前上海北四川路橫濱橋一條弄堂裡的，賣的是雜誌刊物，書籍並不多。後來業務日見發達，這才搬到北四川路底，正式開起書店來，原來的舊址改作了雜誌部。他的書店，頗具一家第一流書店應有的好作風。這就是說：你進去之後，你如果向他招呼一下，他自然也點頭向你招呼。但是你如果不想同他招呼，你就可以逕自走到書架前去看書，根本不會有人來理睬你，也不會有人來向你問三問四。你看夠了架上的書，若是不想買什麼，就可以揚長而去，也沒有人會給你難看的臉色看。但是你如果自動的問他或是託他找什麼書，他的回答和服務就極為殷勤周到。內山老闆也能夠講幾句日本式的上海話，因此，當時許多不懂日本文的人也喜歡到他的書店裡去翻翻。

他的店裡，在正中的大柱後面擺着幾張籐椅，一張小桌，還有日本人生活中所不可少的火缽，其上放着茶壺。這是內山老闆的坐處，也是招待朋友和顧客的地方。只要你自己高興，任何人都可以在這些籐椅上坐下來，他會用雅致的日本小茶杯給你斟一杯茶。若是機會好，有時還可以吃到一件日本點心。這時若是會講日本話的，就可以同老闆開始聊天。若是不會講的，彼此就作會心的微笑，也不會尷尬。

就在這幾張籐椅上，當年就經常坐着魯迅先生。因為他不僅是內山書店的老顧客，也是內山老闆的好友。當年魯迅先生自己印的許多書籍，就託他代理預約，一般的信件和稿費，都是由他代收代轉，就是有時同朋友約會，也是在他那裡相見的。

坐在內山書店籐椅上的魯迅先生，見到相識的朋友，自然就趁便招呼，但他隨時是在警惕着的，若是見到什麼面生的人對他一看再看，他便會悄悄的站起身，從後門溜之大吉了。

內山書店和當年魯迅先生所住的大陸新村，十分相近。魯迅先生在千愛里所租賃的另一個貯放藏書的地點，更是就在書店的後面，所以往來十分方便。前幾年我回上海時，參觀了大陸新村的魯迅故居後，更順便看了一下當年內山書店的舊址，現在好像已經改成了一家藥房，附近有人民銀行的儲蓄處，還有一間售書報的郵亭。

當年在內山書店買書，還可以掛賬，這對於窮文化人真是一種莫大的方便。"八‧一三"淞滬會戰發生後，北四川路的交通首先隔斷，接着我也隻身南下，因此，至今還欠了他店裡的一筆書賬未還，這可以說是對老闆最大的抱歉。

（一九五九年九月二十日）

二　悼內山先生

從報上讀到內山先生在北京逝世的消息，真使我嚇了一跳。我前幾天因為他經過香港北上，不曾有機會見到他，還特地寫了一篇短文，講講他的舊事。我原本準備剪一份寄給他，博他一樂，希望他將來返國時再經過香港，便可以約我見面一談。日前有一位朋友動身回去，我給他送行，幾乎想將剪下來的這篇短稿託他帶去，後來想到這位朋友與他並不相識，怕轉折費事，心想還是寄給他吧。不料我的信還未寫好，就從報上讀到他的噩耗。看來他是一到北京就患了這急症的，人生的變幻竟這麼無常，這真是叫人從何說起！

一生為了中日人民友好合作努力的內山先生，這次雖然賚志以終，但是能夠死在中國人民的首都，想他一定也可以瞑目了。

他的一生，就為了同中國人民的友好，曾經遭受不少誹謗和委曲。在他經營內山書店的初期，由於他同中國文化人過往很密，尤其是對於魯迅先生的深切友誼，使得有些人懷疑他的書店乃是幌子，是另有人資助的一個秘密機關。在對日抗戰前後，又有人懷疑他是派在上海的日本間諜，專門搜集我們文化情報的。而在太平洋戰爭發生後，聽說他又被日本憲兵扣留，罪名乃是曾經協助中國文化人逃出日本憲兵佈置的羅網。在香港淪陷初期，他曾來過這裡一次，目的就是想對當時被困在島上的中國友人有所協助。大約就是為了這樣的活動，使他受到日本憲兵的注意了。

其實，內山先生乃是一個典型的日本人，他忠於自己的祖國，但是同時又熱愛中國人民，正如許多善良的日本人民一樣。這從他所寫的兩本關於中國生活回憶的小書裡也可以看得出來。他的觀點仍是日本人的，但這並不妨礙他對中國民族性的理解和對中國文化的愛好。這樣的國際友人真是太可寶貴了。因此，在他懷着發展中日人民友好壯志來到中國作客的時候，突然染病去世，特別使我們覺得可惜！

（一九五九年九月）

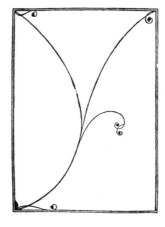

香港書錄

香港書志學

　　自香港成為英國殖民地以來，這一百多年之中，有關香港的出版物，自當地政府編印的公報、小冊子，以至一般作者以香港為題材寫成的遊記和小說。總算起來，那分量自然也相當可觀。事實上，在香港成為英國殖民地以前，即在一八四〇年以前，在鴉片戰爭以前，當時的那些到廣州來貿易的外國商人，以及懷有野心的殖民主義者和傳教士，他們留下來的書信、航海日記、遊記和回憶錄，其中都可以找到不少有關香港的資料。這些關於香港未經開闢，未曾成為外國殖民地以前情形的記載，從現在看來，不僅在史地資料上非常有價值，而且讀來也非常有趣。

　　可惜的是，這些在一八四〇年以後出版的書籍，現在自然很難有機會可以直接讀得到。我們只能從別人所寫的有關香港初期的歷史敘述中，偶爾讀到輾轉引用的一兩節。因為這些早就絕版的書，已經都成了珍本，只有幾處以收藏東方圖書完備著名的圖書館才有了。

　　要查閱有關香港的各種著作書目，本來可以參考香港政府每年編印出版的英文本《香港政府年報》（*Hong Kong Government Annual Report*），卷末總附有一份很詳細的有關香港書目，而且這份目錄逐年都在擴充，增入新的資料。可是自一九六四年起，年報取消了所附的這個書目，另行編印了一本小冊子，在一九六五年出版，就稱為《香港書目，一九六五年》（A Hong Kong Bibliography, 1965），由香港政府印務局印行，每冊零售一元，是英文本。

這本《香港書目，一九六五年》是白樂賈（J. M. Braga）所編，他是久居香港的葡萄牙人，原本歷年附在政府年報後面的那份書目，也是由他所編，不過現在重加整理，剔除若干無關重要的著作，又分門別類，印成了這本小冊子。

書目共分成十二部分，如行政、財政、教育、自然史與科學、歷史與考古學、一般等等。所著錄的書名約在四百種上下，一部分是政府公報之類的出版物，餘下都是私人著作，而且都是在近年新出版的，只有少數是已經絕版的著作。

原本附在一九六三年政府年報卷末的那份書目，所著錄的書名約有八百種，較之一九六五年出版的單行本書目為多。這是因為倫敦和香港政府歷年出版的公報，以及一些以香港為背景的小說，或是一本書之中僅有一兩章是涉及香港的，白樂賈在編印書目單行本時，都加以刪除，因此在著錄書名的總數上便大大的減少了。但也有少數是例外，如瑪森的小說《蘇茜黃的世界》，一九六三年的年報書目裡自然著錄，雖是小說，一九六五年單行本書目裡仍加以保留。

這數百種有關香港的單行本和小冊子，對於這個僅有一百年歷史，卻已經成為遠東一個重要經濟據點的英國殖民地，可說不算太多，卻也不能說是太少了。不過，對一般人來說，對一個要想知道一下香港過去的和現在一般情況的讀者來說，他若經過適當的選擇，挑選十多種二十種來讀一下，已經足夠滿足他要了解香港這殖民地的基本知識的需要了。自然，他如果是對香港過去歷史和發展經過特別有興趣的，他應該多選擇幾本敘述鴉片戰爭和香港早年歷史的著作來讀。他如果是對香港自然史和地理環境特別感到興趣的，他一定要讀香樂思氏（G. A. C. Herklots）和戴維斯（S. G. Davis）等人那幾本有關香港自然和地理的著作。他若是對香港政治社會和未來前途特別感到興趣的，那麼，無論是本地政府的報告書，或是倫敦出版的有關香港各種問題的公報，簡直一種也不該放過了。

不用說，《香港書目，一九六五年》所著錄的書，僅是以英文所寫的為限，沒有著錄用其他文字所寫的有關香港的著作。事實上，有關香港的中文出版物雖然不多，卻也有它的重要性。尤其是史料和文件，由於香港和中國關係密切，自有它們的特殊價值。日本文有關香港的著作也不少，用其他文字寫的自然也有。香港政府編印的有關香港書目，對英語以外的著作全未提及，可說是一個重大的缺點。《香港書目，一九六五年》的編纂者白樂賈在序文上說，他目前正在同香港大學圖書館的彭薩爾氏合作，編印一冊較為完備的有關香港的書目，連香港早年的一些報刊文章也收入，希望能彌補上述的那種缺點。

《中國書目提要》和香港

穆倫都爾夫的《中國書目提要》，在後來有名的亨利‧柯爾狄爾的巨編《中國書目》未出版以前，乃是嘗試將外人所寫所譯與中國有關的資料，彙集在一起的唯一的一本書目。有關香港的書目也包括在內。

保羅‧喬治‧穆倫都爾夫（Paul Georg von Möllendorff）是德國人，生於一八四八年。自一八六九年起，即來中國在清朝海關任職，一八六九年曾一度任德國駐天津領事。後來又任德國領事館通譯。在海關任職期間，曾經常往來在當時的那些通商口岸，如上海、九江等地。一九〇一年在寧波去世。

他編的這部《中國書目提要》（*Manual of Chinese Bibliography*），一八七六年出版，分別在上海、倫敦和德國哥爾利茲發行，比柯爾狄爾的那部大著早出了幾年，所著錄的有關中國著作（包括單行本和刊物上的文章）共四千六百三十九種。除英文外，還包括了德文、法文等其他外國語文的著作。他在序文上說，這本書目是在中國境內利用私人藏書和別人類似的資料編纂而成，工作地點主要是在九江和北京，如有遺漏或是錯誤，實是力所未逮云云。

所著錄的書目是按各內容來分類的，共分成十七類。在第十四類中國與外國往還的關係書目內，有一項子目是著錄有關香港書目的，編號自三三三三至三三六五，共三十三種，這些都是在一八七六年以前出版的有關香港的單行本或是刊物上的文章。

當然，除了書目分類第十四項下的"香港"一項所著錄的這三十幾種單篇論文和單行本以外，這本書目其他項內所著錄的著作，仍有若干種是關於香港或是一部分與香港有關的。如關於當時各國屢次向清朝用武的"戰爭"項下所著錄的一些著作，如一八四四年出版的柏納德的《復仇神號航程及作戰史》，其中就有幾章是關於香港的。倫敦《泰晤士報》在第二次鴉片戰爭時期派到中國來寫通信的科克，他在一八五八年出版的《中國，泰晤士報在一八五七年至五八年間來自中國的特別通信》，其中自然也有許多地方是與香港有關的，也收在"戰爭"項下的書目內。

還有，有名的班遜姆的《香港植物志》（M. G. Bentham, *Flora Hongkongensis*），出版於一八六一年，是最早的也是唯一的一本外人所寫的香港植物志，穆倫都爾夫也不是將它收在"香港"項下，而是收在十二"自然史"項下的書目內，編號為一七七一。類此的例子不勝枚舉。

在"香港"項下所著錄的那三十幾種資料，單行本不多，主要的都是發表在刊物上的有關香港的論文，尤其是發表在當時有名的月刊《中國文庫》（*Chinese Repository*）上的。穆倫都爾夫一共著錄了十九種。

《中國文庫》是當時專門譯載有關清朝研究資料的英文月

刊，創刊於一八三二年（清道光十二年），一八五一年停刊，一共出版了二十卷。最初是在廣州出版的，在鴉片戰爭期中曾移到澳門出版。

茲將穆倫都爾夫所著錄的《中國文庫》歷年刊載的有關香港資料編目和提要，譯述於下：

第三三三三號：英國接管香港島的佈告，載《中國文庫》第十卷六十三頁。

第三三三四號：英國官方的佈告和公佈的島上地名，載《中國文庫》第十二卷二六八頁，以及十五卷二七八頁。

第三三三五號：島上的官地拍賣和法令，載第十卷三五〇頁，十三卷四十八、一六四、二一七、三二七、六〇四各頁，以及第十四卷五十七頁。

第三三三六號：香港歷史，載第十二卷三六二頁。

第三三三七號：批准香港為殖民地的敕令以及法院規則，載第十二卷三八〇頁。

第三三三八號：香港島的形勢和島上的地名，載第十二卷四三五頁。

第三三三九號：香港的慈善機關，載第十卷四三八頁。

第三三四〇號：香港監獄的罪犯記錄，載第十二卷五三四頁，十三卷六五一頁。

第三三四一號：香港地圖和一般敍述，載第十四卷二九一頁。

第三三四二號：香港的土地法令，載第十二卷四四五頁，十四卷三九七頁。

第三三四三號：戴維斯被任命為香港總督所負的使命，載第十三卷二六六頁。

第三三四四號：香港疾病檢討，載第十卷一二四頁。

第三三四五號：香港的房屋和稅收，載第十五卷一三五頁。

第三三四七號：軍醫關於一八四七年香港疾病與死亡的報告，載第十七卷三一三頁。

這以上就是穆倫都爾夫所著錄的，在二十卷《中國文庫》之內，所刊載的十九篇有關香港的資料。事實上，《中國文庫》內所刊載的有關香港的文章很多，決不只這十九篇。這只好留待以後再說了。

除了《中國文庫》所刊載之外，穆倫都爾夫在他的《中國書目》這一子目內所著錄的有關香港資料，還有編為第三三四六號的《域多利城的簡短描寫》。一八四八年香港出版，是單行本，作者是誰不詳。

第三三四八號：香港風景畫一輯，作畫者是布魯士，一八四九年倫敦印行。這一輯香港風景畫，是着色的石版畫，香港遮打的藏畫內藏有一份，近年已經由香港大會堂博物館選印了十二幅。

第三三四九號：香港年鑒，一八四九年香港出版。

第三三五〇號：香港政府法令摘要和索引，一八五〇年香港出版，編者是塔爾倫。

第三三五一號：一篇刊在俄國教會出版物上，用俄文所寫的有關香港的介紹，作者是戈希克維支，一八五七年出版。

第三三五二號：有關香港政府官立學校和中國人教育的意

見，作者是洛布希特，一八五九年香港出版。

第三三五三號：《香港的罪惡和治療之道》，作者同上，一八七一年出版。

第三三五四號：一八六一年，倫敦醫學機構所發表的關於香港氣候和疾病的觀察報告。

第三三五五號：德國柏林出版的一本刊物上關於香港域多利城的中國居民報告。

第三三五六號：《在香港的歐洲人生活》，一八六八年英文《中國雜誌》所載。

第三三五七號：關於香港"快活谷"的情形，資料來源同上。

第三三五八號：《乘雛菊號環遊香港記》，一八六八年《中國雜誌》所載，見該刊第六十八至六十九頁。

第三三五九號：《香港的成文法令》，載《記載與詢問》第一號三十頁及十九頁。

第三三六〇號：《香港的龍船節》，作者利斯特，同上第二號一五六頁。

第三三六一號：《香港的死刑執行》，同上第一六〇頁。

第三三六二號：關於導致一八七二年八月二十八日香港市民醫院醫官楊氏及愛丁氏兩人辭職原因的報告。一八七二年香港出版。

第三三六三號："香港"名稱研究。《中國評論》雙月刊第一號五十一頁及二七一頁。

第三三六四號：《在山峰下》。即興詩集，在香港殖民地長期居住之下寫成者。一八六九年倫敦出版。

第三三六五號：《香港殖民地》—— 一個曾在遠東久居的僑民回憶演講。作者萊基，載《中國評論》雙月刊第一號一六三頁至一七六頁。

這以上就是穆倫都爾夫在他的《中國書目提要》內"香港"項目下所著錄的全部資料。當然，前面已經說過，一八七六年以前所發表的有關香港著述，決不只他在這裡所著錄的這幾十種。但在他的這本書目未出版以前，從未有人做過這件工作。這是最難能可貴之處。因此即使有遺漏，也似乎是可以原諒的了。

《香港的誕生、童年和成年》

　　沙雅的《香港的誕生、童年和成年》（G. R. Sayer, *Hong Kong, Birth, Adolescence and Coming of Age*），初版出版於一九三七年，牛津大學出版部印行。第二次世界大戰後曾經再版，可是這幾年在西書店的架上，已經很少再見到這本書了。

　　沙雅是曾經在香港政府任職的民政官員，他的這部關於香港早年歷史的敘述，主要部分都是採集別人的著作資料，加以比較考證來寫成的。正因為如此，雖然出版於一九三七年，卻比他的前輩如艾特爾等人的香港史，寫得更為材料豐富，可是筆下卻較為輕鬆，因此讀起來也更感趣味。

　　他的敘述，是到一八六二年，即羅便臣總督任內為止，比艾特爾的那一部所包括的時代更短。因為按照他的書名所示，一八六二年已是香港成為英國殖民地的第二十年，已到了他的書名所說的"成年"階段了。

　　沙雅的筆下沒有學究氣，因此這部《香港的誕生、童年和成年》，讀起來比較輕鬆。若是對香港初期歷史感到興趣的人，認為艾特爾的《在中國的歐洲》寫得太古板，同時要找那本書也不容易，我看不如設法找一本沙雅的來讀一下，一定不會失望。不過，要注意的是，他的那一枝筆有時寫得過於浪漫，要當作歷史來讀，有些地方是該採取保留態度的。

　　沙雅的全書一共有十三章，可以分成三個部分。第一章至第三章是緒論部分，泛論他的這本書所涉及的地理、歷史以及語文上的一些問題。如香港這座小島，在未成為英國殖民地以前，曾經有哪一些外國航海家在他們的紀錄上提到過這個小島，以及"香港"和"Hong Kong"的關係，究竟是先有那兩個中文字的島名，還是先有英文。是英文譯自中文，還是中文譯自英文。又，"香港"兩字究作何解。沙雅都在他的緒論裡旁徵博引的加以討論。雖然根據今天所得的證據看來，他的結論未足為據，但是讀來引人入勝，這正是他的這部香港史的成功處。

　　從第四章到第八章，就到了他所說的這個殖民地的"誕生"部分。第九章起，直到最末一章，都是以每一個總督的任期為一章。最末一章所敘述的是香港第五任總督羅便臣任期內的事，他的任期是一八五九至一八六一年，這時距香港正式成為英國殖民地的一八四一年，已經二十年，已到了他的書名所說的"成年"階段，因此這部香港早年歷史寫到這裡也就為止了。

　　除了正文十三章之外，本書還附有插圖和地圖數幅，以及附錄十一篇。這十一篇附錄，都是參考資料性質，有時簡直令人覺得比正文更有可取之處。如附錄一是義律在一八四一年二月二日的佈告，宣佈自己從清朝欽差大臣琦善手上取得香港島，附錄二是一八四一年五月十五日香港第一次憲報所公佈的第一次人口調查數字。這些都是這個殖民地"誕生期"的最原始的材料。

《香港的序曲》

　　《香港的序曲》（A. Coates, *Prelude to Hong Kong*），
一九六六年出版。著者奧斯丁·高志，曾任職本港政府，在新
界理民府任特別法庭的法官，又曾在馬來亞、沙撈越等地任
職，可說是個典型的英國殖民地官員，退休回英後曾出版過一
部回憶錄：《洋大人》。

　　這部《香港的序曲》正如書名所示，所寫的並不是香港歷
史本身，而是導致產生這個英國殖民地的那些歷史事件發展的
經過，主要的自然是十九世紀英國對清朝的鴉片貿易，以及由
中國嚴厲執行禁煙政策所引起的衝突，還有澳門和澳門葡萄牙
人在當時這些事件中所扮演的重要角色。本書共分十四章，從
第一章至十一章，就是敘述從英國商人想在中國打開貿易的門
戶，直到因了鴉片貿易一再衝突，終至釀成兩國正式戰爭的經
過。從第十二章起，香港才正式出現在這個歷史舞台上。

　　本書的特點，誠如作者自己所說，他對於英國同清朝開
始通商的初期，澳門在這方面所佔的重要地位，特別看重，也
寫得特別詳細。他對於澳門葡萄牙人對英國早期與清朝貿易的
協助評價，是功過參半的，因為英國商人最初是通過澳門的
關係，才可以進入廣州去通商的，同時澳門也成了早期英國商

人的暫時立腳點。但是，當林則徐雷厲風行執行他的禁煙法令時，澳門葡萄牙人卻不敢庇護英國商人，甚至義律坦白的向葡人建議，萬一林則徐遷怒澳門葡人，他可以用武力協助葡人防守澳門，也被澳門葡萄牙人婉辭謝絕了。

義律這才無可奈何的下令英國商人和婦孺全體自澳門撤退，乘船到香港海面來暫避。這是他對澳門難忘的怨恨，卻不曾料到反而因此使他獲得了香港島。

本書對於香港早期歷史舞台上的幾個重要人物，如義律，渣甸的原始經營者渣甸和忽地臣，中國通老馬禮遜，以及旅居澳門的英國畫家秦納利等等，都有一些個別有趣的敘述。這可說是本書的另一特色。

至於有關香港早期情形的三章，因為篇幅有限，所敘述的自然不很詳盡。但是他對於義律向琦善取得香港島之後，所遭受的種種困難，一面受英國商人的埋怨，一面又受首相帕瑪斯敦譴責，不得不悄然卸任返國的吃力不討好的苦況，卻運用了當時的一些歷史文獻，寫的很詳盡。其實，義律本人當時不喜歡香港，他不過由於無法插手澳門，甚至想在澳門求葡萄牙人的庇護也不可得，而舟山和大嶼山之類又大得難以咽下，這才勉強向琦善索取香港的。

《東印度公司對華貿易編年史》裡的香港

　　摩斯的《東印度公司對華貿易編年史》（H. B. Morse, *The Chronicles of the East India Company Trading to China*），英國牛津大學出版部出版，共五大卷。前四卷在一九二六年出版，後來在一九二九年又出版了第五卷補編。編年史所包括的年代，起自公元一六三五年，迄於一八三四年，即自我國明崇禎八年到清朝道光十四年。

　　英國駐華商務監督義律，根據他自己私下同清朝欽差大臣琦善兩人擅自訂立的《穿鼻草約》，派兵佔領香港島的年代，是一八四一年（即清道光二十一年）。摩斯的編年史結束年代是一八三四年，在時間上距離這個殖民地的形成還有六七年，在常情上來講，編年史裡是不會涉及香港的。可是，在事實上，東印度公司的業務未結束以前，即公司的專利權未廢除（一八三三年廢除）以前，他們的商船曾經在香港島水域內的汲水門、青山灣，以及香港與九龍之間的尖沙咀海面，經常停泊，早已同香港發生了關係。

　　摩斯根據東印度公司的舊檔案，查出該公司最早的關於香港島的記載，是一八一六年，即清嘉慶二十一年，當時英國派了大使阿美士德東來，想直接到北京去謁見清朝的大皇帝，建立正式邦交，打開直接貿易的門戶。使節團裡受委任的副使之一，就是當時東印度公司駐廣州分公司的大班司當東。阿美士德在英國啟程之前，就先期託人帶信通知司當東等人，將來他們的大船隊抵達廣東海面之後，彼此將在什麼停泊地點可以見面會合。當時阿美士德提出彼此可以會合的地點共有兩個，其中一個便是香港島西端（即今日的香港仔）與南丫島之間的海面。

摩斯在編年史的第七十三章裡提到了這件事，這麼記載道：

"萊拉"號在七月八日見到了司當東等人，他們在七月十日就與使節團會合了。

我們在這裡見到公司的檔案裡第一次正式提到了香港島。正在啟程回國的"湯麥斯·格里費爾"號，奉命在回航之前，先向東駛，向司當東爵士有所接洽。他是將在下列兩個預定的會面地點之一可以見到的……

一：在香港與南丫島北端的海峽內，香港大瀑布對面的瀑布灣內。

二：距離老萬山群島北面約二三英里之處。

這就是東印度公司檔案裡第一次提到了香港，時間是一八一六年。後來，"格里費爾"號果然在預定的第一個會合地點內找到了司當東等人當時所乘的"發現"號。

除了這一次之外，摩斯還在編年史的第一卷第七章裡，引用了東印度公司在一六八九年派來廣東的一艘商船的航程記錄，認為其中有一句記載可能是指香港的。

載重七百三十一噸的商船"防衛"號，這是派到廣州來裝載砂糖及其他商品，轉口到波斯去交易的。它在這年九月一日抵達廣東海面。摩斯在編年史裡說：

> 九月一日，它下錨在澳門東面十五海里之處。這地點可能使它已經進入香港島的港內，或者在它的附近，也許是在汲水門。這些地點對於當時的季節風以及可能發生的颶風，都是很好的避風處……。

一六八九年是清朝康熙二十八年。若是英國東印度公司的船隻在這時就已經到過香港，當然是一個很重要的紀錄，可惜這只是摩斯個人的推測而已。

根據東印度公司所存檔案的記載，比一六八九年更早，另有一艘公司船"加洛林拉"號，曾在一六八三年從澳門來到了爛頭島，在那裡停泊了兩個多月，直到這年的九月十七日，自群島之間駛出，駛向浪白滘。

爛頭島即大嶼山，"加洛林拉"號既然在大嶼山停泊了兩個多月，也可以說早已進到香港範圍之內了。

但這些記載都不曾直接提到香港島的名字。東印度公司的檔案裡直接提到他們的船隻同香港島發生了關係，是一八二九年的事。這時已是清道光九年了，摩斯在編年史的第八十七章裡說，公司船隻為了在西南季節風的時期內有較安全的停泊所，曾四處尋找，結果選中了香港島附近一帶的港灣。他說：

> 對汲水門內的青山灣停泊處曾給予特別注意。還有香港島西北角的停泊處，從那裡向東可以駛出鯉魚門，這就

是後來稱為香港內港的地方。在這年的冬天，至少有三艘公司船隻停泊在水域內的。這時忽然要在上述兩個地點之外，另覓其他可以停泊的地點，不只是為了要避風，而是東印度公司駐廣州分公司的負責人，認為這時廣州的清朝官員對外商貨船進口和抽稅問題，有意留難，因此要找一個在他們權力之外的停泊地點，以便發生困難時可以暫時有一條退路。香港就這麼被看上了。

東印度公司駐廣州分公司的人員發現香港港灣的優良性以後，就決定大加利用。摩斯在編年史裡的這一章裡，繼續這麼說：

> 大部分的委員，在十二月初命令六艘商船去停泊在香港島港內，並任命林德賽先生為船上的貨物管理人，又命令兩艘泊在汲水門，任命克拉卡先生為船上貨物管理人。並命令他們有權可以購買船上所需各物，準備進口的貨物也可以就地出售或是運送，如果有任何茶葉從上游運來也可以收下。

從這一段記載上，就可以明白東印度公司的商船這時到香港來停泊，是有重大野心的。他們授權貨船的負責人可以直接向陸上的村民採購日用必需品，又可以發售自己的貨物，更可以收購所需要的中國貨物。

這樣的舉動，在當時來說，不僅違反了清朝所規定的外商貿易規則，而且是分明逃稅和走私的行為，結果自然難免發生更多的麻煩。東印度公司廣州分公司的一部分人員，竭力反對此舉，不主張將貿易範圍擴張到黃埔和廣州以外，可是不為其他當權者所接納，因為這些人都主張要建立一個可供自己退步，甚或可以不受清朝官員管束的基地。後來香港殖民地的誕生，可說就是由這樣的觀念孕育而來。

這是一八二九年的事。到了次一年，由於清朝抽取夷商貨物的稅則又有了更改。東印度公司不同意，於是又採用同一戰略。摩斯說：

> 在六月二十日，經過磋商之後，公司決定早來的船隻在它們抵達之後，要暫時留在虎門外，停在香港的北面，即九龍方面，也就是停在香港的港內。未到九月尾之前，不許駛入黃埔。

從此以後，直到義律受到林則徐禁煙法令的壓力，率領英國商民自廣州和澳門撤退，他所選擇的暫時避難地點也是香港島。可知這座小島的命運在東印度公司時代就已經被決定了。但這已是題外的話，這裡不再多說了。

《復仇神號航程及作戰史》

　　"復仇神"號，舊譯作"納米昔斯"號，是英國海軍的一艘鐵甲艦，在鴉片戰爭中曾參加對清朝作戰，也在香港港內寄泊過，因此書中有不少關於當時英國軍隊未在香港島登陸以前，以及佔領香港初期的情況。本書的原名是 *Narrative of the Voyages and Services of the Nemesis*。編著者是貝拉德（W. D. Bernard），一八四四年倫敦出版，分上下兩冊。

　　有關香港的部分，是在本書的第二十四章至二十六章。這三章所記載的，全部都是關於香港的。

　　"復仇神"號是在印度建造的一艘鐵甲輪船，排水量為六百三十噸。因為是一艘裝鐵甲的汽輪，噸數雖然不大，但當時海軍戰艦仍以多層的帆船為主，因此"復仇神"號被視作是遠端作戰的利器，在鴉片戰爭中曾運載英國軍隊深入揚子江作戰，一直抵達了南京。

　　本書編著者貝拉德曾隨艦參戰。本書的寫成，係由"復仇神"號艦長哈爾提供資料，將艦上的航程日誌、公文檔案，以及艦上的兵士的私人見聞記載供他採用。因此本書不僅包含了關於初期香港島的一些難得的資料，同時也是研究鴉片戰爭的一份重要參考資料。

關於早期香港的敘述，作者在本書第二十四章裡，引述了一八一六年英國所派的訪問清朝的親善大使阿美士德，乘船自英由海路赴天津，曾經過此地在香港海面停泊的記載。當時阿美士德所乘的戰艦在老萬山外洋洋面停泊，按照預定的計劃，等候從澳門而來的司當東、老馬禮遜等等一批中國通與他會合，作為使節團的隨員和通譯，以便同往天津。這記載裡曾提起約定的雙方會合地點，稱為“香港水道”，並說附近有許多美麗而多山的小島，其中主要的一座小島稱為“香港”云云。

　　這記載的年月是一八一六年七月十日。一八一六年是清朝嘉慶二十一年，距離鴉片戰爭發生還有二十多年，可是在英使航海的記錄上已出現了香港之名，可知這時已經對香港島加以注意了。

　　本書附有一幅一八四二年香港島的全圖，測繪者是英國海軍測量官貝爾訖爾，他是最早佔領香港島的英國軍官之一。這幅地圖大約是他測量香港水道時所繪，因此成了英國人在佔領香港島以後所繪製的第一幅地圖（在《南京條約》正式簽訂以前）。

　　據沙雅在他的《香港的誕生、童年和成年》一書裡說，貝爾訖爾所測繪的這幅香港島全圖，是香港島最早的一幅地圖，圖中已經有了維多利亞城，並且注出當時島上若干重要建築物的所在地點。島上的幾座山峰，也注出了它們的高度，不過這些數字在後來經過更準確的測量，證明並不完全正確。

　　這是一幅用影線繪成的單色地圖，比例是一英寸一英里，有許多錯誤在今天看來特別令人感到興趣。如黃泥涌的位置，在圖上被放到今天掃稈埔附近，與黃泥涌的原有位置相差一英里之遠。

又，今日的渣甸倉庫一帶，後來稱為東角的，在這幅地圖上則稱為"忽地臣角"。香港仔還沒有題上"鴨巴甸"這個英文名，因此在圖上仍稱為"石排灣"，這是當地的一個古老名稱。

至於島上大部分村莊和港灣名稱的英文拼音，也與今日通用的拼法很有不同。

關於香港島開闢初期的荒涼和氣候不健康情形，本書編著者在有關香港的那三章之內，曾提供了一些少為人知的有趣資料。他說，當時大家認為這個小島除了有深水的港灣可供船隻停泊，以及港灣東西兩端有便利出入的水道以外，其他便一無所長。因此當時有不少英國商人主張放棄香港島而佔用大嶼山。可是又因了大嶼山全島的面積太大，萬一有敵人來襲不易防守，而在氣候、特產、淡水供應方面，它的缺點又與香港島相似，但是香港島卻因了面積小而防守較易，這才決意繼續將它佔用下去。

關於島上早年的自然狀況，本書作者引用了比他更早（一八一六年）到過島上遊覽的英國航海家的記載，說島上缺少樹木，山坡上的羊齒科植物卻長得非常茂盛。又說黃泥涌一帶有大量的水稻田。

"復仇神"號停泊在香港港內時，曾遭遇過一次颶風，艦長哈爾曾在航程日誌和他私人日記裡留下了很詳細的記載，本書編著者貝拉德一一加以引用了。

《復仇神號航程及作戰史》，出版於一八四四年，距今已一百二十多年。不用說，現在要想一讀這書，自然很不容易了。

《鴉片快船》

　　《鴉片快船》，著者是巴席爾・魯布波克。著者和本書的原名是 Basil Lubbock 和 *The Opium Clippers*。一九三三年英國出版，書中附有地圖、圖解和插圖共數十幅。

　　這本書是記載十九世紀初年，小汽船和大輪船未盛行以前，從歐洲和印度往來中國沿海從事貿易活動的商船歷史的。這些商船都是以風帆行駛的大商船，運到中國來販賣的貨物又是以鴉片為主，因此稱為"鴉片快船"。這種運載鴉片的快船，都是屬於東印度公司旗下的，來到廣東海面後，最初停泊在零丁老萬山一帶，後來就集中停泊在香港。因此本書雖然並非全部內容都與香港有關，但因了題材與香港有特殊關聯，隨處都可以發現所記敘的事都是直接或間接與香港有關的。其中的第五章敘述了鴉片戰爭期間這一帶的鴉片走私情形。這時還未簽訂《南京條約》，香港還未正式割讓給英國，但在事實上香港島早已由英國駐華商務監督義律派兵佔領，這裡成了"鴉片快船"的停泊總站，沿海的鴉片走私貿易也以這裡為中心。

　　著者魯布波克除了本書外，還寫有《中國海快船》、《殖民地快船》等書，都是與《鴉片快船》相似的著作。對於本書，著者誇說曾花費了二十五年的時間去搜集資料，書中有些鴉片快船的圖片，都是從私人的收藏品中徵借來的，其中有幾幅還可以使我們依稀見到初期香港海面的光景。

十九世紀《泰晤士報》的香港通信

　　一八五九年，英國倫敦《泰晤士報》出版了一部曾經發表在他們報紙上的中國通信集。執筆的記者是喬治‧溫果洛夫‧科克（George Wingrove Cooke）。他是當時《泰晤士報》派到中國來的特派員。這部通信集就是將他所寫的通信稿經過整理後印成的單行本，原名是《中國：〈泰晤士報〉在一八五七年至五八年間來自中國的特別通信》（*China: Being The Times Special Correspondence from China*）。共分三十三章，內容非常豐富，雖然並非全部都是同香港有關的，但所敘述的事情多數都牽涉到了香港。

　　一八五七年到一八五八年，清朝咸豐七年至八年，對當時清朝來說，正是多難的一年。英國商人為了廣州入城問題，幾次同廣州的清朝官員發生爭執和武裝衝突。後來藉口"亞羅號"事件，更正式向廣東和沿海一帶發動了戰爭，這就是所謂第二次鴉片戰爭。兩廣總督葉名琛就是在這次戰爭中被英國人擄去的。

　　這些事件，本書的作者科克都親身參與了。當葉名琛被俘送往印度加爾各答囚禁時，科克是與他同船去的，後來親自去採訪，這些他都寫成通信寄回《泰晤士報》發表。因此就材料方面來說，這本通信集的材料是非常豐富的，而且都是在中國自己方面所找不到的。

《泰晤士報》的這本中國通信集，第二章、第六章，以及第七章的一部分，都是報導當時香港情況和有關香港的描寫。因為科克在第二次鴉片戰爭初期，除了隨軍到廣州去採訪外，其餘的時間都留在香港。直到後來戰爭焦點北移，他才離開了香港。本書是附有索引的，要查閱其中所提及有關香港之處，只要翻閱一下卷末的索引"香港"項下就可以知道了。

科克這個新聞記者，在彌漫火藥氣氛中抵達了香港，他當然是擁護用炮艦來打開清朝門戶這種武力殖民貿易政策的，因此他也同一般外國人一樣，用一種成見和自以為是的心理來觀察中國人的一切。但到底還是第一次到中國來，見到歐洲人在這裡所做的一切，頗與他們在本國所做的不同，不僅感到詫異，而且感到一些不滿。因此他到了香港後，對香港所得到的印象並不好。他在寄回去的通信上，對當時的香港依靠洋人吃飯的中國買辦，以及對岸九龍過來謀生的"苦力"，嘲弄了一番之後，對當時的外國商人也不放過，着實挖苦了幾句，甚至對香港這殖民地本身的建設管理情形，也表示了不滿。

在本書第六章內，科克曾對當時香港一般生活和環境表示不滿，他在通信上這麼寫道：

> 我對島上的動物和植物無法作滿意的報導。裝飾樹在人工種植和培養之下，倒長得很好。從一個遼遠僻靜的，鄰近一座貧瘠的小村和污穢民居的叫作"快活谷"的地方，

有一些花卉可以採集得到；可是野生的植物似乎僅是些粗糙的苔蘚，連牲畜也不肯吃。

說到牲畜方面，我對聳立在我窗外的高山上，從不曾見過有一隻牲畜在山上吃草。只有下雨的時候，我可以見到逐漸匯聚起來的山水。有時候，島上可以見到一隻水牛，可是牠大都是在走向殺牛房的途中。但我從不曾見過一隻母牛，然而這兒也有牛奶。不過這種牛奶，吃的人少，見了打寒顫的人多。牛奶從哪裡來的，這是香港市場的最大秘密。唯一可能生產這"牛奶"的牲畜乃是母豬。因為島上確是有不少的母豬。只是又有一種低聲的叮囑，斜了眼睛望着那牛奶罐說：中國管家婆她自己……好了，不必多說了。好在除了罐頭牛奶以外，很少有人吃這種牛奶。

有翅的蟑螂繁殖和發展的情形，使得你整天可以見到牠們，在最漂亮的客廳裡，白晝在地板上和桌上亂跑，大得像小老鼠。夜晚則撞着燈罩，大得像一隻雀子。蜘蛛大得那麼可怕，使你要詫異牠們既然養得那麼肥大，但居然還留剩着這麼多的蒼蠅。蚊蟲攻襲你的紗帳堡壘的技巧，以及牠們那麼殷勤的吮吸你的血肉，使你用着一隻阿比西尼亞老牛的心情歡迎着天明。

對於食物，科克曾對於中國菜恭維了幾句，說中國菜雖然比不上法國菜，但比他們的英國菜要高明得多了。不過，當他提到島上老鼠眾多的情形，卻說本地人喜歡吃老鼠。他說，監獄裡一晚上可以捉到二百多隻，中國犯人對之饞涎欲滴，甚至呈文給當局，要求賞給他們吃，以免暴殄天物云云。他不曾提到吃蛇和吃"三六"（狗），大約是時間不湊巧，未曾躬逢其盛。

科克筆下關於當時香港和中國人生活習慣的報導，我們現在讀起來，自然不難辨別，哪些是真實，哪些是他筆下的誇張。但是作為在第二次鴉片戰爭中一個外國記者親歷其境的通信報導，尤其是關於廣州、香港和葉名琛被俘後的生活情形，是值得一讀的。

《在中國的歐洲》

　　這是英國人艾特爾所寫的一部香港歷史。他採用了這個古怪，可是很有用意的書名：《在中國的歐洲，香港自開始至一八八二年的歷史》（E. J. Eitel, *Europe in China, the History of Hong Kong from the Beginning to the Year 1882*）。

　　本書出版於一八九五年，可以說是香港殖民地的第一部編年史，敘事至一八八二年止，用了五百多頁篇幅敘述香港成為英國殖民地前後五十年間的發展經過和一切變遷，相當詳細。作者當時是在香港任職的，關於香港早年行政設施，官官之間的人事糾紛，以及商場情況和街談巷議的瑣碎點滴，都是第一手的好資料。本書當時是由倫敦和香港同時分別出版的，香港的出版者是別發書店，可惜久未重印，現在已經絕版不易買到了。

　　作者艾特爾是當時英國所謂"中國通"之一，是倫敦傳教會的人士，一八七九年奉派來港，擔任教育視學官。雖是"中國通"，卻不熱心提倡中國文化，在視學官任期內竭力主張香港學校減少中文課程，增加英文課程鐘點，同時又提倡採用津貼制度，鼓勵教會開辦學校，逐漸停辦官立學校，減少教育經費開支。他自一八七九年開始任職教育視學官（當時視學官職權甚大，等於後來的教育司），至一八九七年才退休，先後任職達十八年之久。

艾特爾的著作，除了這部香港史以外，還有一部《香港教育史資料》（*Materials for a History of Education in Hong Kong*），一八九一年出版，此外他還編寫了一部中國佛學辭典、一部廣東話字典，以及一部研究中國“風水”問題的書。這些大約都是發揮他的“中國通”本色了。

要敘述香港殖民地的早期歷史，自然無法不提到鴉片戰爭，更不能不談到東印度公司為了獨霸東方海上貿易權，同別的國家所引起的種種競爭和衝突，艾特爾的這部香港史《在中國的歐洲》，自然也無法例外，全書二十二章，前三章就是追敘這樣的歷史背景，可以說是導論性質。

《在中國的歐洲》第四章至第七章，敘述東印度公司貿易專利權廢止後，英國對清朝貿易所產生的新形勢，以及所引起的新衝突。英國適應兩廣總督盧坤的要求，派了律勞卑爵士（Lord Napier）來廣州就任英國對華商務監督，接替東印度公司結束後，在廣州留下的業務。由於“商務監督”是“官”，東印度公司的“大班”雖然聲勢煊赫，身份到底仍是“商”，這種區別，在當時清朝官吏的眼中是毫不考慮到的，因此律勞卑既從英國到了澳門，要定期到廣州視事，他自以為自己是英國女王的欽命官員，投書兩廣總督要求約定會晤日期，不料兩廣總督認為不合體制，該信未採用“稟帖”形式，不經由“洋商買辦”轉呈。將原倍擲回，使律勞卑碰了一個釘子，英國與清朝的貿易交涉從此枝節橫生。於是使得英國商人漸漸形成了兩個要求：一是為了要獲得清朝的平等待遇和自由貿易權，最後不惜訴之武力；另一是要像葡萄牙人在澳門一樣，取得一個可以由自己統治的立腳點 —— 這兩項要求的意念蓄之既久，一場衝突和取得一個殖民地之舉，就勢必無可避免了。這就是"鴉片戰爭"形成的遠因，也就是當時大英帝國一是要在清帝國疆土範圍內建立一個殖民地的由來。

這樣一來"香港殖民地"的出現，只是一個時間問題而已。

不過，在"香港"出現以前，還經過了一個選擇階段：舟山定海、大嶼山、香港，這幾個地方在當時是都有機會會成為英國殖民地的，但是後來熟悉香港和九龍形勢的義律，終於決定選取香港，於是由非正式的"佔有"進到正式獲得"割讓"，英國就正式宣佈香港為她的殖民地了。本書從第四章到第九章，所敘述的就是這些微妙的經過。

本書的第十章，敘述了這座小島和附近地方在未成英國殖民地以前的歷史，從第十一章以後，艾特爾就正式開始作為英國殖民地以後的香港史的敘述了。他的敘述開始於在義律治理之下的一八四一年。一直到一八八二年軒尼詩總督任內為止。從第一任總督砵甸乍算起，到軒尼詩到任，已經是第八任總督了。

香港這地方，本是由義律（他是當時英國駐廣州的商務監督兼全權代表）一手包辦，由清朝欽差大臣琦善手上取得的，因此香港的第一任最高行政長官是他。他本來應該被正式委任為這個新殖民地總督的，他自己大約也認為會如此，不料就由於他取得香港島之際，事先未曾獲得倫敦方面的授權，因此不僅未曾做得成香港第一任總督，反而受到申斥，連原有的商務監督官職也丟了。他在一八四一年八月十日奉命回國述職。就在這同一天，正式由倫敦委任的第一任香港總督砵甸乍爵士也抵達澳門，準備來港履新了。

艾特爾的這本《在中國的歐洲》，是用古老的寫作歷史方法來寫的，敘事相當枯燥，但對於日期地點和人名力求詳細，毫不含糊。因此要想知道香港成為英國殖民地後，最初幾十年的大事沿革，這是一本很有用，看來也很可靠的參考書。當然，他的觀點是純粹以英國人的立場，從英國人的利益去看事物的，但他還算並不過於偏狹和武斷。在敘述鴉片戰爭的釀成經過時，他雖然埋怨林則徐對英國商人操之過急，使得義律無法善後，不得不訴之武力，但他對於虎門水師提督關天培勇戰殉職，也不能不予以讚揚。所以比起後來視整個中國都是歐洲人殖民地和推銷市場的摩斯（H. B. Morse）等人，還算老實多了。

在香港開闢初期，英國海軍陸軍的感情不大好，民政官員又與軍人的感情不大好，小官與大官之間又有派系的傾軋，大商人對於官員的政策自然有許多不滿之處，甚至總督與大法官也有職權之爭。艾特爾的這部香港史，在最初十年的歷史內，就敘述了不少這類的磨擦和風波，直到香港第二任總督戴維斯運用他的特權，將倫敦直接派來的大法官曉吾停止職務，曉吾離港回國告御狀，戴維斯被指責濫用職權，不得不引咎辭職，當時香港的這種官場人事職權糾紛可說已經達到了最高點。

此外還有風災、火災、熱病、海盜，以及盜賊橫行，點綴在早期香港開闢建設的歷史敘述中，頗不寂寞。

　　從第十三章起，艾特爾是以每一任總督的任期起訖時期為一章來敘述的，第八任總督軒尼詩的任滿時間是一八八二年三月七日，《在中國的歐洲》最末一章敘到這裡便告結束了。作者在序文上說，一八八二年以後，由於時間太近，許多事情尚不便納入歷史的範圍內，只好留待異日了。

　　但是，作者在後來英文《中國評論》（The China Review）（雙月刊，有一時期，艾特爾也是這刊物的編輯人）上又發表了一篇〈香港歷史的補充記載，自一八八二年至一八九〇年〉，將他這部香港史的記載，伸延至德輔總督任期內，後面並附有統計表，記載香港的人口、稅收、政費，船隻出入噸數等等的歷年數字，從一八四一年起，直到一八九五年為止。據這統計表的記載，一八四一年香港人口數字，包括駐軍在內，是一萬五千人（另據本書第十二章所記載，一八四一年五月香港舉行第一次人口調查，當時島上共有中國居民五千六百五十人，其中二千五百餘人是村民和漁民，八百人是商人，二千人是艇家，另有三百人是來自九龍的勞工）。一八九五年的人口數字是二十五萬三千五百一十四人。

　　前面已經說過，艾特爾的這部《在中國的歐洲》，是最早出版的一部香港史，所記載的雖然只到一八八二年為止，至今仍是敘述香港早年歷史較詳盡，也較可靠的一種。

《芬芳的港》

　　"芬芳的港"，是外國人對於"香港"兩字的意譯。有不少外國人，由於在十九世紀的三十年代，到廣東來進行貿易的外國商船，習慣到香港島西端近香港仔處的一條大瀑布入海處取淡水（至今這地方仍稱為"瀑布灣"，瀑布卻因上流水源被截斷，已經枯竭了），遂誤解了"香港"命名的來由，以為是由於水質甘美芬芳而起，遂譯成"芬芳的港"。其實是誤解了。香港的"香"，是由於當年東莞特產的"莞香"由石排灣出口而起，並非由於瀑布灣的水質芬芳。

　　安德科與興頓兩人合著的這本《芬芳的港》（G. B. Endacott and A. Hinton, *Fragrant Harbour*）是一部香港簡史，本是準備作中學課本用的，篇幅並不多，可是由於編寫的方法很別緻，文字也簡單明瞭，因此倒成了也適合一般人閱讀的一本香港簡史。

　　本書共分十二章，每章又分成若干小節，各有小題，每章並摘錄有關文獻一題，以見當時對於新涉及的這些事情的輿論和反應，更附以複習用的問題若干。這部香港簡史初看起來好像近於零碎不連貫，其實它已經將這個殖民地的形成經過，它的特徵和發展情況，以及歷年的一些重大事件，全都扼要的介紹給讀者了。

本書附有若干插圖，大都是採取新舊對照方式，表示了香港面貌的變化和發展。

卷末有附錄三篇，一是澳門小史，一是香港的一些有趣味的地方，另一是歷任總督的姓氏和任期。作者在本書卷末附了一篇澳門小史，這不僅因為港澳關係很密切，而是由於在鴉片戰爭的前夜，英國駐華商務監督義律，曾起意想佔領澳門，取葡人的地位而代之，可是這意見不為倫敦所接受，這才退而求其次，向林則徐的繼任者琦善索取香港，因此香港這殖民地的形式，可說是由澳門所促成的。

附錄第二篇〈香港的一些有趣味的地方〉，可說是本書內容最有趣的一部分。作者以八十一個小題，敘述了香港、九龍、新界以及離島上的一些古跡建築和古老道路的遺跡等等，這些都是在其他外人所寫的有關香港著作裡很少讀得到的資料。

作者在敘述香港一些街道命名掌故時，很替當時的英國商人攫取了這個殖民地的義律抱不平。因為許多早年次要的人物都在這裡留下了他們的姓名作紀念，唯獨取得香港島的商務監督義律，卻沒有一座山、一條街道，或是一座建築物是用他的名字來命名的。據說今日中環銜接雲咸街，穿過堅道通往羅便臣道的"基利連拿"（俗稱"鐵崗"），本來命名為"義律谷"，後來遭英國商人反對，遂改成了今名。其實，反對他的不僅有當時到中國來貿易的英商，就是維多利亞女王也對他擅自取得香港島曾加以譴責，將他調遣回國，另派砵甸乍爵士來接替。義律可說吃力不討好，難怪《芬芳的港》作者在百年之後要為他抱不平了。

《一個東方的轉口港》

今日的香港雖然號稱是"東方之珠"，甚至自譽是"民主櫥窗"，但是自十九世紀以來，她的經濟命脈都是依賴中國大陸來維持的，因此她的地位始終是一個商業上的轉口港。這正是本書命名的由來。

本書還有一個副題："一輯說明香港歷史的文獻選集"，編選人是安德科（G. B. Endacott, *An Eastern Entrepot, A Collection of Documents Illustrating the History of Hong Kong*）。他曾任香港大學講師，寫過好幾本關於香港歷史的書。本書是由英國倫敦皇家文書局出版的。

這本書的主要內容，全是有關香港的舊文獻的輯錄。起自一八一六年，訖於一八九八年，總共選錄了文件五十一篇。最末一篇的年代，就是英國同清朝政府訂立"拓展香港界址"條約，"租借新界"的那一年。至於第一篇文件的一八一六年，其時"香港殖民地"當然還不曾誕生，但是這時東印度公司已在廣州設立分公司，英國已經派了阿美士德爵士為特使，東來試探向清朝打開貿易之門，對中國的市場已下了染指的決心，因此從這時起已屬於"香港殖民地"的胚胎時期了。

這五十一篇文件，不一定全是英國人自己的，也有清朝官廳給英國商行的公文的譯文，以及英國商人所搜集的當時清朝官方關於管理"夷商"的條例的譯文。這些文件的來源都是官方的檔案庫，那數量當然是非常龐大的，編選人的挑選目的，是選擇與早年香港經濟發展和英國貿易有關的一部分。由於材料太豐富了，編選人的這個目標雖然好像不能使一般人感到興趣，其實內容仍非常充實而富於歷史趣味，因為這些都是第一手的原始資料。有時當事人在當時偶然信手寫下的一句話，使我們在百年後讀來，往往能幫助解決了懸置許久的一個疑問。

所輯錄的五十一篇文件，共分為八個部分。第一部分關於在廣州所受的苦難以及香港的形成；第二部分關於香港和其他通商口岸；第三部分關於鴉片貿易；第四部分是對於香港貿易的早期失望；第五部分是關於轉口貿易的發展；第六部分是貨幣和財政；第七部分是行政組織和商人的意見；第八部分是拓展界址。

編選人在卷首有一篇較長的序言，說明作為遠東貿易轉口港的香港，在自身商業發展失去前途後怎樣成為一個遠東重要商業轉口港的經過歷史。在每一部分之前，編選人另有一段簡短的說明。

本書不是排印的，是用打字的原稿影印的。我不解為何要如此。有一些明顯的錯誤都未能改正，如序文最末一面，文件第五十篇"割讓九龍半島"的條文簽訂年代該是一八六〇年，但是書中兩處地方都誤成了"一九六〇"年。

英格雷姆斯的《香港》

　　一九五二年，倫敦的皇家文書出版局，計劃出版一套介紹各自治領和殖民地的叢書。稱為"花冠叢書"。第一本出版的就是《香港》，著者是哈羅德·英格雷姆斯（Harold Ingrams, *Hong Kong*）。他為了被派寫這本《香港》，曾在一九五〇年三月至五月間，到香港來視察了兩個月。

　　這是一本介乎官方報告與遊覽誌之間的書。立場是官方的，所敘述的則盡量從多方面，從細小處着手，以便吸引讀者的興趣。因此這不是一本香港史，也不是一本一般的遊記，而是介乎兩者之間的著作。

　　這本《香港》的內容是非常豐富的，共有三百頁，分成四個部分，附有插圖四十幅，其中近十幅是彩色的，此外還有一些插畫和圖表，並附有兩幅單張地圖，一幅是港九街道和人口密度分佈圖，另一幅是港九新界全圖，都是彩色精印的。

　　如果當作香港史來讀，這書會令人失望，可是如果當作一個英國官員所寫的香港見聞來讀，則到處會令人感到興趣。因為正如所有到這個殖民地來視察的英國官員一樣，他的口口聲聲都是說要親自接近香港的一般中國居民，可是事實上無法不通過一些媒介，同時也無法擺脫自己的"優越感"。結果，英格雷姆斯的這本《香港》雖然並非為我們中國讀者而寫，卻令我們讀了，對於作者到處被人牽了走，聽了一些不三不四的介紹，卻還以為已經了解了香港中國居民生活和思想的真相，不禁要發出會心的微笑。

英格雷姆斯立意要將他的這本《香港》寫的輕鬆一點，避免令人認為是殖民地部的官方宣傳文字，盡量的敘述他個人與香港各階層中國居民接觸的情形。他的意念中的讀者當然不是中國居民，可是我們讀了卻特別感到興趣，因為藉此可以領略到一個英國官員到了香港可以見到的是什麼，以及中國居民，從爵紳、買辦、英籍華人，以至中國漁民和街邊的"苦力"，在他們的眼中和筆下是怎樣。所以我說，若是從這個角度去讀，英格雷姆斯的這本《香港》會使我們特別感到興趣。

試舉一個例為證：

英格雷姆斯抵達香港後，香港政府派了一位任職副華民政務司的鍾某作為他的嚮導，以便他有機會可以觀察香港各階層中國居民的生活。這位副華民政務司當然懂得"洋大人"要看的是什麼，於是首先帶了他去逛嚤囉街、荷李活道、大笪地，又介紹他與東華三院各當值總理會面，接受他們的歡宴，又領了他去玩西環的"私人俱樂部"，看盲妹和私娼侑酒，又到街邊看"雞"拉客。

在荷李活道，我們的這位副華民政務司介紹英格雷姆斯所參觀的第一家中國商店，是任何人再也料不到的，用英格雷姆斯自己的話說：

他立即折入一家林立鑲空樹幹的光線黯淡的商店。在店內的深處，有一盞紅寶石似的小燈在神壇前閃耀。從這隱僻處，店主走出來用一種愁眉苦臉的態度來歡迎我們兩人。（原書第二十九面）

原來這位副華民政務司引導"洋大人"參觀的香港一家中國商店，乃是荷李活道的一家棺材店！

看了棺材店，接着又看出售"陰司紙"的紙紮店，然後再帶了"洋大人"到大笪地算命看手相……用英格雷姆斯自己的話說，這位鍾先生可謂眼光獨到，他先介紹了中國人對於死後和未來世界的觀念，然後再介紹他們的現世生活。

至於香港殖民地在一般英國人自己的眼中又怎樣呢？英格雷姆斯也用了一個有趣的小故事來作說明（見原書第四十二面）：

一個香港大班不久以前回到英國，在倫敦郵局要寄一封信回香港，倫敦郵局的女職員竟不知道香港是"英國殖民地"，要他按照外國郵資付錢，經他再三辯解，拿出確實證據後，她才相信，但是還有點不服氣的說：

"也罷，原來如此，但是我相信這一定是新近的事情。"

香港殖民地的百年紀念郵票早已發行了，在倫敦的郵局內還有這樣的女職員，難怪殖民地部要計劃出版這部《香港》了。

安德科的《香港史》

　　艾特爾的那部《在中國的歐洲》，出版於一八五九年。這是一部以香港殖民地本身為敘述中心的香港史，包括的年代約自一八四一年至一八八二年止，敘事的經緯是以每一個總督的任期為起訖的。因此以商務監督的義律時代為起點，寫到一八八二年五月，軒尼詩總督任滿為止。

　　艾特爾的這部香港史的出版，已是一個世紀的四分之三以前的事了。他後來雖然也曾略作補充，但是在他以後，儘管有關香港的書籍出了不少，可是以這個殖民地本身一切發展為敘述中心的香港史，卻一直不曾有過，直到一九五八年安德科出版了他的這本《香港史》，這個空白才算填補了（G. B. Endacott, *A History of Hong Kong*）。

　　安德科曾任香港大學講師，編著過好幾本關於香港的著作。這部《香港史》的性質，頗有一點與艾特爾的相似，因為他敘事的經緯，也是以若干香港總督的任期為起訖的。但他所敘的年代則更長，從義律根據了與清朝欽差大臣琦善兩人擅自訂立的《穿鼻草約》（一八四一年一月）派兵佔領了香港島開始，一直敘述到香港淪陷在日本人手中三年零八個月，經過光復，曾向日本人投降的楊慕琦總督復任，再由葛量洪總督（任期為一九四七年到一九五七年）繼任為止，都包括在他這部篇幅三百多頁的香港史內。

安德科在序言裡說明本書取材的來源，主要的全是倫敦殖民地部所存的歷年有關香港的檔案文獻，這包括香港歷任總督寄回去的報告，以及殖民地部給香港的公文指示，還有英國外交、海軍、陸軍各有關部門所貯存的有關香港的檔案。安德科承認他這本香港史的取材以官方文獻為主，觀點則是綜合殖民地部和歷任總督的。因此我們如果要研究一下，百多年以來，英國官方對這個殖民地的重要決策和統治措施是怎樣，這本香港史是值得一讀的。

安德科這本香港史的內容，還有兩個特點，一是他指出香港這殖民地自開始以來，它的命脈就建立在商業和經濟上，二是它同中國本土關係的密切，因此一直有許多年，只是將這地方看作是一個商業的據點，並不曾當作一個正式的殖民地。

本書共分二十四章，最末一章敘述了第二次世界大戰末期，日本投降之後，英國為了雅爾達會議，擔心美、蘇有諒解要將香港交回中國的事，因此當時對於光復初期的香港行政制度，陷於舉棋不定的苦悶情形，這是在別的有關香港的著述中，很少寫得這麼詳盡的。

《香港歷史教材》

　　《香港歷史教材》，史托克斯著（Gwenneth Stokes, *Hong Kong in History*）。這是作者在香港電台所作的敘述香港歷史的廣播稿，對象是香港的一般學童，共分二十四課。一九六五年出版，由香港政府印刷署印行。我不曾聽過作者的廣播，只見到作者為了方便他的聽眾所編的這本小冊子。作者自己在序言上說，這本小冊子的內容很簡略，他的廣播比這文字稿詳細多了。

　　這二十四課香港歷史教材，每一課以四頁篇幅構成，第一頁是內容大綱，第二頁是年表或地圖，第三頁是圖片，第四頁是複習本課的課題。誠如自己所說，文字的敘述實在太簡單，但是那些圖片有時倒可以使讀者感到興趣。

　　這二十四課的內容是：一、石器時代居民，約二千五百年以前的情形。二、漢朝時代。三、唐朝時代。四、大約一千年以前。五、宋朝時代。六、宋朝的末日。七、明朝初年。八、十六世紀。九、早年的澳門。十、明朝的末日。十一、清朝初年。十二、十八世紀的廣州貿易。十三、一百五十年前後。十四、一八一六年。十五、一八四一年一月二十六日。十六、一八四一年至一八四三年六月二十六日。十七、一八七〇年前後。十八、華僑。十九、孫逸仙。二十、一九〇六年前後。二十一、第一次大戰期間。二十二、一九三一年。二十三、一九三七年至一九四一年十二月。二十四、一九四一年十二月至一九四五年八月。

圖片構成了本書主要的內容。這些圖片，除了圖表之外，大部分都是照片，有新有舊。另一部分是手繪的插圖，這一部分的質量很差。畫的固然不很高明，所表現的又不正確，倒是有幾幅從舊出版物上複製出來的，反而比較可觀。那些特地託人繪製的，實在太幼稚了。

第十五課〈一八四一年一月二十六日〉，所講的是英軍最初登陸香港島的"歷史"。作者在這一課中不曾提到那有名的《穿鼻草約》，只是簡略的說在一八四一年一月間，英軍佔領了虎門的幾座炮台之後，廣州的清朝高級官員便通知義律，說英商人可以用香港島去居住和做生意了。

事實上，凡是留意過鴉片戰爭初期歷史的人，都知道當時的情形並不這麼簡單，作者未免說的太輕鬆了。義律為了要攫取香港島，向清朝欽差大臣琦善軟硬兼施，威迫利誘，兩人終於私下訂立了那一份極不名譽的《穿鼻草約》，這才有藉口佔領香港島的。

也正因為如此，作者在下一課——第十六課上，就無法再抹煞歷史的事實，只好承認的說：清朝皇帝對於將香港島給予英國人之事，大為生氣。同時，維多利亞女王也說："香港島是個無用的地方。"將經手這事的義律撤職，派了砵甸乍來替代他。這個殖民地是在這麼雙方都不討好的情況下誕生的，這才是當時的歷史。

《香港歷史與統計摘要》

本書的全名該是《香港殖民地自一八四一到一九三〇年的歷史和統計數字摘要》(*Historical and Statistical Abstract of the Colony of Hong Kong, 1841-1930*)。

這是香港政府編印的。一九一一年初版,一九二二年第二版,一九三二年第三版。我所見到的是第三版,大事記和統計數字都到一九三〇年截止。以前的兩版未曾見過。

這是一本查閱香港自開埠以來(到一九三〇年止)各項大事和行政、立法、建設概要以及人口、船隻、稅收等等數字的重要參考書。過去有一些《香港年鑑》一類的書,所附載的大事記和統計表,都是從本書翻譯而來。

本書的歷史紀事,是按年記載的,每年的項目分為重要事項、工商業、公共建設以及立法等四五類。早年的較簡略,因為材料收集不易。自一九一〇年以後,逐年所記載的就愈來愈詳盡。每一項記載都附有事件發生的日期,因此查閱起來非常方便。舉例說,如有名的跑馬場大火災,是發生在一九一八年的,在這年的重要事項記載內一查,就知道這場災禍發生在二月二十六日這一天。

本書所記載的幾項早年重要事項特別值得一提的是:

據一八四一年項下的記載，英國宣佈佔領香港島的日期是這年的一月二十六日，義律在島上張貼"安民佈告"的日期是一月二十九日，而英國根據《南京條約》正式取得香港則是一八四二年八月二十九日。至於第一任香港總督砵甸乍正式接受委任，則是一八四三年六月二十六日的事了。

這以上的幾項數字，都刊在本書第一頁和第二頁內，一查即得，若是要從別的歷史敘述中去搜尋這類資料，就要大費氣力了。

本書卷末所附的自一八四一年到一九三〇年各項統計數字的表格，有時可說比上述的文字記載更為有用。這些統計數字分為貿易、財政、人口、衛生、公教、公安等項。船隻出入的噸數包括在"貿易"項下，稅收、軍費、建設費用等等都包括在"財政"項下，警察和犯人的數字則包括在"公安"項下。

最值得注意的是自一八四一年以來的人口統計數字。中國人和非中國人是分別計算的。英國人佔領香港島的第一年（一八四一年），島上中國居民數字是五千六百五十人，非中國人沒有統計。到了本書所記載的最末一年，即一九三〇年，中國居民的數字已經是八十一萬九千四百人，非中國人是一萬九千四百人，合共八十三萬八千八百人。

《香港之初期發展》

　　《香港之初期發展》（從一八四二年到一九一二年），這是一本彩色畫冊，是香港亞細亞火油公司為了紀念他們經營五十周年（一九一三年）所編繪的一部香港歷史畫冊，共有彩色印的圖畫十二幅，起於一八四二年，訖於一九一二年，即該公司在香港成立的前一年，共計七十年。

　　圖畫的繪製是採用綜合構成方式的，即將時間相近的本港重要人物和重要建設，分成幾個獨立小部分繪在同一畫面上，這樣合成一幅圖，這是用彩色印的，另外再加上一頁附有中英文的簡單說明。

　　這十二幅圖概述了香港初期七十年發展的面貌，年代的劃分是以總督任期為標準的，如第一任總督砵甸乍的任期是一八四三年到一八四四年，第一幅圖所畫就是香港這三年的建設發展情形。第二任總督爹核士的任期是一八四四年至一八四八年，所畫的也就是這五年間的情形。最末一幅所畫的是一九○七年至一九一二年，這是總督盧押的任期。這時正是第一次世界大戰前夜，香港的商業經濟十分繁華，汽車已經從歐洲輸入。這一幅畫上畫了香港大學的新校舍，以及畢打街口的郵政總局，這都是在這一年興建的本港重要建築物。

十二幅圖都畫得不算壞，雖然有不少美化誇張之處，但是多少可以使一般讀者對初期的香港面貌獲得一點印象。只是文字太簡略，而且中英文對照起來細看一下，就可以發現有好幾處地方互相矛盾，顯然是編印方面的疏忽。

《早年香港人物略傳》

《早年香港人物略傳》，安德科著（G. B. Endacott, *A Biographical Sketch-Book of Early Hong Kong*）。

安德科曾在香港大學任教，編著過幾部香港歷來和早年史料，由香港大學和牛津大學出版部出版。但是本書的出版者，卻是新加坡的東方大學出版部有限公司，一九六二年出版，在日本排印。

對於留意香港殖民地開闢初期歷史的人，本書是一本很可供參考的小書。書中所敘述的那些人物，他們的傳記資料都散在各種記載內，只有少數人有個別的傳記，現在經作者將他們的傳記資料，尤其是有關香港部分的，集中在一處，為他們每人編寫了一篇略傳，在參考上很有用處。

所謂"早年香港"，作者在序言上說明他所限的年代，是英國佔領香港島以來最初二十五年，即從一八四一年到一八六五年。這二十五年間，香港島由軍事佔領經過鴉片戰爭的《南京條約》，正式成為英國殖民地，從最初的統治者義律手上，經過第一任總督砵甸乍，以及繼任的戴維斯、般含、寶靈，直到羅便臣。後者的去任年代是一八六五年，也就是作者在本書中所劃定的年代的最末一年。

這本書所包含的人物略傳，分成三個部分。第一部分是這時期的幾個總督，包括義律在內，到羅便臣為止，一共六人。第二部分是早年的香港政府官員，包括了十個官員的單獨略傳，以及一篇〈其他的官員們〉。

這一部分早年的香港政府官員之中，包括了莊士頓，他本是有資格做一任總督的，可是始終未能如願。還有威廉·堅，更是早年香港的風雲人物之一。此外還有因了貪污和勾結海盜，鬧得當時滿城風雨的高德威，以及被清朝官廳所痛恨的吉士笠。

第三部分的略傳，是〈幾個香港人物〉。這些人都不是政府官員，所以不列入第二部分。這部分所包括的人物，有狀師必列啫士、新聞記者吐倫、翻譯中國“四書”的萊基、畫家秦納利等人。

這一部分又包括了早年在香港活動的幾個英國以外的外國人，以及幾個大商行老闆的事跡。此外還有兩篇附錄和幾幅插圖。插圖都是早年幾個重要人物的肖像。

安德科的這部《早年香港人物略傳》，其中沒有一個中國人。作者在序言裡曾對這個問題有所解釋，說在本港最早的那二十五年之內，中國人沒有什麼重要的貢獻，又因搜集材料不易，所以敘述的範圍以歐洲人為限。承他不棄，說在這個殖民地較後期的歷史裡，中國居民的地位和貢獻開始逐漸重要了。其實，這解釋是多餘的。在以炮艦政策和鴉片貿易為重點的這個殖民地的早年活動之中，若是有一個中國人會特別被英國人瞧得起，這個中國人又將是一個怎樣的人物呢？

"洋大人"的回憶錄

　　本書是曾任香港新界裁判司法庭一位英國特別法官所寫的回憶錄，雖是用英文寫的，卻附有一個中文書名《洋大人》，並且作者自己也有一個中國化的姓名："高志"。作者在本書的末尾說：在新界某處一座建橋紀念碑上，就留下了他的這個中國化的姓名。這座橋樑是他任內的功績之一，因此任滿離港回國之際，他在飛機上下瞰，使他感到滿意的就是下面某處有這麼一座橋樑和紀念碑上所留下的自己的名字。不過令他更有感慨的是，誰是不認識不知道他的人，僅見了碑上"高志"二字，也許誤會他是中國人。他覺得這是可以發人深省的，許多外國人到中國來的工作結果都是如此：他們本來要想將中國西方化，結果往往是自己被中國化了。

　　本書的英文書名是 *Myself a Mandarin*，譯起中文來說該是《我自己也是老爺》。作者的原來姓名是：Austin Coates。

　　本書的篇幅並不多，是作者自述他在香港做官經過。由於他是英國人，又是政府官員，職務是特別法官，管轄的地點又是新界，在他的日常公私生活上，自然有許多值得回憶的事情，因此本書的主要內容，全是以一些小故事連綴而成的。

　　不用說，我們只要看看作者自己所取的這個中文書名《洋大人》，就不難知道本書內容的一個特色："洋大人"總是公正和聰明的，"皇家法例"更是尊嚴不可侵犯的，而新界鄉民照例是"頭腦簡單"，時常無事也要惹麻煩的。但是無論什麼困難，只要經過"洋大人"的處理，不要說是人的麻煩，就是"牛"的麻煩，田地的麻煩，經過處理總是能夠既合乎"洋大人"的法例，又合乎鄉民的風俗習慣，結果彼此都"滿意"，官民都"一團和氣"。

本書就是充滿了這極富於喜劇趣味的小故事，但有時也會有點意外的緊張，第九章所述的一宗官司：這是新界的佃戶與地主之間的一項紛爭。法庭應了原告地主所聘用的外國律師的要求，出動執達吏去剷除佃戶的菜地，拆毀所建的豬欄。但是知道佃戶態度很強硬，怕臨時遭遇有力的抗拒，"洋大人"就定下妙計，調集四百名警察，埋伏在一座小山背後，派一個人站在山頭上觀察形勢，手執雪茄煙，若是需要警察出來協助，就擦火柴燃吸雪茄為號。不料原告佃戶的手段更強硬，他邀集了"九百"名鄉民將田地團團圍住，聲言要與地主拚命。地主怕吃眼前虧，請法庭執達吏緩期執行，那四百名警察只好悄悄的撤退。這也許是一冊能使外國讀者讀了比中國讀者更感到興趣的小書。

《香港淪陷記》

　　《香港淪陷記》的原名是 *The Fall of Hong Kong*，這個中文書名也是原有的。本書的作者是諦姆·加魯（Tim Carew）。初版出版於一九六○年，後來更出版了紙面的廉價版。

　　本書是關於一九四一年十二月八日起，日本軍隊進攻香港這一場戰爭的記載。這不是小說，但也不是戰史，而是一種回憶和綜合報導的敘述。

　　作者對當時的英國保衛香港力量的單薄，表示了很大的不滿。可是對於自十二月八日以來直到聖誕節那天，港督楊慕琦親到九龍半島酒店日軍司令部簽署投降文書為止，在這十八天內與日軍作戰的香港防軍，卻給以大大的讚揚。尤其是對於英軍杜米息聯隊的若干個人，簡直稱讚得近於過份了。

　　對於在這一場戰爭中的中國人，無論是居民或是參加義勇軍的，作者幾乎完全不曾提到。因此讀了本書，使人覺得當年的這一場戰爭，好像只是英國兵與日本兵的戰爭。光榮全是屬於英國兵的。結果，戰勝的是日本兵，戰敗的是英國兵，總督只好投降了，這個英國殖民地就在一九四一年的聖誕節這天淪陷到日本人手上。這就是《香港淪陷記》的內容。

關於當年香港這一場絕望的保衛戰的出版物很多，本書的唯一長處是對於當時英國自顧不暇，在香港殖民地的安全佈置上，只好聽天由命的那種薄情態度，給予了很大的嘲諷。

《勇敢的白旗》

　　《勇敢的白旗》（ *The Brave White Flag* ），是一部關於一九四一年香港淪陷到日軍手中的戰爭小說，著者是詹姆斯‧艾郎‧福特。他自己是蘇格蘭聯隊的士兵，當時曾參加作戰，香港投降後成為戰俘。本書出版於一九六一年。出版後很獲好評，第二個月就再版了。

　　以一九四一年冬天香港遭受日軍進攻那一場絕望的防禦戰為題材的書，除了一般的回憶錄和戰史以外，寫成小說的也不少，情節大同小異，不外描摹在大勢絕望之中的個人英勇犧牲的故事。本書也不能例外。但他令人另眼相看的原因，是作者自己曾參加作戰，有他自己的親身經歷作背景，其次是作者還有一個哥哥，也是屬於蘇格蘭聯隊的，與他一同作戰，也一同被俘，他名叫道格拉斯‧福特。後來在九龍深水埗的戰俘集中營內，道格拉斯因為與當時駐中國境內的英軍情報人員秘密通信，計劃集體越獄逃亡，被日本查悉，道格拉斯與其他兩個同伴被捕，遭受日軍種種酷刑迫供，終不肯招出其他同志姓名，後來在大浪灣被殺。本書作者則被轉押到日本橫濱。日本投降後獲釋。

　　就因為這樣，這本小說就獲得許多人的好感，全書共分四卷，以河、風、山、鳥為題，每一卷又分若干章。兩個主要人物都是軍人，一個名叫摩理斯，另一個名叫克雷。

香港殖民地的標誌

　　哈彌爾登的《香港的旗幟、徽章、印章和紋章》（G. C.
Hamilton, *Flag, Badges, Seals, and Arms of Hong Kong*），
一九六三年香港政府印刷署出版。雖是一冊薄薄幾十頁的小
書，卻有關於香港官方的典制，而且富於歷史趣味。

　　香港自開埠以來所用的官印，以及代表香港殖民地的標
誌，其上除了文字以外，所採用的主要圖像構成部分，就是一
幅所謂"阿群帶路圖"。這幅圖像，在香港政府的一切公用信
封信箋，文告，以及旗幟、帽徽、臂章等等上面，自開埠以
來，就一直使用，直到一九五九年。

　　從一九五九年起，作為代表香港殖民地官方標誌的，乃
是新設計的一個紋章，其上繪着一獅一龍相對而立，捧着一面
盾牌，牌上繪有兩艘中國式的帆船。盾牌頂上立着戴了皇冠的
"不列顛獅"。獅龍對立的地點是一座小山，下面有水紋，想是
象徵香港島。這幅新的紋章，據說是一個香港政府官員在香港
淪陷期間，在日本人的集中營裡設計的。一九五九年倫敦宣佈
正式採用這幅新的圖案為香港殖民地的官方標誌，過去所用的
那幅"阿群帶路圖"作廢。當時王夫愛丁堡公爵來港，就帶來
了這幅新的設計圖，官式交給總督啟用。現在香港官方文件上

的徽號和標誌，早已普遍改用這幅新的設計了。

香港殖民地歷年所使用的這些官印和標誌，在哈彌爾登的這部《香港的旗幟、徽章、印章和紋章》裡，都附有彩色圖版。在香港島還不曾正式被宣佈為英國殖民地之際，這就是說，在第一任總督砵甸乍還不曾蒞任之際，義律是以"英國駐華商務監督"的身份統治香港的。據哈彌爾登這部小書的第一幅圖版所載，當時所用的官印是橢圓形的，正中是獅與獨角獸捧着皇冠盾牌的圖像，上面有中文字，作"駐香港英國通商總領"九個楷書字，下面是英文。

據哈彌爾登說明，這顆官印從一八四一年一月二十六日開始使用，到一八四三年六月二十六日廢止。蓋有這顆官印的文件在香港已經絕跡，哈彌爾登書中那幅圖版的來源，據他自己說是從倫敦殖民地部的檔案中找到的，這還是當年砵甸乍爵士用公文蓋了這顆官印送交存案的，時間是一八四三年十二月二十二日。

這顆香港最早的官印，曾在一八四三年五月十九日失竊，被賊偷去。據艾特爾在他的那部香港史裡說，砵甸乍爵士想盡方法，終於在這年的十一月間尋回來了。

正式的有維多利亞女王徽號的香港殖民地官印，是在一八四二年頒佈的。這是香港第一顆正式官印，其上所採用的圖像就是那幅所謂阿群帶路圖。其後歷經喬治五世和喬治六世，雖然循例另頒新王徽號的官印，但是那幅阿群帶路圖都繼續採用，一九五六年，伊利沙白女王二世頒給香港殖民地的官印，主要的圖像也仍是如此。直到一九五九年，倫敦正式宣佈廢除作為香港殖民地標誌的阿群帶路圖，另行頒佈了新設計的那幅獅與龍捧着盾牌的圖像作標誌，因此伊利沙白女王二世在一九五六年頒給香港的那顆官印只好作廢，在一九六二年另行頒發了一顆新的，其上改用了新的獅龍捧盾牌的紋章，替代了舊有的阿群帶路圖。

阿群帶路圖採用了一百多年，忽然被廢除的原因，是因為最初的設計人，由於不明白香港的地理環境，圖中以香港扯旗山為背景，近景岸邊繪有作握手狀的中國商民和英國商民，中間隔着大海。這樣一來，通商的地點竟是九龍而不是香港島。這與當時實際情形是完全不合的，因為那時的九龍仍是清朝帝國的領土。這個錯誤早已有人指出過，可是倫敦和香港雙方都不想更改，就這麼一直沿用了一百多年。

《香港的三合會》

    《香港的三合會》，摩根著（W. P. Morgan, *Triad Societies in Hong Kong*）。一九六〇年香港政府出版署出版，著者摩根是香港警方負責調查黑社會組織的警官，在搜集材料和披露黑社會內幕組織方面，具有一般人所沒有的方便，因此這雖是官方的出版物，卻是一本資料性很強的書。尤其在圖版方面，包括警方平時搜獲的三合會各種文件器具，以及特別攝製的這類黑社會會員入會儀式，都是平時不容易有機會見到的。對於這個課題有興趣的讀者，在這裡可以大開眼界。

    本來，對於我國的秘密結社，我們自己在過去也早已有過幾種較簡單的著作出版。在英文方面，最有名的是華德與史特林兩人合著的那部《洪門》（J. S. M. Ward and W. G. Stirling, *The Hung Society or the Society of Hearen and Earth*），一共三大冊，圖版也極豐富。可惜這書絕版多年，現在已經不容易得到了。

    對於三合會、天地會一類的秘密結社，在過去凡是有中國僑民居住的殖民地，統治當局無不談虎色變，認為在處理上是一個最棘手的問題。香港當然也不會例外。《香港的三合會》著者在警方所任的職務，就是專門調查香港三合會組織的。這本書的編著，是對外，同時也是對內供給一般研究資料的。材料的來源除了警方自己所掌握的以外，還獲得了華民政務司署的協助。

關心香港社會組織的讀者，對於本書的第四章：〈三合會在香港一百年來的歷史〉，應該特別感到興趣。在這一章內，敘述了香港自闢為英國殖民地以來，三合會等等秘密結社在這裡滋長、活動和衍變的過程。早在一八四五年，香港就已經頒佈取締三合會及其他秘密結社的法例了，可見香港當局對這個問題注意之早。

本書共分兩部，第一部是歷史部分。第二部是關於三合會的組織和繁複的入會儀式敘述，這一部分還附了許多特攝的彩色圖片，好奇的讀者可以大感滿足。

卷末有兩篇附錄，一是中英文對照的有關三合會的種種名稱和術語，另一是自一九四六年到一九五八年間的香港各種主要三合會名稱和活動狀況。其中有不少都是利用其他社團名義作掩護的。這兩個附錄都編得很有用處。

《香港植物志》

　　喬治・班遜姆的這部《香港植物志》（George Bentham, *Flora Hongkongensis*）。一八六一年倫敦出版，當時售價不詳。本文四八二頁，外加序文目錄五十二頁，穆倫都爾夫的《中國書目提要》著錄，編號一七七一號。這部一百多年前出版的《香港植物志》，至今不僅是出版最早，同時仍是最詳盡的一部。可惜絕版已久，就是一般的圖書館架上，也找不到這本書了。

　　本書共收香港所生長的花木名目一千零五十六種。按照種類分別編目，並且一一注明發現標本的處所，採集者的姓氏，以及本品與其他地區所發現的同類品目的比較。本書的編著目的似不是供一般人閱覽的，所採用的全是拉丁學名，又沒有插圖，因此除了專門研究植物學的以外，一般人對於這本植物志是會感到非常枯燥的。

　　班遜姆在卷首有一篇長近二十頁的序言，說明他這本植物志所根據的材料的來源，以及在他從事這本書編著以前，其他人對於中國各地和香港一帶在植物學方面所作的貢獻。他說，在香港島未成為英國殖民地以前，歐洲來的航海家和旅行家在這一帶所採集的植物標本，大都經由廣州和澳門從海路帶回本國。當時採集的範圍，大約在大嶼山和汲水門附近的島嶼，因為當時從歐洲來的船隻，若不駛進黃埔，就寄泊在老萬山群島這一帶，因此他們採集植物標本的範圍，可能已經包括香港島在內。

當然，這是一八四一年以前的情形。到了一八四一年初，英國派遣到華南來保護貿易的海陸軍，在駐華商務監督義律命令之下，正式佔領了香港島。在植物學方面來說，正式採集香港植物標本的工作，從這時也就開始了。當時派來運兵在香港島登陸的英國海軍測量船，船上有一名海軍軍醫，名叫理查·興斯，是一個業餘的植物學家。他隨同英國海陸軍第一批人員在香港島登陸，立即着手島上植物標本的採集工作。因此他成了正式在島上採集植物標本的第一個歐洲人。他在這年冬季在香港住了幾星期，將已經採集到的香港植物標本付船帶回去，共計一百四十種。

除了理查·興斯以外，班遜姆說，早年以研究香港植物著名的歐洲人還有兩個人，一個是張比安，另一個是漢斯。張比安是軍人，他在一八四七年奉派到香港，駐紮了三年，利用餘暇在島上各處採集植物標本。到了一八五〇年被調回國時，他的行囊中所攜帶的香港植物標本，已有近六百種之多了。

亨利·漢斯是英國人，一八二七年出世，他在一八四四年就到香港來任職，當時年僅十七歲，是香港政府的一名文員，後來逐漸升任至英國駐華商務監督，在英國外交部指揮下工作，從一八六一年起改任駐黃埔港的英國副領事，擔任這個職務達二十五年之久，其間曾屢次代理駐廣州的英國領事職務。

一八八六年被正式任命為駐廈門英領事，可是到任一個月就去世了。

漢斯的一生，可說都消磨在我國華南各地。他在香港和廣州都住過，在黃埔住的時間更久，又曾往海南島及廣東境內各地旅行。他是業餘的植物學家，有空就出外採集植物標本。他在黃埔任職期間，除了研究當地植物以外，還有在我國其他通商口岸的英國商民和教士等人，將自己採集到的植物標本寄給他，供他研究和鑒定。因此當他去世後，留下的那一份植物標本數量非常可觀，共達兩萬兩千四百三十七種之多。這些都捐給了倫敦的大英博物館。有許多種第一次由漢斯在中國境內發現的植物標本，都用他的名字來命名。

漢斯所發表的植物學論文和報告很多。據布利希奈特的《歐洲人在中國所發現的植物小史》一書的統計，漢斯所寫的論文報告共有二百二十二篇。在班遜姆的《香港植物志》未出版之前，他已經寫過有關香港植物研究的論文。班遜姆在《香港植物志》的序文裡說，他自己的這部植物志，就是根據漢斯和其他人所搜集的資料編著而成。

後來，在一八七一年，漢斯曾根據自己繼續獲得的資料，為班遜姆的《香港植物志》寫了一篇補充，見穆倫都爾夫的《中國書目提要》，編號為一七九五號。

班遜姆在他的書中，曾將香港所產的植物與附近其他各區域所產者，一一作比較研究，並按照地域分佈情況歸納為七大類。他說，香港島的位置，從植物分類的分佈線來說，一方面是中國大陸北方的終點，一方面又是南方熱帶的起點，因此可以搜集到植物種類範圍很廣。從北方西伯利亞南部，以至南方非洲、南美洲所生長的一些植物，都可以在香港找到它們的同類。至於較臨近的印度、南洋各地和日本，這些地方在植物分佈上同香港島關係的密切，那更不用說了。

　　班遜姆這本《香港植物志》，已經是一百多年前出版的舊作了，但它不僅是第一本香港植物志，而且至今還不曾有別人寫過規模相當的同類的著作。至於香港的植物標本採集工作，卻一直有人在不斷的進行。據一九六七年香港政府年報的一篇有關文章所載，香港園林署歷年所彙存的植物標本，現在已有三萬種之多了。

《香港的樹》

　　《香港的樹》，是香港市政事務署最近（一九六九年）編印的出版刊物之一，介紹了香港的花卉和果樹一百二十種，每一種樹附有一幅彩色照片，外加簡單的英文介紹。印得很漂亮，定價也不貴，每冊港幣十元。按序文上說，他們還準備編印第二集。這倒是很有意義的一項出版計劃。

　　彩色照片拍得出常漂亮，有些簡直令人要說照得太漂亮了。作為花卉照片來欣賞，當然很可以令人滿足，但是作為植物圖志的插圖來看，就不免覺得有點美中不足了。因為這些照片都是特寫鏡頭，只能見到這一種植物的果實或是花與葉的一部分。不能見到他的全貌。除了常見的幾種以外，若是較少見的樹木，僅是憑花朵或果實的圖片去辨認是很難認得出的，因此我以為除了這些特寫的圖片以外，每一種樹木應該再附以一幅這種樹木的全貌照片，那就可以滿足較認真的讀者的需要了。

　　事實上，本書對於有幾種花樹所附的圖片，如鳳凰木、細葉榕樹、酸棗樹、銀合歡等等，可說已經做到這一點了。但是像洋紫荊、羊蹄甲之類，都是本港最美麗的花樹，僅是用一幅花朵的特寫照片來介紹，實在不易使人認識它們的真面目。尤其是洋紫荊，市政事務署在前幾年已經選定它為香港的"市花"，更應該特別介紹給市民認識。

本書的編著有一項值得稱讚的特點，那就是每一種花樹除了拉丁學名之外，還附有英文的普通名稱，以及中文名稱。這一項工作當然較為吃力，但是對於一本以一般讀者為對象的植物圖志，是應該如此的。

本書後面還附有英文俗名和中文俗名的索引，更方便了查閱。說明文字簡單扼要。只是，我想再說一遍，僅憑了一幅特寫的照片，如六十八面的那一幅杧果，攝影藝術是成功的，但是叫一個從未見過杧果樹的讀者，拿了這本書去"按圖索驥"，恐怕踏遍港九新界，也認不出一棵杧果樹的。每一種樹木實在應該有一幅全貌的圖片，這是不能省略的。

關於本港植物最詳盡的專著，自然仍要推一百多年前出版的那部班遜姆的《香港植物志》。當時他共著錄了在香港生長的花木一千零五十六種。不過書中連一幅插圖也沒有，只是一些用專門術語的記載，對於一般讀者實在太枯燥了。市政事務署的這本《香港的樹》的出版，是適合一般人的需要，而且可以填補一下長久以來的這種空虛。希望在編印第二集時，能夠使得內容比第一集更為完備。

《香港的鳥》

《香港的鳥》，香樂思著，一九五三年香港英文《南華早報》出版（G. A. C. Herklots, *Hong Kong Birds*）。

作者曾任香港大學生物學講師，先後在這裡居住達二十年之久。作者在留港期間，對於這裡的草木蟲魚，花鳥自然，特別感到興趣，作出了很大的貢獻。特別值得提起的是他在一九三〇年幾乎以個人的力量創辦了英文《香港自然學家》季刊，年出四冊或三冊。直到一九四一年因了太平洋戰爭才停刊。這十卷《香港自然學家》刊載了極豐富的關於香港自然科學各方面和史地的研究資料。

這部《香港的鳥》，有一部分內容就是曾經在這個季刊上發表過的。在這本書出版以前，作者在一九四六年曾出版過一冊《香港的鳥類野外觀察手冊》，不過篇幅較少。這冊《香港的鳥》，卻是二百多頁的巨著，書中除了單色插圖以外，還附有若干幅彩色插圖。這些插圖有一部分也是以前曾在《香港自然學家》季刊上發表過的。

在香港範圍內可以見到的野鳥，包括棲息在這裡，以及往來經過這裡的候鳥，已經著錄的約在三百三十種以上。凡是在我國大陸可以見到的野鳥，尤其是在福建、廣東沿海一帶常見的，在香港島上和九龍新界也幾乎完全可以見到。香港自一九五七年以來就成立一個野鳥觀察會，參加者多數是外籍人士，尤其是軍人佔多數。他們經常結伴攜帶望遠鏡到郊外去觀察鳥類的生活，並作記錄，特別留意未經前人著錄過的新品種，每年並出版有會刊一冊。可惜最近幾年已不聽見這個團體的活動了。

香樂思的這本《香港的鳥》，分類和著錄編號，是根據拉都希那部有名的《中國東部鳥類手冊》的，若是拉都希的手冊上有著錄，而這種鳥類從未在香港見過的，香樂思就略過不提。因此翻開他的《香港的鳥》，第一種被錄的野鳥，是最常見的烏鴉，可是編號已是第三號，就是這個原故。本書最末所著錄的一種水鳥，編號為七百五十號，讀者若是以為香樂思在《香港的鳥》內所著錄的香港野鳥有七百五十種之多，那就錯了，因為他採用的是拉都希著錄整個中國東部野鳥的編號。

香港最美麗的大型野鳥，是喜鵲的一種，稱為"藍鵲"，嘴和腿都是朱紅，黑白相間的尾巴可以長至十五英寸，在香港半山區以上的樹林裡經常可見，牠們喜歡結隊飛翔，非常壯觀，性兇猛，以小鳥和蛇類為食料。牠的著錄編號是十一號。

《香港蝴蝶》圖譜

香港的蝴蝶是很有名的。不僅種類多，而且大型的鳳尾蝶很多，非常美麗。據最近著錄的數字，已將近兩百種，而英國本國所出產的蝴蝶，還不到七十種，這小小的殖民地比她的"祖家"多出了將近三倍，這在自然史上顯得多麼出色。

研究香港蝴蝶最權威最完備的一本參考書，過去自然是寇沙的那部《香港和東南中國的蝴蝶》（J. C. Kershaw, *Butterflies of Hong Kong and Southeast China*），一九〇五年本港出版，著錄了當時所發現的蝴蝶一百四十多種，附有用三色版精印的彩色插圖。可惜印數不多，而且售價也很貴，因此這部半個世紀以前出版的著作，絕版已久，現在已經重金難求了。

香港的或是外來的愛好自然的人，想在香港採集蝴蝶標本，一向苦於沒有一本適當的參考書。因為寇沙的名作只是徒聞其名，很少人有機會見過。這個缺憾，直到近年才有人填補了，這便是馬殊的這本《香港蝴蝶》圖譜（Major J. C. S. Marsh, *Hong Kong Butterflies*）。

馬殊的《香港蝴蝶》，出版於一九六〇年。同半個世紀以前出版的他的先輩寇沙的那本《香港和東南中國的蝴蝶》一書比較起來，可說是後來居上。首先是著錄的蝴蝶種類增加了。寇沙著錄的是一百四十二種，到了馬殊手上，可以依據的標本，已經增加到一百八十四種。其次，大大的進步了。因此香港所著錄的一百八十四種蝴蝶，除了其中有二十種沒有適當的標本可供製版外，其餘的一百六十四種，在馬殊的《香港蝴蝶》裡都有色彩準確，印刷極為精美的圖版可供參閱。

馬殊的《香港蝴蝶》的出版者，不是一般的書店，而是蜆殼（亞細亞）煤油公司的香港公司。這家大企業機構，大約有一筆從事文化研究的基金，支持了這個出版計劃。因此馬殊的這本《香港蝴蝶》，不僅是印刷精美，而且售價很廉，每本僅售港幣二十元。若是由英美的一般書店出版，售價至少要在一倍以上。

本來，蜆殼油公司在出版這本《香港蝴蝶》以前，在過去數年，他們每年印贈客戶的月曆，每頁的圖畫就已經採用彩印的香港蝴蝶標本。後來又將這些圖版另印單幅，由布克哈略加說明，裝成了一冊薄薄的單行本發售。馬殊的《香港蝴蝶》，其中一部分插圖，就是利用這些現成的圖版來重印的。

《香港的海洋魚類》

　　《香港的海洋漁類》（W. L. Chan, *Marine Fishes of Hong Kong*），一九六八年香港政府出版署印刷出版，農林漁業署編纂。這是第一集。據說香港漁船可以網獲的海洋魚類共約四百種，將分六集全部加以介紹。

　　第一集一共介紹了鹹水魚七十一種，主要的是石斑魚和鱲魚。包括石斑魚之中最少見，市價最貴的所謂"老鼠斑"在內。據介紹說，這種魚自菲律賓以西至非洲以東，包括澳洲和日本在內，都有出產，並不稀少，很難網獲，因此很少人有機會見到一條活的"老鼠斑"。

　　《香港的海洋魚類》是一部編寫得很完善，印刷很精美的出版物，可供專家參考，也可供一般人閱讀。每一種魚都附有一幅彩色插圖。魚的名稱除了學名之外，有普通的英文名和中文名。每一種魚都介紹了牠的形狀特點、色彩、出產分佈區域以及一般情況。插圖的繪製者，是過去的木刻家唐英偉。

　　本書還有兩種很難得的附錄，一是由衛生署供稿的，關於香港有毒魚類和食魚中毒情形的概述，另一種是關於香港漁民所使用的各種型式漁船的攝影，共十九幅，並附有中文名稱。按圖對照，可以增加了我們對於香港漁船的認識。

《香港食用魚類圖志》

　　這是一本關於香港所出產的可供食用的魚類難得的好書。如書名所示，所著錄的魚都是鹹水魚，都是在香港街市魚枱上所經常買得到，也就是本地人所說的"海鮮"，可供食用的。本書介紹了其中五十種，每一種都附以很通俗同時又很正確的說明。更難得的是，每一種都附有一圖，說明文字是中英對照的，魚名除了學名之外，還有普通英文名稱，以及附有廣東話發音的中文俗名。

　　更有一項特色是，書後附有若干種中國的魚類食譜和烹調方法，以及西式的魚類食譜和烹調方法。

　　此外，對於某一種魚約在每年的什麼時候上市，以及牠們的滋味如何，也有所介紹。

　　這當然不是一部專門的香港海產魚類圖譜，但是如書名所示，作為提供香港一般市民對"海鮮"的基本常識，可說應有盡有了。

　　本書的編著者，是對香港自然科學素有興趣和研究的香樂思，同他合作的還有戰前在香港漁業研究所工作的林書顏。本書在一九四〇年就已經出版，戰後又經修改增訂，在一九六二年出版了第三版的增訂版。發行者是香港英文《南華早報》。

附帶要一提的是，本書的插圖作者是唐英偉。他本是我國早期的木刻家之一，近年在香港農林漁業管理局工作，專繪魚類標本，對於木刻工作放棄已久了。

《香港的郊野》

　　《香港的郊野》，是《香港的鳥》作者香樂思的另一部關於香港自然的著作（G. A. C. Herklots, *The Hong Kong Countryside*），一九五一年香港英文《南華早報》出版。

　　《香港的郊野》內容很豐富，富於自然科學知識和趣味，可說是一部很好的科學小品集。誠如作者自己所說，這是一個自然愛好者，在這小島上消磨了二十年歲月，平時留意觀察，耳聞目睹，隨手作札記的收穫。全書共分成兩個部分，第一個部分是採用歲時記的體裁，按照一年四季的時序，從一月到十二月，按月記載香港草木蟲魚花鳥的情況。材料的來源都是他自己平時見聞觀察所作的札記，讀起來很輕鬆有趣。

　　第二部分則是由若干篇各自獨立的短文所構成。這又分成三輯，第一輯的文章包括關於香港哺乳類動物、爬蟲、水中生物以及昆蟲之類；第二輯的文章則是介紹香港的植物生活，以及過去若干從事研究香港植物的植物學家的著作和成就；第三輯是關於九龍和四周各小島的自然風景，以及爬山旅行的記載。書中附有若干幅花木的彩色和單色插圖，另外還有一些小插畫。內容有一部分曾經在他自己主編的《香港自然學家》季刊上發表過的。

香樂思關於香港的著作，除了《香港的鳥》和這部《香港的郊野》之外，還有篇幅較少的《香港的有花灌木》和《香港的蘭花》等等小冊子。他又曾與林書顏合編過一冊《香港食用魚類圖志》，記載香港常見的那些海產魚類，說明牠們的種類和學名俗名，以及按季節上市的時期，書中附有這些魚類的插圖，還附有簡單的中西烹調方法。這書是在第二次大戰前出版的。

太平洋戰爭爆發時，香樂思仍在香港，香港淪陷到日本人手裡後，他被關進戰俘集中營，在赤柱度過了三年零八個月的羈留生活。他在集中營裡仍繼續他的自然研究生活，觀察鳥類動態，研究一些可供食用的植物種植工作。他在一九四六年出版的《香港的鳥類：野外觀察手冊》，大部分就是在集中營裡完成的。

太平洋戰爭結束後，香樂思不再在香港大學任講師，改任香港政府當時新設立的拓展署署長，從事植林和魚產、糧食、蔬菜的增產工作，應付戰後食物供應不斷的補救問題。任職三年，已在一九四九年退休回英國去了。

香樂思給香港自然科學愛好者留下的最大貢獻，是他以個人力量所創辦的《香港自然學家》季刊。一九三〇年創刊，直到一九四一年因了戰爭才停刊，一共出了十卷。

《香港漫遊》

　　《香港漫遊》，亥烏德著，一九三八年香港《南華早報》出版（G. S. P. Heywood, *Rambles in Hong Kong*）。

　　這本三十多年前出版的小書，本是供喜歡爬山和郊遊人士作為參考的，但是由於這幾十年以來，香港新界自然面貌變化很大，本書所敘述的一些情況，不僅不合實際情形，而且有些環境早已改變得不可辨認，甚至根本不存在了。但也正因為如此，本書在現在讀起來，將今昔作一個比較，反而令人感到趣味盎然。因為這本《香港漫遊》並非真的是遊覽指南那一類的書，而是作者當年由於自己個人的愛好，將他平日郊遊和爬山的經驗，附以所見沿途自然風景，以及花木鳥獸的描寫，寫成若干篇遊記的短文，構成這本書的。他在文中所敘述的，在當時當然是實際的情形，但是我們在幾十年後讀起來，反而另有一種今昔之感，產生一種歷史趣味了。

　　本書是由十二篇短文合成的。一、散步的禮讚，二、港九自然面貌概況，三、大帽山，四、九龍群山和沙田，五、馬鞍山，六、東至馬士灣，七、吐露港與噪林鳥小港，八、梧桐山與邊境，九、林村、八鄉和屏山，十、大帽山西麓，十一、香港，十二、大嶼山。

書中並附有地圖一幅和插圖若干幅。

前面已經說過，由於今昔情況的不同，本書在遊覽實際參考方面，雖然已經喪失了作用，但同時卻增加了一種歷史趣味。如第八章所介紹的，便是從沙頭角進入深圳界內，攀登梧桐山的經驗。梧桐山在香港邊界以外，可是在三十多年前，遊人越過沙頭角邊界線，進入中國界內往遊梧桐山，是不會遭遇什麼困難的。但在今天，邊界刁斗森嚴，香港居民連沙頭角也不能隨便去，遑論越過邊界去遊梧桐山了。

又，本書第二章內，附有港九各山峰的高度表，如最高的大帽山，高三千一百三十英尺，第二是大嶼山的鳳凰嶺，高三千零六十五英尺，第三是馬鞍山，高二千二百六十一英尺，都是很有用的參考資料。香港島上最有名的維多利亞峰，則僅有一千七百七十英尺高，屈居第十一位。

《新安縣志》和香港

今日香港島和周圍的島嶼，以及對岸的九龍，未割讓給英國以前，在清代原本是屬於廣東廣州府新安縣的，新安就是今日的寶安，寶安沒有縣志，因此要研究香港九龍過去的史地資料，只有求之於《新安縣志》了。

《新安縣志》在國內很少見。據朱士嘉編的《中國地方志綜錄》所著錄，清修的《新安縣志》共有兩種，一係康熙二十七年靳文謨修纂的，共十三卷；一係嘉慶二十四年阮元、舒懋官修纂的，共二十四卷。前者僅北平圖書館及美國國會圖書館各藏有完全者一部，北平故宮博物院圖書館藏有第七至十一卷殘本一部；嘉慶修的僅東方圖書館及廣東省立圖書館各藏一部，但東方圖書館的藏書早已在"一·二八"之役毀於日軍炮火，廣東省立圖書館所藏者是見諸著錄的唯一的一部了。

不過，《中國地方志綜錄》編纂時對於小規模的公私圖書館及私人所藏的方志調查是不完備的，如嘉慶修的《新安縣志》，現在香港馮平山圖書館就藏有一部抄本，已故香港大學教授拜爾福也藏有一部，聽說戰前香港華民政務司也藏有一部，就是我也有一部，這是早幾年無意中獲得的。據此推測，此外一定還有。

這部嘉慶《新安縣志》是嘉慶二十四年修的，共二十四卷，另有卷首一卷。主修者是當時新安縣知縣舒懋官，江西靖安縣人，總纂是候選直隸州州判王崇熙，也是江西人。當時的兩廣總督是阮元，所以書前有他的序言，《中國地方志綜錄》將他的名字也列為纂修人之一，這是錯誤的，我所藏的這部《新安縣志》，阮芸台的序文僅存一頁，至少有一頁佚失了。

王崇熙的自序裡說："猥蒙制府阮芸台先生，觀察盧雨津先生許可，且賜弁言。"似乎應該還有盧氏的序言，本書也不見了。此外另有一篇序言是舒懋官的。

新安縣在秦漢時代屬南海郡博羅縣，六朝置寶安縣屬東官郡，梁改東官為東莞，隋唐置東莞縣後改屬南海郡和廣州都督府，宋元仍為東莞縣，明萬曆五年分置新安縣，屬廣州府，清康熙五年併入東莞縣。八年又復置，以後沿稱新安，現在改稱寶安。

縣志沿革，據嘉慶修志的王崇熙序文說："新安自明萬曆元年置縣，此後或併或析，且有遷界之舉。舊志纂自康熙戊辰歲，其時邑地初復，運會方新，故其書多缺而不備，而詞句既欠剪裁，體例亦未完善，即如縣治沿革，莫辨源流，四至八到，悉皆舛錯，且南頭一寨，論形勢者以為全廣門戶，而海防之事不詳，此固不能不重加編輯也。"康熙戊辰修志的是靳文謨，也是本縣的知縣。王序雖說舊志纂自康熙戊辰歲，但是據嘉慶志卷首凡例所載，"舊志自康熙戊辰年續修後，迄今百數十載"。既曰續修，則康熙戊辰前必另有《新安縣志》。我未見過康熙戊辰《新安縣志》，這疑問只有等待將來有機會才可以解決了。康熙《新安縣志》僅十三卷，嘉慶重修的竟增至二十四卷，幾乎增加了一倍。

重修《新安縣志》二十四卷的目錄是：卷一沿革志，卷二卷三輿地略，卷四山水略，卷五、卷六職官志，卷七建置略，卷八至十一經政略，卷十二海防略，卷十三防省志，卷十四宦績略，卷十五至十七選舉表，卷十八勝跡略，卷十九至二十一人物志，卷二十二至二十四藝文志，此外還有卷首訓典。

輿圖方面，有縣治四至圖及沿岸島嶼海防形勢圖，縣署及孔廟文武廟平面圖。又有所謂《新安八景圖》，是陳棠繪的。八景是：赤灣勝概、梧嶺天池、杯渡禪蹤、參山喬木、廬山桃李、玉勒湯湖、鼇洋甘瀑和龍穴樓台。這八景有些在今日的香港境內，有些已湮沒不可考，如"杯渡禪蹤"就在青山，"鼇洋甘瀑"原說係在"七都大洋中，有石高十丈，四面鹹潮，中有甘泉飛瀑，若自天而下"。據我們現在推測，這甘瀑的地點若不在香港島便在大嶼山境內。

"龍穴樓台"也在邑西北海中，"龍穴洲在城西，有蜃氣，多蒸為樓觀城堞人物車蓋往來之狀，正月常見之"。這地點似乎也在今日香港和大嶼山一帶的海面上。

香港和九龍一帶，在昔日隸屬新安縣時代，都是歸官富巡檢司管轄的，據本志卷二〈輿地略‧都里〉欄所載，官富司範圍內的村莊名目，至今還有許多是香港和九龍新界沿用着的，如香港村、黃泥涌、薄鳧（扶）林、掃管（杆）莆、赤磡村、羅湖村、尖沙頭（咀）、長沙灣、土瓜灣、九龍寨（城）、屏山村、錦田村等等。就是當年官富司所屬的客籍村莊內，也有九龍塘、梅林、城門、沙田、吉澳等名稱，仍為我們今日所沿用。

官富司巡檢署，據本志所載，"在赤尾村離縣治三十餘里，原署在縣治東南八十里，為官富寨。洪武三年與福永同改為巡司，衙宇久壞，蒞任者多僦居民舍，康熙十年，巡檢蔣振之捐俸買赤尾村民地，建造今署"。

官富司署的遺址在何處，今日已不可考。至於在中英一八九八年租借新界條約內被聲明保留治權的九龍寨城，在當時是屬大鵬營守備節範圍內的。這一座小小的寨城，在嘉慶二十四年也許還未修築，因此嘉慶《新安縣志》中一點沒有提起。

香港島本身，《新安縣志》中也始終不見提起。輿圖欄縣治沿海島嶼形勢圖內，有仰船洲、赤柱、紅香爐諸名稱，但不見香港一名。赤柱與紅香爐皆在今日香港島上，但圖中所注的這兩個地名則分列在兩座島上。仰船洲即今日的昂船洲，圖中仰船洲附近繪有一島，按照位置該是香港島最適合的位置了，可是島上竟留出空白地位一塊沒有填上地名。這是最令人疑惑不解的事。

香港島的名稱雖沒有，但島上至今仍在沿用着的地名，則有許多可以在縣志上找得到。前面已經提起過，如黃泥涌、香港村、薄鳧林、掃管莆等，在當時都是官富司轄下的村莊，可見香港島當年必是屬於官富司管轄的。這些村莊現在大都仍舊存在，至少那名稱仍在原來的地點被沿用着。

此外，在卷十一〈經政略〉內，在大鵬所防守營的營泛項下，我們又可以見到紅香爐泛一名，這營泛必然得名於紅香爐峰，它的防泛地點就在今日香港的銅鑼灣天后廟一帶。又在卷八的官租項下，我們也可以見到記載葉貴長、吳亞晚等人所領的耕地，土名"石排灣"。這石排灣就是今日的香港仔。凡此種種，可以使我們間接明白兩件事：第一，香港島在當年必定沒有一個總名稱，因此志書上僅可以見到局部的地名，從不提起這座島本身叫什麼名字。第二，島上有一個村莊名叫"香港村"，這正是後來外國商船停泊在這裡從一座大瀑布汲取淡水時將這座島取名為"香港島"的根據。這座大瀑布，據遺留下來的當時外人記載，係從香港村附近流出海面，說不定就是志書上所載新安八景之一的"鼇洋甘瀑"。

九龍新界一帶的地名，至今沿用未改的更多，尤其是新界的地名，如志書上所載的錦田村、屏山村、上水村等等，至今仍保存着當年的舊名。九龍方面的地名，志書所載而在今日為人熟知的，則有深水莆（埗）、九龍寨、牛池灣、尖沙頭（咀）、衙前村、長沙灣、土瓜灣、二黃店村等等。

二黃店村必定是二王殿村的俗稱，這乃是紀念宋末二王的。

二王即益王昰與衛王昺。益王即宋端宗，當年避元兵曾在官富場停留過，這就是九龍宋王台等古跡的由來。宋末二王流亡這裡的經過，據明錢士升修的《南宋書》說："景炎二年二月，帝舟次梅蔚，四月次官富場，九月次淺灣。"既然在這裡住了六個月，雖是流亡的小朝廷，當然也不免有若干建設。據《大清一統志》說，南方沿海一帶，宋行宮三十餘所，可考者四。官富場的宋王台便是其中之一。

關於南宋二王在九龍遺留下來的古跡，《新安縣志》記載者有三項，見卷十八〈古跡門〉：

> 景炎行宮：在梅蔚山，宋景炎二年，帝舟抵此，作行
> 宮居焉。

> 官富駐蹕：宋行朝錄，丁丑年四月，帝舟次於此，即
> 其地營宮殿，基址柱石猶存，今土人將其址改建北帝廟。

> 宋王台，在官富之東，有磐石方平數丈，昔帝昺駐蹕
> 於此，台側巨石舊有宋王台三字。

我們要留意的是，這裡說駐蹕者為帝昺，實在是《新安縣
志》記載錯了。當年駐蹕官富場的實在是宋端宗，即益王昰，
他乃是衛王昺的哥哥。衛王昺是在端宗逝世後始繼帝位的，其
時已從官富場流亡到碙州去了。這位帝昺就是後來陸秀夫在
厓門負之投海的小皇帝，當帝昰駐蹕官富場時，他還是襁褓小
兒，修《新安縣志》的人不知怎樣對這一點史實竟記載錯了。

南宋二王在九龍遺留下來的古跡，除上述者外，還有金
夫人墓及楊侯王廟。據《新安縣志》載，金夫人墓在官富山耿
迎祿墓側，相傳慈元后女晉國公主溺死，鑄金身以葬，鎔鐵錮
之，碑高五六尺，大篆宛然。

據陳伯陶氏考證，金夫人為宋楊太妃女，因鑄金以葬訛
傳為金夫人云云。侯王廟則在宋王台西北，至今猶存，志書不
載，據陳伯陶氏說，侯王即楊太妃弟楊亮節也。

志書上所說的宋行宮改建的北帝廟，早二十餘年猶存廟
址，現在則已經闢為市廛，遺跡蕩然無存了。

嘉慶《新安縣志》第二十三卷藝文二記序門，錄有舊志的
序文六篇，可以從其中探索到一點《新安縣志》歷年修纂的沿

革。據修纂嘉慶志的王崇熙序文說，舊志纂自康熙戊辰，戊辰為康熙二十七年，這次的修志，其實已經是續修，因為藝文欄所錄存的當時參加修志的邑令靳文謨的序言，就說明是《重修新安縣志序》，他並在序文裡說："迨壬子歲，前縣李可成會奉明詔，曾續修之，迄於今不過十有六年……"

壬子為康熙十一年，李可成的《重修新安縣志序》也載在藝文欄內。新安縣是在康熙八年由東莞縣復置的，李氏所修的《新安縣志》，在清朝該是第一次了。

新安正式置縣，是在明隆慶末年與萬曆元年之間。新安有志，根據嘉慶志所錄存的舊志序言，似始於萬曆十五年知縣邱體乾所修，因為他的序題是《初修新安志序》，其後崇禎八年又由知縣李元重修一次，其時距邱氏的初修已五十餘年了。再後，至崇禎十六年，又由知縣周希曜再修一次。李元和周希曜的序文都載在嘉慶修的志內。

根據以上的資料，我們可以知道，《新安縣志》的版本，除《中國地方志綜錄》所著錄的康熙戊辰修的和嘉慶己卯年修的兩種外，在清朝應還有康熙十一年（壬子）修的一種。而明修的《新安縣志》，更應有萬曆十五年、崇禎八年，和十六年的三種。在康熙戊辰和嘉慶己卯《新安縣志》已成為珍本的今日，如果有一天忽然有明修《新安縣志》的發現，對於研究史地的人，那才真是一個驚人的消息哩。

關於《澳門紀略》

葡萄牙人是很早就乘船從海上到我國浙江和廣東來的殖民主義者之一。他們在明嘉靖十四年（一五三五年）就賄賂了當時廣東邊境的官吏，在今日澳門的海邊租得一角土地作"修船曬貨"之用。當時明人稱之為"佛朗機"，與西班牙人混而為一。後來他們自稱"大西洋國"，因此至今廣東人還稱葡萄牙人為"西洋人"。葡萄牙駐香港的領事館也稱為"大西洋領事館"，他們的俱樂部也稱為"大西洋總會"。

澳門雖是最早就被人佔據去了的沿海土地之一，但是我們關於記載這地方的書籍一向就極少，除了一部《澳門紀略》之外，就只有一些遊覽指南一類的東西。這書刊印於清乾隆十六年（一七五一年），距今已二百多年了。

《澳門紀略》一書流傳不廣，原刊的初印本很少見，今日常見的只是排印本和若干叢書本。十年前我曾在英國巴克塞少校處見過一部（他是以研究葡萄牙人和東方諸國歷史關係著名的，曾用英文寫過一部《歷史的澳門》。他的太太就是曾在我國旅居過多年的美國女作家項美麗），書品很白淨，以絲線瓷青紙裝訂得很精緻，比香港大學馮平山圖書館所藏的一部要好得多。我久想買一部，一直買不到，直到最近才買到一本影抄本，雖不是原刊，但比起那種鉛印的小字本，已經好得多了。一部在乾隆年間刊印的方志書，現在已經這樣難買，怪不得美國人不惜用重價來搜購我國各省各縣的方志了。

《澳門紀略》的著者是印光任和張汝霖。兩人都是在清朝乾隆年間先後作過駐紮前山寨的澳門海防同知的。印光任是江蘇寶山人，張汝霖是安徽宣城人。《香山縣志》有印光任的傳記，對於他在澳門任內撫夷的政績頗致讚許。《澳門紀略》曾編入《四庫全書》史部地理志。《四庫全書》總目提要云：

> 澳門紀略二卷，國朝印光任、張汝霖同撰。光任字黻昌，寶山人，官至太平府知府；汝霖字芸墅，宣城人，由拔貢生官至澳門同知。考濠鏡澳之名見於明史，其南有四山離立，海水交貫成十字，曰十字門，今稱澳門，屬香山縣。乾隆九年始置澳門同知，光任、汝霖相繼為此職。光任初作此書未竟，至汝霖乃踵成之。凡為三編，首形勢，次官守，次澳蕃。形勢編為圖十二，澳蕃編為圖六。考明史地理志，只載南頭、屯門、雞棲、佛堂門、十字門、冷水角、老萬山、零丁洋澳諸名，與虎頭山關之類，其他未記其詳。此書於山海之險要，防禦之得失，言之最悉。蓋史舉大綱，志詳細目，筆者各有體裁耳。

據印、張兩人在本書的序跋所載，這本書是由印光任起草，再由張汝霖整理付刊的。編纂的經過，印氏在跋語裡言之甚詳，其中且甚多曲折。跋云：

> ……雍正八年，設香山縣丞，專司民夷交錯之事。乾隆八年，大府又議設同知一員，轄兵弁鎮壓之，擢余領其

事。余不才，念事屬創始，爰歷海島，訪民蕃，蒐卷帙，就所見聞者記之，冀萬一補志乘之缺。而考之未備，辭之不文，必俟諸博雅君子，此記略之所由來也。乾隆十一年春，余奉文引見，代余者張子，諒而有文，因以稿本相屬，期共成之。張子曰，余簿領勞形，恐不逮。粵秀山長徐鴻泉，余同年友且與君契，盍以正之。余曰善，將稿屬鴻泉而去。比引見後，以病暫回故里，遣人索前稿，徐以臥病，未幾卒，原本遂失。茲余復至粵，辛未四月，權潮郡篆，張子亦以攝鹺司至，公餘聚首及此，輒感慨久之。余因搜覓遺紙，零落輳集，旬日間得其八九。張子乃定其體劃而大加增損焉，視原稿之粗枝大葉迥不侔矣。嗟夫，此書僅兩帙耳，初非篇章繁雜，必遲之歲月者，乃草自乾隆十年，粗得其稿，而失於徐子之手，歷五六年而殘楮剩墨，棄置敝簏中不為蠹魚所蝕，至今日而猶得蒐集成編，此非張子不能成，更非同官鳳城亦不能。無多卷帙，幾經聚散，不致終廢其成也，殆亦有數存其間耶……

不用說，《澳門紀略》所記葡萄牙人的種種，自不免有誤解失實，甚至幼稚可笑的地方，如描寫"蕃僧"的私生活，竟說他們可以"往來蕃人家，其人他出，徑入室，見其婦，以所攜藤杖或雨傘置戶外，其人歸，見而避之……"，未免荒唐不經了。

書魚閒話

書籍式樣的進化

　　我們今日一提到書，腦中所想到的書籍的形式，若不是線裝書，必然是鉛印書或石印書。這些書籍，不論是中文或外國文，不論是線裝書或洋裝書，它們所代表的，其實不過是書籍式樣進化過程中的現階段式樣而已。若以為只有這樣將文字印在紙上，再裝訂成一冊一冊的東西才是書，那就錯誤了。再過幾世紀，世上書籍的式樣會有什麼改變，我們現在固然一時無從推測，但想到有許多規模大的圖書館，已經將卷帙過多的書刊報紙和文獻檔案，以及十分珍貴的孤本書，用小型影片縮攝成一卷一卷的影片，需用查閱參考時就用放映機放大了來讀閱，我們就不難想像將來書籍的可能式樣。這種攝成影片的書籍，可以存真，可以翻印，平時收藏不佔地方，複印手續經濟便利，閱讀起來也與原書絲毫無異。雖然我們看慣了今日的書，認為一卷一卷的"影片書"，未免不像"書"。從今日愛書家藏書家的立場看來未免覺得有點煞風景，但這種"影片書"必然日益發展而流行起來，則是可以預料的事。

　　其實，我們今日所見慣的書籍式樣，哪裡又是"書籍"的原來式樣呢？敦煌石室所發現的唐人抄本書，盡是如今日畫家所用的手卷那樣的卷子。就是所謂宋版書，最初的式樣也不似我們今日所見的線裝書，而是像裱好了的碑帖或冊頁那樣，這在版本學上稱為蝴蝶裝、推篷式或旋風式。但這還是紙張發明了以後的書籍。在後漢宦官蔡倫發明（？）造紙以前，我們祖先所看的書，乃是用漆寫在木片或竹片上，再用草繩或牛皮索穿在一起，這就是所謂木簡或竹簡。孔子修《易經》，"韋編三絕"，就是將穿書的繩子讀斷了三次，恰如我們今日將一本書的裝訂線弄斷了一般。不僅著書讀書是用這東西，就是日常寫信記賬也是如此。早幾年在西北甘肅一帶的古戍卒碉堡遺址中發現的許多漢朝木簡，除了軍中公文簿錄檔案以外，有許多都是戍卒的家書，就是很好的證明。

可是我們今日在一般商店的神壇上所常見的關公畫像，握在關公手裡的那一卷《春秋》，其式樣竟與我們今日所讀的線裝書一樣。關公是三國時人，他即是不看竹簡，最低限度也該看"卷子"，畫家竟使他看木版或鉛印本的《春秋》，真是對於我國書籍形式進化歷史開了一個大玩笑。就是歐洲的書籍，在我國造紙術和活版印刷術不曾傳入歐洲以前，他們所有的書籍也都全是手抄本，而且是抄在煉製過的羊皮和牛皮上的，那式樣也恰如我們古代書籍一樣，是捲成一卷一卷的卷軸。古代埃及人的書，也是一卷一卷的手抄本，不過他們不大用羊皮紙，而是用尼羅河兩岸特產的一種紙草。印度的古經，是寫在一種曬乾了的樹葉上的，那是貝多羅樹的樹葉，形狀很像筍殼或是剪破了的芭蕉扇，然後再一葉一葉用繩穿起來，像我們古時的竹簡木簡一樣，這就是所謂"貝葉"經。我國許多大寺院裡至今仍有收藏這種古經的。

不久以前，有人在古城尼尼微的遺址中掘出了大批泥磚，有的僅有一寸長，有的有一尺多長，上面刻有楔形文字，一共發現有一萬餘方之多。後來證實這些都是古代阿述人的書籍，其中有些還是他們的本國史。這些"磚式書"，已有二千五百年的歷史，同我國的漆書竹簡，埃及的紙草書，都是世上最古的書籍式樣。

　　不過，無論是泥磚還是竹簡，無論是卷軸還是穿繩，書籍到底總是書籍。只有歷史上傳說的有名的亞歷山大大帝國圖書館，館中所藏的書籍式樣才是有點出人意外的。當然，在亞歷山大時代，一般的書籍式樣仍在羊皮紙抄本的卷軸階段。這樣的書籍翻閱起來當然很不方便，於是亞歷山大大帝便命令他手下的奴隸，每人要讀熟一部書，然後用號碼將全體奴隸編成一部書目，他如果想到要看什麼書，只消按照目錄號碼喊一聲，自然就有一個奴隸走過來，將他要讀的那本書的某一章節背誦給他聽。這就是歷史上著名的活圖書館。亞歷山大大帝頗以此自豪，不過，今日的藏書家大約誰也不想收藏這樣一種古怪版本的書籍吧？

中國雕版始源

中國書籍的原始形式，是用竹片貫穿成疊的簡冊，和用紙帛裝裱成卷軸的卷子，所以一本書稱為一冊或一卷。後來印刷術發明了，才有刻本。刻本是將每一頁書用整塊木版刻好，然後再加以印刷的，所以最初不稱為印書而稱為刻書。刻書時在木版上刻字的程序稱為雕版。

雕版印刷技術，是中國人發明的，這和造紙火藥指南針三者，是中國在世界文化史上對於人類最有貢獻的四大發明物。中國的雕版印刷物，目前可以見到的最早的實物，是一卷《金剛經》刻本，是由英國考古家斯坦因氏於一九〇七年在我國甘肅著名的敦煌石室中發現的，現藏英國倫敦大英博物院中。這一卷雕版的《金剛經》還保持着中國書籍的原始形式——卷子的形式，卷首附有佛像，也是木刻的。所以這一卷《金剛經》不僅是現存的世界最古雕版書籍，同時在世界藝術史上，也是現存最古的一幅木刻。

這一卷《金剛經》刻本之所以可貴，是因為它的刊刻年代在卷末被明白的記載着：「咸通九年四月十五日王玠為二親敬造普施。」咸通是唐懿宗的年號，咸通九年為八六八年。在全世界現存的雕版印刷物中，其有明確年月記載的，沒有比這更早的了，所以儘管這卷《金剛經》的雕版技術已甚精美，可以間接證明在它刊印以前，雕版技術必然已經經過若干時間的實驗進化階段；而其他的考古家，也曾在新疆吐魯番的若干古代遺址中發掘出過一些在式樣上可能比這卷《金剛經》更古的佛教印刷物，但因為其上沒有明確的年代記載，所以我們至今仍不能不認定這卷唐咸通九年刊刻的《金剛經》，是現存的中國最早雕版書籍，同時也是全世界現存最早的雕版書籍。

毫無疑問，在這卷《金剛經》刊刻以前，中國早已有雕版書籍了，而且一定已經流行了相當時間。我們今天雖然還不曾有機會再見過那些實物，但從前人的著作中，卻可以從文字上得到明確的證據。我不想在這裡來嘗試斷定中國書籍雕版，始於何時，因為這斷定是不可能的。像雕版印刷這樣的文化產物，必然經過多時和多次的試驗和改革，而其本身又必含有其他事物的影響，它的淵源和長成必然是很複雜悠久而且緩慢的，決不是一朝一夕，或者突然由某一個人在某一天發明的。我們能相信中國文字果真是倉頡創造的嗎？我們能相信中國造紙方法果真是宦官蔡倫獨自發明的嗎？因此要想考證中國的雕版發明人是誰，和在什麼時候發明的，那是不可能的事，而且那嘗試也將是一種愚蠢的嘗試。

我現在所要做的，乃是想從前人著作中，看一看中國雕版書籍最初被記載的情形是怎樣。本來，關於中國雕版書籍出現的時代，一般本有三種不同的說法，一說始於五代的馮道刊印《九經》，一說始於柳玭《家訓》和《猗覺寮雜記》等書所記載的唐末益州墨本，另一說則更早，說是始於隋初。其實，這三個不同而又恰巧互相銜接的時代，可能實際上恰是中國書籍雕版逐漸長成的過程，恰如胡應麟在他的《少室山房筆談》所說：

> 雕本肇自隋時，行於唐世，擴於五代，精於宋人。

雕本始於隋時的根據，是陸深的《河汾燕閒錄》，其言曰："隋文帝開皇十三年十二月，勅廢像遺經悉令雕板。"

孫毓修氏的《中國雕板源流考》即據此說，認為雕版肇於隋時。可是葉德輝的《書林清話》和美國湯麥斯·卡德氏的《中國印刷術源流史》（已有劉麟生的中譯本）皆否認此說。卡德氏謂歐洲載籍，謂中國雕版印刷始於五九三年（即隋開皇十三年），"其謬誤蓋由於誤用中國參考書"。卡德氏的話是根據《書林清話》而來的，據葉氏在《書林清話》卷一〈書有刻板之始〉中說：

> 近日本島田翰撰《雕板淵源考》（所撰《古文舊書考》之一），據顏氏《家訓》稱江南書本，謂書本之為言，乃對墨板而言之。又據陸深《河汾燕閒錄》，引隋開皇十三年十二月八日，敕廢像遺經悉令雕板之語，謂雕板興於六朝。然陸氏此語本隋費長房《三寶記》，其文本曰，廢像遺經悉令雕撰，意謂廢像則重雕，遺經則重撰耳。阮吾山茶餘客話，亦誤以雕像為雕板。而島田翰必欲傅會陸說，遂謂陸氏明人，逮見舊本，必以雕撰為雕板。不思經可雕板，廢像亦可雕板乎。

費長房《三寶記》即《歷代三寶記》，我未見過舊本，不

— 155 —

知究竟應作雕撰還是雕版。但據《歷史佛祖通載》所載，開皇十年文帝下詔復教，訪人翻譯梵經，置翻經館，大建伽藍，故有整頓廢像遺經之舉。《三寶記》的原文如果是"雕板"，則雕鐫宗教圖像正是印刷雕版的必然起源，葉德輝所詫異的"廢像亦可雕板乎"，蓋不知佛像除了可以雕塑以外，也可以雕成石版木版來印刷。至今所發現的中國最古印刷物，差不多都是宗教圖像，就是很好的證據。

又，《河汾燕閒錄》所引用的《三寶記》中的這幾句話，今人多在"敕廢像"三字下斷句，而不讀作"敕廢像遺經，悉令雕？"（《中國雕板源流考》及查猛濟的《中國書史》等皆如此）這樣一來，將在這裡本來該是形容詞的"廢"字，變成了動詞，好像是隋文帝敕令整理。這實在是一個錯誤。因為隋文帝既然下詔復教，決不會又"敕廢像"的。

作為隋朝已有雕版的另一根據，是與上述的《金剛經》同時在敦煌石室發現的另一部佛教典經。羅振玉氏的《敦煌石室書錄》上說："大隋永陀羅尼本經上面，左有施主李和順一行，右有王文治雕板一行。宋太平興國五年，翻雕隋本。"

葉德輝的《書林清話》亦引此說。永陀羅尼經原本今藏倫敦大英博物院，據複製的影本看來（見道格拉斯·麥克茂特萊氏的《書——印書和製書的故事》第九十七頁插圖），這實在是一張雕版印刷的單頁經咒，既非書本，也非卷子。經咒是梵文，作一大圓形居中，四周是佛像和蓮花寶鼎的裝飾，右上角有"施主李和順"五字，左上角有"王文治雕技"五字。圓形梵文經咒的下面，有文字二十一行，在一長方形框內，前作

"大隋永陀羅尼"六字，中十六行係解說受持此咒所獲得的各種功德，末四行云，"若有人受持供養，切宜護淨。太平興國五年六月二十五日，雕板畢手記"。

據此，這張宋朝雕版的陀羅尼咒，雖是根據隋本的，但並未說明是"翻雕"，我們無法確定原來隋本的經咒是寫本還是刻本，因此羅振玉的"翻雕隋本"的結論未免有點不可靠。

作為隋朝已有雕版的證據，這張經咒的力量實在抵不上費長房《三寶記》中的那幾句話。

因此關於雕版肇自隋時的說法，我們只可以假定中國隋時已有雕版，用來印刷佛教圖像或經文，但是至今還沒有發現遺物或充分的文獻可作確證。

唐朝有雕版書籍的問題，因了我們已假定隋朝已用雕版印刷佛教圖像，又加之已有敦煌所發現的咸通九年《金剛經》刻本，所以根本不成問題。只是唐朝自開國至咸通九年，已歷二百五十年，在這兩世紀半的悠長時間內，必然用雕版印刷過許多單頁圖像符咒，甚至成冊的經典或其他著作，可是我們現在除了咸通九年的這卷《金剛經》以外，還不曾發現過更早的其他唐朝雕本，這實在是件憾事。《中國雕板源流考》的作者雖然說，"近有江陵楊氏藏開元雜報七葉，云是唐人雕本，葉十三行，每行十五字，字大如錢，有邊線界欄，而無中縫，猶唐人寫本款式，作蝴蝶裝，墨影漫雕，不甚可辨……"，可是我們未曾目睹此物，它是否真的存在，以及是真是偽，都成問題，所以我們仍然只好認為咸通九年的《金剛經》刻本是現在所能見到的中國最早雕版書籍。

其他見諸宋人著作中的有關唐時雕本記載，這在以前是唯一可據的中國雕版始源資料，但自從咸通雕版的《金剛經》發現以後，這些資料都成為次要的了。這些記載之中，最詳細的是葉夢得在《石林燕語》中所引用的唐柳玭的《家訓》序，其言：

> 中和三年癸卯夏，鑾輿在蜀之三年也，予與中書舍人旬休，閱書於重城之東南。其書多陰陽雜記占夢相宅九宮五緯之流，又有字書小學，率雕板，印紙浸染不可曉。

中和三年是八八三年，較咸通九年後十餘年。這是前人著作中關於雕版的最早記載。這記載使我們知道四川是中國最早用雕版印刷書籍的地方，而且所印的都是當時實用術科書籍。可是以前的文人對這記載都不甚重視，因為所印的是雜流書籍而非經史，但是我們知道，文化和藝術都是起源於勞動和實用，有了雕版以後，最先印行的都是宗教書和實用書，正是必然的現象。

另一則有關唐人雕本的記載，見朱翌的《猗覺寮雜記》。他說：

> 雕印文字，唐以前無之。唐末，益州始有墨板。

益州就是四川。他所記載的年代雖然較晚，但同樣證明了四川是中國最先有雕版的地方。

既然四川是中國最先採用雕版印刷書籍的地方，我們簡直可以假定，敦煌石室中所發現的唐咸通九年《金剛經》刻本，多數是從中國內地流傳去的，可能就是從四川帶去的，決不是當地的刻本，因為以當時中國西北部文化情形而論，甘肅還不會有雕版印刷。

　　至於以中國雕版始於五代的說法，那是因了馮道奏請刊刻五經，遂以中國官家雕印書籍之始，誤為有雕版之始，前人早已辨正，已不必多贅了。

中西愛書趣味之異同

　　中國的竹簡木簡，西洋的泥板磚刻，都是書籍的原始式樣。這些雖是書籍，但已入於古董文物之列，藏書家很少將它們當作書籍來收藏的。就是唐人寫經，敦煌卷子，以及埃及波斯的繪卷，印度的貝葉經，這些雖也是刻本書籍的前身，但與其當作書籍來收藏，不如當作藝術品來玩賞，或是當作校勘考證資料更為適當。

　　書的生命是寄託在閱讀上的。愛書趣味的真正對象，該是那些可讀可玩，具備了書的必要條件的書籍；這就是說，一本書的內容、印刷、紙張、裝幀各方面都值得愛好，或至少有一點值得愛好，這才成為愛書家收藏搜集的對象。

　　中國藏書家特別愛好宋版書，西洋藏書家特別珍貴十五世紀的初期印本書籍，就因為這些書除了當作古物之外，它們在內容印刷紙張裝幀上還具有特長，值得愛書家的珍重。

　　中國書和西洋書，在內容和形式上雖有很大的差別，但中西愛書家的趣味趨向，他們的搜集範圍，有些地方卻不謀而合，殊途同歸，這真是一個很有趣的現象。中國藏書家對於一本紙墨精良，字大如錢的宋槧精本摩挲不忍釋手的醉心神往情形，恰如西洋藏書家對着格登堡的四十二行本《聖經》，反復數着行數，用鼻嗅着羊皮紙的古香氣一再點頭讚歎的情形一般。文化本是沒有國界的，中西愛書家的趣味相同正不是偶然的事。

我已經一再說過，講求書籍趣味並不是一件奢侈浪費的事。讀書家必然就是愛書家，而坐擁萬卷的藏書家卻未必一定是一位讀書家，更未必是懂得愛書三昧的愛書家。那麼，即使僅有一本書也罷，只要我們能理解擁有一本書的益處和趣味，我們的收藏是決不會比別人貧弱的。

我們且看看中西愛書家所喜歡搜集的品目，它們在版本學上的名稱，以及所具有的特點和趣味。

一 中西的古寫經

這是書籍從手抄進化到刻印期間的產物。最為藏書家所注意的，在中國是敦煌石窟中所發現的唐代和五代的抄本，在西洋是歐洲中世紀僧院中所收藏的金碧彩繪抄本。一般被稱為敦煌卷子的唐人抄本，所抄的大都是佛經，這與西洋中世紀的彩繪抄本也都是宗教書籍這件事，實在是很有趣的對照。唐人寫經的版式，大都是卷子式，開端的扉頁偶爾也繪有佛像，但西洋中世紀的寫經則是書本式，而且裝飾得極為絢爛輝煌。這東西一般被稱為 "illuminated manuscript" 以示與一般的手抄本不同。這名詞譯起來可稱為 "金碧彩繪古抄本"，因為除了本文係用紅黑兩色墨水抄錄之外，四周和每句每行有空際的地方都補上五彩的裝飾花紋，而開端第一字的字母，必定繪得特別大，有時要佔到半面或全面書頁的地位，字母四周除用五彩繪成花紋裝飾以及人物鳥獸蟲魚之外，在主要地方更塗上泥金或貼上金箔和銀箔，非常絢爛奪目，因此被稱為"金碧彩繪抄本"。第一個字母的空隙和四周所繪的金銀彩繪，大都是與這本經典有關的故事和人物：時常是天主聖母或先知殉道者的聖跡圖，有時也會是施主的畫像。因為這類抄本的工料非常昂貴，只有當時的帝王和貴族才有財力製作。他們時常請人繪製了供私人禮拜之用，或者施捨給他們所贊助的寺院中。

唐人寫經的出現年代和西洋彩繪抄本的出現年代，先後極為接近，都是八世紀到九世紀的產物。不過中國方面，書籍到了宋朝已盛行刻本，手抄本便退居次要地位，寫經更成為一種特殊的虔敬工作。但在西洋，則歐洲直到十五世紀還盛行這種金碧彩繪的抄本，而且格登堡第一次用活版印行的《聖經》，竟是想當作廉價的手抄本來出售的。因此他還特地每本加上手繪的彩畫，用來模仿當時還在流行的金銀彩繪抄本《聖經》。

二 "英科納布拉"

我們知道，歐洲發明活版印刷，是在十五世紀的五十年代，通常是以德國的約翰・格登堡為歐洲活版印刷發明人，他所排印的四十二行本的《聖經》為歐洲第一本用活版印刷的書籍，這就是著名的《格登堡聖經》。從十五世紀的五十年代至十五世紀末，是歐洲印刷術的搖籃時代，這時間所出版的書籍，都是屬於歐洲活版印刷的初期產物。

歐洲的領本學家，對於這時期所出版的書籍，題了一個專門名辭，稱之為"英科納布拉"（incunabula）。這是一個拉丁字，包括搖籃和襁褓之義。他們因了十五世紀在歐洲是印刷術的搖籃時代，因此凡是從格登堡出版《聖經》以後，以至一五〇〇年止所出版的排印本書籍，都是活版印刷術搖籃時代的產兒，統統名之曰"英科納布拉"。

當然，根據這字的本義，我們若是發現畢昇用膠泥活字排印的書籍，我們也可以名之曰中國的"英科納布拉"。但一般的說來，所謂英科納布拉者，乃是專指十五世紀歐洲初期活版印刷書籍而言。

將英科納布拉與今日的書籍比較起來，其排印技術當然沒有現代技術精美；就是將英科納布拉與金銀彩繪的中世紀古寫經比較起來，也遠不及古抄本的華貴美麗，然而因了它是印刷術搖籃時代的產兒，具有歷史的意義和趣味，因此遂為藏書家所特別愛好。

"英科納布拉"正像我們的宋版書一樣，能歷劫不損流傳至今的已經不多，而且由於兵燹和水火之厄，正在一天少似一天，因此它的市價也貴得驚人，不是一般愛書家的財力所能搜集的。據德國版本學家的統計，目前見諸公私收藏著錄的英科納布拉約有三萬八千部左右，其中有多種是孤本。不用說，最貴的乃是格登堡的《聖經》，可以值到美金五十萬元以上。而在事實上，這些珍貴的英科納布拉大都已為各國博物院大學藏書樓以及富豪所收藏，輕易不會再在古書市場上出現的。

三 《格登堡聖經》

　　格登堡的《聖經》，是西洋古本書籍中最珍貴的一本書。因了所流傳下來的寥寥幾十部已經全部收藏在公家圖書館和富豪的私人藏書樓中，現在即使財力能夠勝任，要想搜集一部《格登堡聖經》，縱然並非不可能之事，至少也是一件很費心機和時間的事。因此一般的藏書家和愛書家，有機會的，可以到倫敦大英博物院或美國紐約摩根氏的藏書樓中一飽自己的眼福，看一看這部價值連城的古本書的真面目，否則只有從複製的印刷品上暫時滿足自己的渴慕了。

　　關於德國十五世紀這位印刷家和他所印行的《聖經》，其實至今還有許多爭論，尤其是荷蘭人與德國人之間，為了爭執誰是歐洲活版印刷術的發明者，雙方的歷史學家和版本學家不知費了多少筆墨。凡是十五世紀遺留下來的文獻，無論片紙隻字之微，都被他們當作直接或間接考證這問題的資料。關於歐洲的活版印刷術，是先在荷蘭出現抑先在德國出現，第一個使用活版排印書籍的印刷家，究竟是德國的約翰·格登堡氏，還是荷蘭的科斯托氏這問題，根據雙方所提出的證據，實在公說公有理，婆說婆有理，不是一兩句話所能說盡的事，而且這問題又與本文無關，我們還是暫時擱起，留待以後有機會再說。尤其對於我們中國人，無論歐洲的活版印刷是首先出現在荷蘭也好，出現在德國也好，必然是從中國間接或直接流傳過去的，則是任何人也不能推翻的事實。因為遠在歐洲十五世紀有活版印刷出現之前，在十一世紀中葉，中國已經有極可靠的文獻，記載着畢昇發明用膠泥活字印刷書籍了。

不過，在這爭論未解決以前，一般的說來，多數人仍是承認約翰·格登堡是歐洲活版印刷術的發明人，他用這方法排印的《聖經》是歐洲第一本用活版印刷的書籍。

對於這位印刷家的傳記的研究，德國學者的著作可說夠得上汗牛充棟。而在實際上說來，關於他的可靠的傳記資料實在少得可憐。我們至今僅能知道，他大約出生於一三九八年或一四〇〇年，死於一四六八年。死的地點是瑪因茲城，至於生在德國什麼地方，至今尚在爭論之中，大概也是瑪因茲城。他的從事印刷業，並沒有直接有關的文獻遺留下來，而是從他向別人借錢的借據上知道的。這就是我們所能知道關於格登堡生活資料的全部。至於那些汗牛充棟的有關格登堡生活的著作，大都是枝節的研究。有些作為論據的文獻甚至已經被證實是後人偽造的。為了爭取歐洲文化史上這一項光榮的記錄，德國人與荷蘭人的筆墨官司固然打之不休，就在德國本國，為了他的誕生地點以及印刷所的地點，德國的歷史家們，自己也在互相爭執，有些甚至不惜用贋造的文獻來作證據。

其實，連那一幅認為是格登堡畫像的肖像畫，也沒有充分證據可以證明確是格登堡本人的肖像。

被認為由格登堡用活版所排印的書籍，一共有三種，一種是不甚重要的祈禱用書，其餘兩種都是《聖經》，兩種的版本略有不同。歐洲的版本專家根據兩書每頁的行數將它們加以區別，一種稱為"三十六行本"，一種稱為"四十二行本"。

這幾種書被認為是格登堡排印的，其實也沒有直接的文獻證據，因為書上並沒有印刷出版地點和印刷人的姓名，而只是從同時人的記載以及間接的文獻上被推測可能是格登堡的工作。

所謂三十六行本與四十二行本的區別，是根據每頁的行數來區別的。其實，四十二行本的版框，雖是大小一律的，但是開始的九面，每面只排了四十行，第十面則是四十一行，從第十面以後方是四十二行。格登堡研究專家認為這是印刷者在試驗究竟若干行始最適宜，經過兩次更正，最後始決定用四十二行。行數雖分三種，但是版框大小始終如一，專家認為這正是格登堡和他的助手們在實驗活字的好證據。

至於這兩種版本孰先孰後的問題，據德國的那些版本專家細心逐頁逐字校勘比較的結果，認為三十六行本是較後印的，因為它承繼了四十二行本在排印上的一切錯誤，顯然是用這版本作底本的。

四十二行本的《格登堡聖經》，有時又有人稱之為"瑪薩寧聖經"，這是因為這種版本的《聖經》是首先在巴黎的瑪薩寧主教的藏書樓中無意發現的。從這以後，它才成了赫赫有名的歐洲第一本用活版排印的書籍。

四十二行本的《格登堡聖經》共有兩種，一種是紙印的，另一種是小牛皮印的。從印刷技術上說，紙印的成績比牛皮印的好得多。文字是拉丁文，開本是對開大本，共有六百四十餘頁，一千二百餘面，大都裝釘為上下二冊。根據現存各本上所留下的當時人手跡，有一四五三年及一四五六年八月二十四日的記載，都是說明購買這書的經過，可見它的出版時期必接近這年代。

關於一共印了多少本的問題，最權威的意見說是一共印了二百一十本，紙本一百八十，皮本三十。但也有些專家認為一共只印過四十五本。

殘存至今的格登堡四十二行本《聖經》，各家著錄的部數也有出入。最權威的數字是三十二本，都是完整的。包括殘本在內，則紙本共有四十四部，皮本共有十八部。三十六行本殘存者更少，據說僅在八本至十二本之間。但因為較後於四十二行本，反而價值低了許多。

美國富豪摩根氏的著名私人藏書樓中，藏有完整無缺的四十二行本兩部，一部是紙的，一部是皮的。紙本的一部，據說是全世界現存的四十二行本之中最精美的一部。

摩根所收藏的這部被認為最美的四十二行紙本《格登堡聖經》，在未入摩根手之前，曾經過英國著名古書商人寇里特赫氏之手，他於一八八六年二月二十日，在這書的扉頁上手誌道：

這是我或任何人所曾經見過的《瑪薩寧聖經》之中最精美的一本。

寇里特赫是英國古書店的世閥，世代以買賣善本珍本為業，在國際古書市場中非常有名，他的後人至今仍在倫敦繼續舊業，他對於這本聖經竟如此稱讚，其精美可知了。

四十二行本的《格登堡聖經》，為美國人所收藏者，連摩根的兩部在內，共有九部。一部在耶魯大學。耶魯大學所收藏的一部，是於一九二六年由某夫人以十二萬元的高價自古市場買來，為了紀念其故夫，捐贈給耶魯大學的。

對於這樣一部有名的珍本書，愛書家夢寐難忘者當然大有人在。不久以前，倫敦有殘本一部在市場出現，為紐約的一位古書商人購得。他為了滿足許多向隅的愛書家的願望起見，特將這部殘本拆開來零售，以一章或一頁為單位，加上適當的封面或皮套，居然立時就被搶購一空，可見愛書家對於這部歐洲的第一本活版印刷書籍是如何的愛慕了。

　　說來真有點幽默，格登堡這部被後人尊為歐洲活版印刷之祖的四十二行本《聖經》，他當初排印設計的動機，卻是蓄意想冒充手抄本來出售的。因此除了本文用墨印以外，每章開始的第一個字母都留出空位，以便用紅墨或五彩金銀來裝飾。因此流傳至今的四十二行本《聖經》，有些每頁四周都有金銀彩繪的花邊裝飾，初看之下，令人誤以為是一部中世紀的手抄本。

讀書與版本

　　無論是讀書家或藏書家，一定該注重版本，注重版本並不是不好的事，更未必一定是一件奢侈浪費的事。藏書家固然要注重版本，就是一般的讀書人，也應該注重版本。

　　中國舊時有一些藏書家，專門愛好宋版書。凡是宋朝刻印的書籍，不論內容和刻印的技術如何，他們一律視如拱璧。宋朝以後的書籍，即使內容或刻印紙張都比宋朝的更好，也不在他們的眼中。這種偏嗜，就是所謂"佞宋"，實在是最狹義的講求版本，夠不上稱為一個愛書家，更談不上讀書家了。即從將書籍當作古董藝術品來說，這種人也是一個坐井觀天的鑒賞家，他的欣賞能力和趣味都太偏狹了。

　　讀書家和藏書家應該注重版本，是因為從愛書的立場說，即使是同一本書，不同的版本便有不同的趣味；從讀書家的立場說，不同的版本便有不同的內容。一個錯字的改正，多一點補充資料，多一篇序文，都可以使我們對於一本書或一個問題的理解獲得若干幫助。這就是注重版本有益和有趣的地方。這種趣味和益處，決不是那些"佞宋"的藏書家所能領略的。

　　切不要以為自己僅有幾本書，夠不上稱為一個藏書家，就無意去注重版本。要知道藏書家固然應該注重版本，就是僅有一本書的人，只要他是一個懂得愛書，理解書的趣味，能夠從書中去獲得學問和樂趣的人，他就有注重版本的必要。何況每一本書，無論它是一本怎樣尋常不足重視的書，我們只要加以仔細研究，就可以發現許多屬於版本方面的趣味。這正如對於任何一個尋常的人，除非我們對於自己以外的任何人皆無關心，否則總是值得我們研究的。

　　無論是為了學問或是為了娛樂去讀書，我們若是對於握在手中的這本書的本身，毫不加以重視，對它毫無感情和珍愛，我們怎麼能夠期待從那裡面獲得樂處和益處呢？

藏書印的風趣

　　中國藏書家鈐在書上的藏書印，其作用與西洋藏書家貼在書上的藏書票相同。所不同者，西洋式的藏書票乃是專為自己的藏書而設計的，除此之外，不作別用，也不能作別用。但中國的藏書家有時則將自己通常用的姓名印章鈐在書上，或將一般的書畫鑒賞圖章鈐在書上，當作藏書印來使用；不過，真正的藏書家和愛書家，必然喜歡為自己的藏書特地鎸一兩方印章，這些印章上的詞句都是不能作第二種用途的，這才是真正的藏書印。

　　中國的藏書家誰最先使用藏書印？這問題沒有人能回答，實在也不必回答。在書籍還是抄本卷軸的時代，書的實用性與它的藝術性幾乎是不可分的，因此書籍、書法、繪畫，三者每每同樣成為愛好藝術的收藏家的搜集對象。他如果要想在他的收藏品上鈐一方印記，"某某鑒藏圖書之印"，"某某珍藏"，"某某秘玩"，"某某珍藏金石書畫之印"，任何一方都可以鈐在畫軸上，鈐在法帖墨跡上，也同樣可以鈐在所藏的書籍上。他若不是一個特殊愛好書籍的收藏家，實沒有另行鎸一方藏書印的必要。因此如果要追溯中國藏書印的始源，我們不妨說，一般收藏家的鑒賞印章乃是它的前身。

不用說，中國的歷代書畫古物收藏，自以皇帝內府為第一，因此最先使用鑒藏圖書的，也是官家的內府。朱象賢的《印典》上說，圖書鑒賞印記始於宋內府圖書之印。但在趙宋以前，如唐太宗的"貞觀"二字連珠印，玄宗"開元"二字連珠印，皆曾用在御府圖書之上，雖然沒有鑒賞珍藏等字眼，這實在是鑒賞圖章的濫觴，也間接就是最早的藏書印。其後，如南唐李後主的建業文房之印，宋太祖的秘閣圖章之印，徽宗的宣和御印，都是著名的官家收藏印鑒。私人方面最早的，如蘇東坡的"趙郡蘇軾圖籍"印、王晉卿的"晉卿珍秘"，雖是一般的書畫鑒藏印，必然同時也就是他們的藏書印。

　　專為藏書而鐫刻的藏書印，按照中國印章發展的過程看來，自必與齋館別號的印章以及所謂吉頌風趣的閒章同時，從一般的圖書鑒賞印章上面衍變出來的。這大約開始於宋代，經過元朝，到了酷愛風雅的明朝士大夫手中，便特別發展盛行起來了。

　　自明朝以來漸漸有了定型的中國藏書印格式，其文字大都作某某藏書、某某讀書、某某手校；也有不用姓氏而用齋館別號的，如某某樓某某齋藏書；這類印章多是方形或長方形的，字句多一點的，則作某氏某某樓藏書印記。若有特別著名的藏書家，往往僅用他的藏書齋館名號的圖章鈐在書上，便足以表示是他的藏書，如明末錢牧齋的著名絳雲樓，近人常熟瞿氏的鐵琴銅劍樓，他們的藏書印僅作"絳雲樓"和"鐵琴銅劍樓"數字，沒有姓名，也不用藏書字樣。這是因為他們原是以藏書著名的，一見到這印章，就知道是他們的藏書了。

有些藏書家，除了普通的藏書印之外，更喜歡在他們所藏的善本孤本或宋本書籍上，鈐上"善本"、"甲本"、"天壤孤本"、"宋本"等圓朱文的小印，如毛氏汲古閣、陸氏皕宋樓、聊城楊氏海源閣，我們至今仍可以從他們舊藏的善本宋本書籍上見到這樣的小印。

　　清代中葉，以拜經樓藏書著名的海昌吳槎客，有一方藏書印，更特別有趣。據"拜經樓藏書題跋記"載，槎客每遇善本，傾囊購之勿惜。後得宋本咸淳《臨安志》九十一卷，《乾道志》三卷，《淳祐志》六卷，遂刻一印曰"臨安志百卷人家"。海寧陳仲魚曾為此事題詩贈之曰：

　　　　輸錢吳市得書誃，道是西施入館娃。宋室江山存梗
　　概，江鄉風物見繁華。關心志乘亡全帙，屈指收藏又一
　　家。況有會稽嘉泰本，賞奇差足慰生涯。

　　吳槎客的"臨安志百卷人家"小印，雖未必一定是鈐在書上的，然而從印章上發揮自己的愛書趣味，正是藏書印的別一格式。中國的藏書家，借了印章來表示自己志趣的人很多，可惜都是叮囑子孫如何保存遺書，不許變賣；或是表示自己買書辛苦不願借人之類的迂話，很少能有"臨安志百卷人家"這種風趣的。

　　葉德輝的《書林清話》卷十〈藏書家印記之語〉，輯錄古今藏書印記文字頗詳。他首先引唐杜暹題其藏書卷末的詩句："清俸寫來手自校，子孫讀之知聖教，鬻及借人為不孝。"按此事見宋周煇《清波雜志》，既說題在卷末，當是手寫而非印記。又，趙孟頫的藏書，卷末有題記云："吾家業儒，辛勤置書，以

遺子孫，其志何如；後人不讀，將至於鬻，頹其家聲，不如禽犢；苟歸他室，當念斯言，取非其有，毋寧捨旃。"陳登原的《古今典籍聚散考》引《曝書雜記》，誤以為是趙文敏的藏書印記，其實當也是手題的。倒是汲古閣的毛子晉，曾借用趙氏這幾句話，上面加上一句"趙文敏公書卷末云"，共五十六字，刻成一方藏書印，汲古閣所藏《梅屋第四稿》卷末即有此朱文方印。蔣光煦的《東湖雜記》及錢警石的《曝書雜記》所記，皆指毛氏以趙氏的題記刻為印章，並非趙氏自己有這印章也。

前記吳騫"拜經樓"所珍藏的那部九十一卷的宋咸淳《臨安志》，吳氏曾因此刻了"臨安志百卷人家"印章以示矜貴的，後來歸於錢唐丁氏八千卷樓。據丁氏《善本書室藏書志》所記，這書的上面有一方吳氏拜經樓的藏書印，其文句云：

> 寒無可衣，飢無可食，至於書不可一日失，此昔人詒厥之名言，是為拜經樓藏書之雅則。

可見吳氏對於書的珍愛。至於與他為愛書同志而互相贈詩唱和的海寧陳仲魚，有藏書樓在紫薇山麓。據《東湖雜記》載，陳氏有藏書印，文曰："得此書，費辛苦，後之人，其鑒我！"其愛書如命的程度，也與吳氏不相上下。

其他見諸記載的各藏書家藏書印用語，大都仍以叮囑子孫要讀書，不可賣書不可借書，借書者應予歸還之類的話居多，如錢穀的藏書印云："百計尋書志亦迂，愛護不異隋侯珠，有假不還遭神誅，子孫不讀真其愚。"居然出之咒詛，未免太過。明人祁承業澹生堂的藏書印云："澹生堂中儲經籍，主人手校無朝夕，讀之欣然忘飲食。典衣市書恆不給，後人但念阿翁癖，子孫益之守毋失。"祁氏的藏書，訂有澹生堂藏書約，許親友借觀，但不得攜出室外，因此他的藏書印中便沒有禁止借人的話了。

蔣光煦《東湖雜記》，記青浦王昶的藏書印記，其措辭則較錢穀的更為嚴厲，竟有犬豕非人及屏出族外的話，文云：

二萬卷，書可貴；一千通，金石備，購且藏，極勞動，願後人，勤講肄；敷文章，明義理；習典故，兼遊藝；時整齊，毋廢墮；如不材，敢棄置；是非人，犬豕類；屏出族，加鞭捶。述庵傳誡。

嚴酷如此，實在令人見而生畏，根本談不上什麼愛書的風趣了。與這相類的，還有萬竹山房唐堯臣的藏書印，他是不肯借書給人的，印文曰："借書不孝"，見范聲山的《吳興藏書錄》；這倒不如《藏書紀要》的著者孫慶增所用的藏書印："得者寶之"，還不失愛書家的本色。

其實，一定要勉強子孫讀書或永遠保存先人的藏書，實在是一件非常迂拙的願望。

《清波雜志》的著者周煇，曾記少卿陳亞家中藏書千餘卷，名畫一千餘幅，晚年又得華亭雙鶴及怪石異花，惟恐子孫不能守，作詩戒之曰："滿室圖書雜典墳，華亭仙客岱雲根。他年若不和花賣，便是吾家好子孫。"結果少卿死後，全部仍歸他人。可見古人早已有非難這種思想的了。這倒不如查初白《人海記》所稱道的楊循吉，他因見故家藏書，多有為不肖子孫變賣或供人為薪者，既老，便將所藏分贈親故曰："令蕩子孌婦，無復着手，亦一道也。"倒達觀痛快多了。

日本人的愛書趣味，無論表現在西洋方式的藏書票上面，或是中國方式的藏書印上面，似乎都比較中國的藏書家更有人情味，更有風趣。三村清之郎選輯的《藏書印譜》和《續藏書印譜》，小野則秋氏的《日本藏書印考》，著錄日本古今藏書印的式樣，研究日本藏書家印記的淵源和變遷，極為可觀，材料和趣味都極豐富。

日本最古的藏書印，大都發現在古寺院的藏經上，如"法隆寺一切經"六字，高山寺的則僅作長方形的朱文"高山寺"三字，法界寺的則作"法界寺文庫"五字，亦係朱文長方形，這就是後來著名的長方形"金澤文庫"藏書印的前身。日本人稱書為"本"，因此古皇室的藏書，在一般印章之外，間有鈐上"御本"二字的，表示是官家的藏書。又如紅葉山文庫的藏書印，就作"紅葉山本"四字。

表現在藏書印上的日本藏書家的書籍趣味，也有如我們中國的藏書家一般，不喜借人和叮囑子孫保存毋賣的。就是寺院的藏經，為了提防失散，也有在藏書印上刊着"門外不出"的字樣。

但大都比較我們更有風趣。如鈴木白藤的書印作"節縮百費，日月積之"，市河米庵的"市河米庵捐衣食所聚"，朝川善庵的"善庵三十年精力所聚"。更有對於自己所有的孤本和珍本特別看重的，如小島尚質的珍本書印，作"葆素堂驚人秘冊"，寺田望南的"天下無雙"，內藤湖南的"天壤間孤本"，岩崎灌園的"宇宙一本，岩崎必究"，森川竹窗的"此書不換妓"，都是很有風趣的愛書心理流露。

印章文字多一點的，如青柳館文庫的朱文方印，共十八字，文曰"勿折角，勿捲腦，勿以墨污，勿令鼠齧，勿唾揭幅"，這是針對舊時翻閱線裝書的一切陋習而發的，顯然受了中國藏書家的影響。大阪的一位儒士松井羅州的藏書印，則叮囑得更仔細，文字也更多了。這是一方大型的朱文方印，共有文字九行，文曰："趙子昂云，吁，聚書藏書，良非易事。善觀書者，滌手焚香，拂塵淨几，勿捲腦，勿折角，勿以爪侵字，勿以唾揭幅，勿以作枕，勿以夾刺，隨損隨修，隨開隨掩，後之得吾書者，并奉贈此法。"他另有一方藏書印，所刻的是日本式的中國七言詩四句，詩曰："著書始識著書難，字字寫來心血乾。禁錮塵堆媚貧蠹，不如典賣供人觀。"

我最喜歡的倒是細井廣澤的一方，也是朱文的大方印，文曰：

> 友人求假余書畫摹本，余未曾嗇焉。然至乎淹滯不還，則大負老境之樂意，故作俚詩自刻印於其首，以奉告諸友：斯翁努力知何事，為樂殘生為遺兒。君子求假奚足惜，荷恩還璧莫遲遲。壬寅秋，廣澤釣徒書，時六十又五。

詩雖不大高明，然而那風趣頗有點近於鄭板橋的自題潤格。

從《日本藏書印考》中所見到的其他有風趣的藏書印，還有小島尚質的"父子燈前共讀書"，瀧澤馬琴的"不行萬里路，即讀萬卷書"，市野迷庵的"子孫換酒亦可"，大槻磐溪的"得其人傳，不必子孫"，都有一點風流的瀟灑趣味。

從日本藏書家的藏書印上所見到的身後保存藏書觀念，則與中國的藏書家差不多，都是希望子孫能永遠保存，毋賣毋棄。如新川鹿島清兵衛的一顆："子孫永保"，詩人竹添井井的"井井居士鑒賞子孫永保"，關場忠武的"子孫保之"，都是這一類藏書印的典型式樣。至於略有變化的，則如姓名失傳的某氏的一顆："自寫且校，紙魚宜防，不鬻不焚，子孫永藏"，河野鐵兜的"衣粗食菲，辛苦所存，不能永保，非我子孫"，頗與中國若干藏書家"後人但念阿翁癖，子孫益之守毋失"的觀念如出一轍。但達觀的也並非沒有，如村田清風的"長門國三隅莊村田氏文庫章，集散任天然，永為四海寶"，大槻磐溪的"得其人傳，不必子孫"，市野迷庵的"子孫換酒亦可"，都是掛念自己的身後藏書，但卻不一定希望子孫為之保存的。

至於從藏書印上所見到的方正耿介性格，可以代表的該是關場忠武的一方，中間朱文作"關場氏所藏"五字，左右白文兩行，右曰"忠孝吾家之寶"，左曰"經史吾家之田"。但我以為這未免太正經了，倒不如丁氏八千卷樓藏書志所載的某氏的一方："布衣暖，菜根香，讀書滋味長"，頗有中國儒家所提倡的淡泊風趣。

最後，我想順便談一談藏書印的鈐蓋方法。

西洋的藏書票是貼在書封面的裡面，即封面的反面，以一張為限，大都貼在正中，但也有人貼在左上角的。

至於我們的藏書印，則因了一本線裝書可以鈐印的地方很多，而一個藏書家的藏書印又往往不只一方，於是鈐印的地位就值得考慮了。從前皇帝的內府圖書藏書印，照例是鈐在每一卷的第一面書框上面正中的，如我們從影印的四部叢刊上常見到的"乾隆御覽之寶"、"嘉慶御覽之寶"、"天祿琳琅"等等，都是這樣。這是皇帝的排場，是不足取法的。正當的鈐蓋藏書印的方法，最主要的一方，我以為是該蓋在一部書正文第一面的下方，即著者或編纂者的姓氏的下面，以貼近書的邊框為宜。再其次，則每一冊的最後一頁的下角，也應該鈐一方壓卷。若再有其他的藏書印，則不妨分別鈐在序文前後和裡封面版框的空白處，地位總以貼近下角為宜。無論是線裝本或是鉛印的平裝本，我以為總不宜在封面上蓋上印章。

若是這本書已經經過別家收藏，第一頁已有若干印章的，則自己的藏書印宜順序鈐在最上的一方之上，以示收藏流傳的先後次序。若是下角仍是空白的，則仍以鈐在下角為宜。

主要的藏書印應該鈐在本文第一頁的用意，是因為這地方是一部書的真正開始，又不似題箋序文目錄等容易損壞或脫落，所以應該鈐在這裡。又，如果書邊特別闊大，書框特別小的，則不必一定鈐在框內，也可以鈐在框外。

藏書印當然可以不只一方，但鈐在一本書的主要所在的應該用主要的一方，其次要的則不妨分別鈐在卷末和其他適宜的地方。即使自己有很多的印章，也不宜一齊鈐在一本書上。無論是書籍或是碑帖書畫，印章鈐的過多，不僅有損美觀，而且也產生一種傖俗氣。只有書賈和古董商人才故意纍纍的亂鈐偽造的藏家印章來炫惑人。姜紹書在《韻石齋筆談》中曾譏笑明朝收藏家項墨林喜歡在收藏品上亂鈐圖章，他說得好：

> 每得名跡，以印鈐之，纍纍滿幅，亦是書畫一厄。譬如石衛尉，以明珠精繆，聘得麗人，而虞其他適，則黥面記之，抑且遍黥其體，使無完膚，較蒙不潔之西子，更為酷烈矣。

他雖是說書畫收藏家的，但藏書家也應以此為戒。

借書與不借書

　　詩狂書更逸，近歲不勝多，大半落天下，未還安樂窩。

　　這首詩是宋朝的邵康節懷念他的那些借出未還的書的。安樂窩是他的讀書處。他本是一位道學先生，但這首詩卻有點風流意味，因此每想起自己給別人一借不還的那許多書，總喜歡低誦着這幾句詩。

　　我自己不大向別人借書，但是從來不拒絕借書給別人。我不大向別人借書的原因，並不是不喜歡借書，而是自己另有一個買書的習慣。凡是自己要用要看的，甚或明知不甚有用或是自己不會去看的書，只要有機會，總喜歡自己去買了來。因了這樣，可以買到的書，自己大都買了；買不到的書，大都也借不到，因此就不大有機會向別人借書。但是別人向我借書的卻常有。有時為了借書人的個性，或是所借的一本書自己早晚恰巧要用，或也會躊躇一下，但僅是躊躇而已，結果仍是借的。毅然拒絕將一本書借給別人，這是我從來不曾有過的事。

　　我的書桌抽屜裡有一張紙，每逢借出一本書時，我便隨意的簡略的在那上面記下借出的書名和借書者的姓氏。這並非正式的登記，而是只供不時提醒自己之用的一種備忘錄。那上面的字跡，簡略潦草得只有我自己才看得懂，有時甚至連我自己也看不懂的。根據這樣的一張書目，有時偶然將這些借出的書檢點一下，便發現借去了未還的書，實在佔多數。這些未歸還的書，有的可說是至今尚未還來，有的則看來大概永無歸還的希望了。而這些不會還的書，大都就是那些在借的時候我就已經躊躇過，彷彿已經預料到借的人決不會歸還，但是仍是借給了他的。

本來，自己的書應不應借給他人，這是一個看來很簡單而實在很微妙的問題。這一來要看自己的性格和對於書的觀念，二來要看借書的人是個怎樣的人，三來要看所借的是怎樣的書。將書籍當作珍物來玩賞的人，當然不肯輕易借給別人，但即使是將書籍當作是學術研究工具的人，為了自己可能隨時需用它，也是不願隨意借給別人的。

只有自己愛書而又能理解不能獲得自己所需要的書時那種精神上的不安和空虛的人，才能推己及人，不肯輕易拒絕別人向你借一本他所需要而恰又為你所有的書。不過，這樣借書給人的心情，決不是"我已經看完了，你拿去吧"那種對於一本書的有無毫無動於衷的薄情漢所能理解的。這樣的借書給人，好像是將自己的一部分借給了別人，在沙漠的旅途上將自己的水壺慷慨的授給同路者。他所希望的乃是獲得一個伴侶和同好者，能夠共享自己所已經感受到的滿足和愉快，決不是施捨，也不是希望使對方成為一個欠了自己一筆債的負債者。

當然，借書給人當然希望，而且相信別人一定會歸還的。自己向別人借書，也很少一開始就蓄意不擬歸還的，這樣的人不是沒有，不過是少數的少數。大部分的人，借書時是一再表示必定歸還，而且事實上本是準備看完了或用完了就即時歸還的。但結果往往適得其反。

借出的書不能歸還的原因雖多，但最大的原因還是那不成原因的原因；這就是說，由於疏懶，提不起精神去履行這一個義務。這樣的藉口很多；不順手，時間不湊巧，本來預備來還的 —— 臨時忘記帶來了。有時又覺得僅僅為了歸還一本書去走一遭未免不值得，而時候愈久，便愈覺得沒有亟亟歸還的必要。這恰如一筆舊債一般，債主沒有特別的理由固然不便啟齒提起，而欠債人雖然不時記起這一筆債，但是如果沒有特別原因，也就懶得去還了。

是的，就這樣，"大半落天下，未還安樂窩"，借出去的書，就因了這樣不成原因的原因，多數不曾歸還。至於真正因了遺失或彼此失去聯絡而無從歸還的，那不過是少數中的少數。

我自己雖然不常向別人借書，但偶爾也會借一兩本的。在我的書堆中，我清晰的記得，就有向一個朋友毫無必要的借來的兩本書，至今已隔兩年，固然不曾看，他也不來討，我也至今提不起精神去歸還。

中國舊時的藏書家，大都不喜歡將自己的書借給別人。這是因為他們既不將書籍當作是求學問的工具，也不當作應該公諸大眾，至少應該公諸同好的可以陶養性情的藝術品，而是將書籍當作是私人的秘玩。這全然是過份的佞好古版和古本所致。有些舊時癖好宋版和孤本的藏書家，他們固然不肯將自己的秘藏借給人或拿出來給人看，甚至自己有一些什麼書也不願給別人知道。西洋有一些怪癖的嗜好收藏孤本的藏書家，他們如果發現自己所藏的孤本在別人的手中又發現了第二本時，他們必定千方百計設法將那另一本買了來，騙了來，甚至盜了來，然後再將它銷毀，務使自己所收藏的這一本"孤本"成為真正的孤本。如果這一切都辦不到，他們寧可將自己的這一本摒諸自己的收藏之外。

這樣怪癖的藏書家，他已經不將一本書視作是一本書，當然更談不上借書給別人了。

舊時中國的藏書家，有些人甚至告誡子孫，以借書給人為不孝。如范聲山《吳興藏書錄》引《湖錄》云："唐堯臣，武康人，為開建尹，有別業萬竹山房，構樓五間，藏書萬卷，書上有印曰：借書不孝。"宋周煇《清波雜志》，記唐杜暹聚書萬卷，每卷末題詩其上曰："清俸寫來手自校，子孫讀之知聖教，鬻及借人為不孝。"唐朝印書未流行，書籍還是抄本居多，以自己薪俸去辛苦抄來的書，當然應該珍惜，告誡子孫不應隨便賣給人固然很應該，但連借給人也認為不孝，那就未免不近人情了。

書是應該借給人的，但有些人借了書專門不還，卻也是令愛書家感到棘手的事。如趙令時在他的《侯鯖錄》中所記的那個專門借書不還的士人，就令人頭痛了：

> 比來士大夫借人之書，不錄不讀不還，便為己有，又欲使人之無本。穎川一士子，九經各有數十部，皆有題記。是為借人書不還者，每炫本多，余未嘗不戒兒曹也。

趙令時並不戒兒曹不可借書給人，而是戒他們不可像那個士人一樣，借了別人的書，"不讀不錄又不還"，這實在是很明達的見解。本來，與其勸人借書給人，不如勸人借了書應該歸還。因為有人借了書不肯還，才有人吝嗇不肯將自己的書借給別人。

中國舊時的藏書家，並不都是珍秘於枕函而不肯借給人的。有些認為與其藏之笥篋，供鼠齧蟲巢，或留待不能讀書守書的不肖子孫去變賣，不如慷慨的借給別人抄讀。錢牧齋跋南村《草莽私乘》，謂當時有李如一者，好古嗜書。收買書籍，盡減先人之產。嘗曰："天下好書，當與天下讀書人共之。古人以匹夫懷璧為有罪，況書之為寶，尤重於尺璧，敢懷之以買罪乎？"李如一的藏書，在中國藏書史上雖沒有名，然而這幾句話卻是中國許多有名的藏書家所不肯說的。就如錢牧齋，他雖然"未嘗不歎此達言，以為美談"，可是他自己以收藏宋元精刻埒於內府的"絳雲樓"，卻"片楮不肯借出"，以致一場火災，全部孤本秘鈔都變成灰燼了。

不借書固然不應該，但借了書不還或是隨意污損也是不該的。北齊的顏之推在《顏氏家訓》中談借書的道德說：

> 借人典籍，皆須愛護。先有缺壞，就為補治，此亦士大夫百行之一也。濟陽江祿，讀書未竟，雖有急速，必待卷帙整齊，然後得起，故無損敗，人不厭其求假焉。或有狼藉几案，分散部帙，多為童稚婢妾之所點污，風雨蟲鼠之所毀傷，實為累德。

顏氏的說理，每多平易明達，這裡所主張的借書道德，也是古今不易的標準。因為借書的人如果能將借得的書加以愛惜，定期歸還，取得愛書家的信任，則他們自然不會吝嗇不肯借了。

在從前書籍刻本不多，流傳不廣，購買不易的時代，如果要讀書，既沒有公共圖書館，自己又買不到或買不起，唯一的方法只有向別人去借閱或借抄了。因了借書困難，甚至有人不惜到有藏書的人家去做工，以便取得讀書的機會，如《西京雜記》所記的匡衡，勤學而不能得書，"邑人大姓，又不識字，家富多書，乃與客作，不求其價。主人怪而問之，衡曰，願得主人書遍讀之"。

對於藏書家珍秘其所藏，不肯輕易示人，以致要讀書的人無書可讀，要參考校勘的學者望洋興歎，而一遇兵燹水火的意外事件，所藏孤本秘籍往往一掃而空，因此引起有見識的愛書家的慨歎，如吳愷《讀書十六觀》引《鴻臚寺野談》云："關中非無積書之家，往往束之庋閣，以飽蠹魚，既不假人，又不觸目，至畀諸灶下，以代蒸薪，余每恨蠹魚之不若也。"

秀水曹溶氏所擬的《流通古書約》，也指責藏書家的這種怪癖之可惡：

> 書入常人手，猶有傳觀之望，一歸藏書家，書無不締錦為衣，栴檀作室，扃鑰以為常有問焉，則答無有。舉世曾不得寓目⋯⋯使單行之本，寄篋笥為命；稍不致慎，形蹤永絕，只以空名掛目錄中。自非與古人深仇重怨，不應若爾。

所謂《流通古書約》，便是曹氏鑒於有些藏書家秘其所藏，不肯示人，特地擬了這公約，呼籲有心的藏書家，出各所藏，有無互易，互相抄借的。他對於有些人借了書不肯還，以致藏書家不願出借的原因，也不曾忽略。他說：

> 不當專罪各不借者，時賢解借書，不解還書，改一瓻為一癡，見之往記。即不乏忠信自秉，然諾不欺之流，書既出門，舟車道路，遙遙莫定，或童僕狼藉，或水火告災，時出意料之外，不借未可盡非。

不過，曹氏的《流通古書約》，其範圍仍以藏書家間互相有無抄借為原則，他的用意和南京丁氏所組織的《古歡社約》差不多，只是以"彼藏我缺，或彼缺我藏，互相質證，當有發明，此天下最快心事"為目的，並不是提倡一般性質的借書。

但是，大部分的著名藏書家，連藏家之間的互相抄借也不願做，於是遂發生了設計偷抄別人秘籍的事，這事發生在清初著名的藏書家錢遵王與著名詞人朱彝尊身上，可說是反映中國藏書家吝嗇怪癖的最有趣的逸話。錢遵王是錢牧齋的族孫，曾收得牧齋絳雲樓燼餘的藏書。據錢氏《讀書敏求記》的吳焯跋語云：

> 絳雲未燼之先，藏書至三千九百餘種。錢遵王撰讀書敏求記，凡六百一種，皆記宋版元鈔，及書之次第完缺，古今不同，依類載之，秘之枕中。康熙二十四年，彝尊典試江左，與遵王會於白下，求一見之，終不肯出。乃置酒，召諸名士高讌，遵王與焉。私以黃金及青鼠裘，予其侍吏，啟篋得之，僱藩署廊吏數十，於密室半宵寫畢，並錄得絕妙好詞一卷。詞既刻，遵王漸知之，彝尊設誓以謝曰，不流傳於外人。

此外，還有一個同學之間不肯借書，給別人戲弄的故事，對於有書而不借的吝嗇者的懲罰，可謂痛快。事見明人周鑣《遜國忠記》卷三〈景清傳〉：

> 洪武中，遊太學，同舍生有秘書，請求觀，不與。固請，約明旦即還。明旦往索，清曰，吾不知何書，亦未嘗假書於汝。生憤，訟之祭酒，清即持所假書往見曰，此清素所業書。即背誦徹卷。及同舍生，生不能對一辭。祭酒叱生退，清出，即以書還生曰，吾以子珍秘太甚，故相戲耳。

這裡所說的景清借了書不肯還，固然是有意開玩笑，但在事實上，借出的書不易獲得歸還，卻也是事實。我自己就已經在兩方面都有過經驗：許多借出的書，至今未蒙歸還，而我的書堆中也有一些借了來至今未還的書，不過我想雙方都是由於疏懶與疏忽，決不是存心不還，或是一種有意的懲罰舉動。寫到這裡，使我想起一位西洋藏書家在藏書票上所寫的銘句了，他也許痛惜借出去的書不回來的太多了，因此禱祝道：

> 迷途的貓雖然走失了許久，
>
> 終於有一天會回來。
>
> 唉，但願此書借出後能具有貓的性格，
>
> 採取最捷的直徑歸回家來。

借書與癡

　　中國宋朝的藏書家，對於借書和還書的問題，有一種有趣的理論。他們有些人主張不借書給人，同時又主張借了書不應歸還。他們認為，借書給人是一件癡事；還書給人更是一件癡事。這理論甚至成了俗諺，有人推而廣之，認為向人借書，已經一癡；有書居然肯借給人，更是二癡；借出之後又向人家索還，可謂三癡；借了書又還給人，是乃四癡。這借書四癡的理論，在北宋藏書家之間頗為盛行，宋人著述中記載這故事者甚多，而且在字句之間各家還有不同的見解，是中國藏書家關於借書問題的一段有趣的逸話。

　　呂希哲為呂公著子，徽宗時以黨禍罷官，所著《呂氏雜記》有云：“余幼時，有教學老人謂余曰：人借書而與之，借人書而歸之，二者皆癡也。聞之便不喜其語。”

　　王楙《野客叢書》卷十一云：“李正文《資暇集》曰：借書集俗謂借一癡，與二癡，索三癡，還四癡。又杜元凱遺其子書曰：書勿借人。古諺云：借書一嗤，還書一嗤，後人生其詞至三四，讖為癡。或曰：癡甚無謂，當作瓻。僕觀廣韻注張孟押韻，所載瓻字，皆曰借書盛酒器也。故曾文清公還鄭侍郎通鑒詩曰：借我以一鑒，餉公無兩瓻。又觀魯直詩曰：願公借我藏

— 188 —

書目，時送一鴟開鎖魚。蘇養直詩曰：休言貧病惟三篋，已辦借書無一瓻。又曰：去止書三篋，歸亡酒一瓻。曰：慚無安世書三篋，濫得揚雄酒一瓻，乃作鴟夷之鴟。近見漁隱後集，亦引黃詩為證。"

王氏在這裡先否定了古諺所謂借書還書為癡或嗤的一般見解，而認為應該作瓻，謂古人的禮節，借書還書皆以瓻盛酒為伴。接着又引了黃山谷、蘇養直兩人關於借書的詩句，說他們都用鴟夷之鴟。一句話竟有四個不同的字，可謂有趣。

癡與嗤的用意相近，都是對借書和還書加以譏笑的意思。至於瓻字，《說文》和《廣韻》都是酒器。注云：大者一石，小者五斗，古借書盛酒瓶也。

古人借書還書都要用酒通殷勤，雖是古諺，可惜我們對於這風俗找不出什麼可靠的根據。因為除了韻書在瓻字下的小注以外，不再有其他關於這借書古俗的記載。至於蘇黃等人所用的鴟字，則因為鴟也是一種盛酒器。《遊宦紀聞》云：

借書一癡，還書一癡，或作嗤字，此鄙俗無狀語。前輩謂借書還書，皆以一瓻。《禮部韻》云，瓻盛酒器也。山谷以詩借書目於胡朝請，末聯云，願公借我藏書目，時送一鴟開鎖魚。坡公《和陶詩》云，不持兩鴟酒，肯借一車書。吳王取伍子胥屍，盛以鴟夷革，浮之水中。應劭曰，取馬革為鴟夷，楬形。范蠡號鴟夷子皮。師古曰，若盛酒之鴟夷。揚子雲《酒箴》：鴟夷滑稽，腹大如壺。師古云，鴟夷，革囊以盛酒也。蘇黃用鴟字本此。

作為盛酒器的鴟夷，根據諸家的考證，乃是用牛馬等獸類皮革製成的皮囊，那形狀當如歐洲中世紀鄉間盛酒的豬皮囊，或者像渡黃河所用的牛皮筏。至於所以名為"鴟"的原因，據謂是象形的，象徵鴟的腹大如瓠能容多物，所以范蠡逃亡後自號"鴟夷子皮"，便是表示自己胸懷能忍耐容納之意。日本有一種盛酒的陶器，形狀像是一隻貓頭鷹，挺着腹部，頗有揚子雲所說的"鴟夷滑稽，腹大如壺"之意，也許是中國古鴟夷的遺制吧。

說借書還書為一癡或一嗤，未免刻薄不近人情，但借書還書要用酒，又未免太過鄭重。古人雖有以《漢書》下酒的故事，但藏書家恐怕未必個個都是酒徒吧？我以為借書一癡還書一癡者，必是俗諺嘲笑藏書家的書癡氣，而古人因了得書不易，空手向人借書不好意思，必然隨身帶一點敬儀，也許偶然有攜一瓶酒的。若說借書還書必須用酒，而且如《廣韻》等書所注釋的那樣，借書還書還有專用的盛酒器，則我就有點不敢輕信了。

書齋之成長

日本的愛書家齋藤昌三，著《紙魚繁昌記》，其中有一篇〈書齋雜談〉，有一節論書齋的生命，謂書齋為有機體，應新陳代謝，而非書的墳墓，頗有見地。齋藤氏云：

> 書齋是生長着的。書齋本來是一個有機體，不斷的新陳代謝，萬古常新，故會有生氣。當喪失了這種新陳代謝，機能衰老時，成長即告停頓了。成長已停止了的書齋，則縱有藏書數萬卷也不過是書齋的墳墓罷了。

圖書館常常被人比做書籍的墳墓。圖書館除了某種特殊的專門圖書館而外，大抵因以廣大的公眾做對手，勢必以搜羅豐富為主，顧不到精選慎擇，竟至要收容到沒有永遠價值的東西。說他是墳墓，雖不免過於奇矯，然而至少也令人感到沒有一家圖書館不是書籍的養老院。不過，私人書齋卻因根據個人自己的方針（其中雖也有沒定方針的隨便搜集，然而大抵卻是有系統的收羅，自然而然的形成一個有生命的有組織的大系統了。所謂書籍是有機體，就是這個道理。架上的書籍不特一本一本的跟收藏人息息相關，而且收藏人的生命流貫其中，連成一體。

因此，這個書齋的有機作用，不消說是全靠書齋主人的愛書慾和研究慾不斷增加，使書齋不斷的新陳代謝，一路成長。當書齋主人的興趣已盡，或跟他斷絕關係時，便會立即停止成長，同時又失落了生氣和光彩。無論是怎麼樣的學者的書籍，當主人公沒興趣時，那末其遺跡就活像無人荒寺的大殿一般了。無論怎麼樣的大法師的名作，當五彩生光的佛器佛幡失掉了光彩時，只有日益荒廢而已。

書齋的成長是靠一個好學的學徒或靠真心愛好的趣味來哺養的，不過，書齋健全成長不是單靠藏書的增多的。也不是靠搜集家的共通心理所做的隨手亂收亂藏，也不是靠愛書家的銳眼獵獲珍本罕書。堅實的書齋主人為書齋的成長打算，是靠不絕的搜購新出好書，使書齋的空氣常常新鮮，使書齋的機能活潑，使書齋的能率提高的。僅知增加藏書的數量，或僅知以珍本罕書驕人，不過是把書齋變成書籍貯藏室，或變成博物院的陳列處，完全不會使書籍有了生氣。

書齋雖一面是休息室，然而所謂休息室並非是說隱居室或避世處。既不是逃避塵世，享受風月的房間，也不是忘掉生活之苦超脫現世的地方。

說起來雖不免帶點說法氣味，然而現代實要人刻刻存心，不忘奮鬥，直至一息尚存，不容稍懈其志，不至失其元氣。故書籍不能不是個常養其志，鼓舞其元氣的地方。即使在享受休息之時，也不宜忘其志，喪失元氣的。因此，為提防不至墮落到以藏書的豐富和古版的珍貴自滿那樣的空虛的愛書癖者，必須把書齋的空氣弄得常常清新預防愛書癖的病菌發生。

歷史家、考古學家、古典學者之珍重發霉的古本，因事屬專門，實為當然。不過，世上卻有唯對古版盲從附和，根本輕視新版新書的只講價錢的讀書家。特別是所謂愛書家之流常有古版之書千金猶賤，新出之書十錢猶貴的傾向。古典之值得尊敬，固不必說。古版之值得愛玩，亦不必多說。然而為什麼對於新作新刊的書看做是不值一顧的拙著俗書呢？

當然，每天應接不暇的陸續出版的新書，固不容易一一過目，這是時間有限辦不妥的一種商量。然而人各有自己的專門，又自覺有趣的問題，所以不必讀破所有的新書，其實令人看得不忍釋手的書，原是少得出奇。側重古典古版，不顧新作新刊，實在是一個讀書人的既不健全又不聰明的辦法。世人相信最好讀書法是絕對不看出版未到十年的書。不消說，書籍的真價至少不過十年不能懂得，而壞書過了十年大抵會被驅走的，但反之，任何一種名著過了十年又會失掉其新鮮味呢。因為時代香氣已失，故十年前的舊書就不能跟時代接觸沐浴在新鮮空氣中。新書即使沒有任何永久價值，連那些早上出版，晚上葬身廢物店裡生命如蜉蝣的劣拙小書，也一樣帶着時代的香氣。這種新鮮味道比由古典裡嘗到的太牢滋味更多營養成分。

世上又有一種讀書法，以為與其博覽，不若專攻，反覆精研一冊古典，得益將會更多云。此說是頗有真理的。漫不經心的如蜻蜓點水一般，只在皮相上泛讀，終歸得不到什麼益處。不過，除了學者的考證檢核之外，只知死守一本《論語》或《聖經》，那就跟和尚的朝夕唸經一般，稱不得是讀書家。然，讀書乃攻學唯一之道乎？讀書足以修養乎？讀書乃最高之享樂乎？讀書萬能，是耶非耶？根本的讀書說，姑置別論，惟既已明白讀書趣味，又好埋頭在書齋裡的人，則必須提防書齋空氣的沉澱，避免頭腦的化石，以期書齋的成長。第二，不要忘記，常購入新書放入書齋裡，是使書齋空氣常保存清新的一個辦法。

《書齋隨步》

　　《書齋隨步》，少雨莊主人的第六書物隨筆集，是最近才出版的新書。案頭能有這一冊書放着，在今日的香港，即使連日本人也包括在內，我怕是唯一的一人吧？這不能不說是一種幸福。

　　前些時候，從日本雜誌上讀到第一書房的悲壯的廢業啟事，心裡有一種說不出的淒涼。在中國方面，旁的人我不知道，在我以及平素往還較密切的幾個朋友之間，日本第一書房的出版物對於我們的影響是很大的。就從我個人來說，我就很欽佩第一書房的經營者長谷川氏。十多年來，始終想經營一間這樣為了讀者和作家打算，同時也不抹煞出版者的利益的文藝書店。可惜這夢想至今還不曾有機會給我實現。

　　因了第一書房的廢業，使我聯想到，像齋藤先生所主持的書物展望社，在目前的時局下，在經營上怕也難免要遭遇相當困難吧。接着，從雜誌的啟事上，果然讀到說是因了紙張限制和物資節約的關係，有幾部預告要出版的書怕要延遲出版的話。預告了許久的《書齋隨步》正是其中之一。我想，要見到這部書，怕是不可能的了。但出人意外地，日前即從小川先生手中收到著者轉寄來的一冊。雖是與預告的出版期延遲了一年多，而且經過了艱難的旅程，連書角也有一點捲摺了，但我的喜悅是不難想像的。

《書齋隨步》一共包含了近八十篇隨筆和小論文，計分〈書癡篇〉、〈裝幀篇〉、〈藏票篇〉、〈苦樂篇〉、〈自畫篇〉五部。匆匆翻閱一遍，使我特別感到興趣的是幾篇關於書籍裝幀的文章。日本出版物的裝幀藝術是極發達的。連我自己在內，國內幾個寥寥可數的注重書籍裝幀的人，可說都受過日本裝幀藝術的影響。在國內，最大的權威出版家根本不知道裝幀為何物，一般人也不過以為裝幀只是給一本書畫一張封面，甚或是"洋裝燙金"。要想找一個能夠理解書籍的內容和形式應該怎樣調和，裝幀藝術並不一定限於"豪華"，一部文學史和一部創作詩的裝幀應該需要怎樣各別的處理等等問題的人，我覺得簡直是置身在沙漠中一樣。在這情形之下，對着日本出版物的裝幀藝術的成就，實在使人羨慕。

　正是從其中的一篇文章裡，使我無意知道在名畫家藤田嗣治的書架中，藏有日本唯一的一冊出自墨西哥某酋長的贈餽，以人皮裝幀的書籍的有趣逸話。

　《書齋隨步》的裝幀係出自畫家池田之手。在戰時的出版界，這冊書能夠出版已是幸事，因此在裝幀上當然有許多地方不免受到牽掣，但仍樸素雅致得恰合它應有的身份。尤其是包書紙內頁的《少雨莊見取圖》，與襯頁前後的書齋素描對照看起來，實在使人神往。池田君所特別注明的放在書架前面的那兩箱藏書票，更使我羨慕。

　遙想着神交十年，始終未見過面的齋藤先生，在少雨莊的書齋內，坐在大書案前，面對着窗外的修竹，靜耽於他的書齋王國的樂趣的情形，我彷彿覺得自己也曾經置身其間了。

《紙魚繁昌記》

　　這次小川先生從日本歸來，帶來少雨莊主人惠贈的藏書票十八種以及一冊新版《紙魚繁昌記》，使我十分高興。我失去這書已經七年，好久就希望能夠再得到一本，這次竟如願以償，實在是一件快事。雖然新版的《紙魚繁昌記》，封面十分樸素，遠及不上舊日的蠹魚蝕紙裝，而且還略去了原有的幾幅插畫，但在戰時居然能有再得到這書的幸福，實在不敢再作其他非分的想望了。

　　事變第二年的春天，我離開上海到廣州，隨身曾帶了幾冊書，《紙魚繁昌記》便是其中之一。其餘的是：羅遜‧巴哈博士的回憶錄：《獵書家的假日》，愛利克‧克萊格的《英國的禁書》，克利愛頓的《書與鬥爭》，愛德華‧紐頓的《藏書快語》和《藏書之道》，以及克利斯托夫‧穆萊的《書志學講義》。廣州發生戰事的前幾天，我隻身來到香港，這幾冊書都被留在官祿路的宿舍裡，和我的衣物一同失散了。因了這幾冊書都是所謂"關於書的書"，是談論書物版本掌故的，在戰時可說是奢侈品，本應該束之高閣，但我當時悄悄的將他們帶在身邊的目的，不過想在燈下或臨睡之前的一刻，隨意翻閱幾頁，用來調劑一下一天的疲勞而已。因了這幾本書的性質和當時的工作環境實在太不相稱，朋友們曾屢次說我"積習難除"，我總付之一笑，私心反而因這可驕傲的習性而感到自慰，卻不料偶一疏忽，便永遠失去它們了。

來到香港後，忘不掉這幾冊書，我曾將他們寫在《忘憂草》裡。後來，找出了這幾本書的出版處，我試着輾轉設法去補購。幾年以來，失去的七本書之中，我曾先後買得了《藏書快語》、《英國的禁書》、《書與鬥爭》三種。其餘的四種，《藏書之道》早絕版了。《獵書家的假日》雖然出版不久，但寫信給美國的原出版家，始終沒有回信。穆萊的《書志學講義》，本是一家大學出版部印行的，我的一本，是無意從日本丸善寄來的洋書目錄上見到，寫信去買來的，當然無從再得到。而內田魯庵的《紙魚繁昌記》呢？早幾年就說已經絕版了，當然更買不到。

這回，偶然從最近期《書物展望》月刊的廣告上，見到《紙魚繁昌記》改版出版的預告，不覺喜出望外。想到同中國一樣是經過了七八年戰爭的日本，出版界居然還有重刊這書的餘裕，實在使人羨慕。而更使我高興的是，書物展望社主人齋藤昌三先生，居然至今還不曾忘記十多年前曾經"熱衷"搜集日本藏書票的這個中國友人，特地將他許多年以來新製的藏書票惠贈了一份給我。

七年的炮火，曾經毀滅了許多生命和城市，當然更毀滅了不少可珍貴的典籍，但遠隔重洋，知道怎樣從每一冊書上去尋找人生樂趣的同好者，憑了這相同的愛好而建築在薄薄的一層紙上的友情，卻怎樣也不為炮火所動搖，實在是可發深省的事。

愛書家的小說

　　法朗士的《波納爾之罪》，是我愛的小說之一。這書已經被譯成中文多年，可是它的讀者似乎並不多，這恰好說明像這樣一部氣息淳厚的作品正不易獲得一般人的愛好，而這也正是我愛讀《波納爾之罪》的原因。

　　包圍在古色古香書卷氛圍中的波納爾，他的愛書趣味，不染塵埃的冉生的愛，只有從小就薰陶在愛書環境中的法朗士才寫得出。

　　以愛書家為主人公的小說，除法朗士的這部《波納爾之罪》以外，近年使我讀了不忍釋手的，是斯諦芬・支魏格的幾個短篇。

　　寫下了〈一個不相識婦人的情書〉，寫下了〈殺人狂〉的支魏格，即使放過他的作家論不提，僅是在小說方面的成就，已經夠值得傾佩了，而在這一切之外，他竟又寫了能深深把握愛書三昧的許多短篇，這才幹不僅使我佩服，簡直使我嫉妒了。

　　我不大熟悉支魏格的生活。但是我確信，他自己如果不是一個愛書家，決不能寫出這樣深得其中三昧的作品。

　　幾年以前，支魏格作品的英譯，將他這樣的幾篇短篇，再加上兩篇關於書籍趣味的短文，編印了一本小冊，書名是《舊書販及其他，給愛書家的故事》。書的篇幅並不多，但印得極精緻，我託李乾記書莊輾轉設法從海外買了來，讀了又讀，差不多愛不忍釋。

支魏格的這幾篇短篇，似乎是在第一次歐戰結束了不久以後所寫，書中處處表現着在當時戰後經濟破產的德國，藏書家以及藝術收藏家受着怎樣比一般人更慘痛的厄運。其中有一篇名〈看不見的收藏〉，更使人讀了怎麼也不會忘記。

一位版畫販賣商人，因為要搜羅一些日漸缺少的版畫名作，想起在他許多老主顧之中，有一個住在偏僻城市中的某氏。這人曾從他手中買過不少版畫，現在社會不景氣，這人也許有意會將他的收藏出讓。商人便特地去加以訪問。哪知因了不景氣，為了維持日常麵包所需，某氏寶貴的收藏早已暗中被他的妻女零星賣光了。雙目失明的某氏，每天捧着全是白紙的畫冊，依然視同珍寶似的撫弄着。因此當版畫商人來訪問時，幾乎將這一幕悲劇揭穿，幸虧那母女及時加以說明，於是商人也只好硬着心腸欺騙這盲人，稱讚他的收藏如何豐富，然後懷着感傷的心情走開了。

許久就想將這短篇翻譯出來，可是始終沒有機會使我動筆。前些年，在香港戰事爆發的前半月，經了我的推薦，戈寶權兄從我的書架上將這冊小書借去了，戰後不曾再見過他，他似乎離開得很早。即使是隻身從炮火下離開這裡的也好，我希望這一冊小書能幸運的恰巧被他帶在身邊。

蠹魚和書的敵人

英國威廉·布列地斯所著的《書的敵人》，出版於十九世紀，篇幅雖然不多，卻是每一個愛書家所愛讀的一本小書。因為他以那麼同情和解事的態度，談論愛書家的喜悅，憂慮和憤怒，無不曲曲中肯。

布列地斯在他的書中所列舉的書的敵人，除了火、水、蠹魚之外，還有灰塵、遺忘、僕役、小孩、釘書匠人，甚至包括藏書家自身在內。其中關於蠹魚的一章，是他的這本小書裡面最長的一章。他旁徵博引，從生物科學談到詩歌，對於這個小動物作了極詳盡而有趣的探討。據許多人的意見，這乃是《書的敵人》最精彩的一章。美中不足的是，據我這個中國讀者看來，我們這個東方文明古國有關蠹魚的一切記載，都被遺漏了不曾採取。如我國古代用芸香辟蠹，民間相傳春畫可以辟火辟蠹，因此書櫥裡往往要藏一疊春畫。還有，我們還有關於蠹魚的有趣的神話。如相傳蠹魚蝕書，如果恰巧蝕食到"神仙"兩字，一連蝕食了三次，牠就化為"脈望"，這是像用頭髮製成的圓圈一樣的東西，讀書人若是從書中發現了這東西，夜晚拿了牠向天對着星斗祈禱，立刻就有仙人下降，帶你飛升成仙。從前有個書生曾經遇見過這東西，可是他的學問不夠淵博（這是他不讀雜書的害處，因為這類知識是在四書五經上找不到的），不識這東西就是"脈望"，將牠燒掉拋棄，以致白白錯過了成仙的機會。——這類有趣的關於蠹魚的小故事，可惜布列地斯先生不曾知道。

《書的敵人》第一章開端，引用了一位多拉斯頓所作的詠蠹魚的小詩，寫得夠幽默，而且道出了對付蠹魚的唯一真理。試譯如下：

> 有一種最忙碌的小蟲，
> 能夠損壞最精美的書，
> 將它們咬成許多小洞，
> 牠們洞穿每一頁，
> 但是絲毫不知其中的價值，
> 也從不願念及此。
>
> 牠們毫無識別能力的牙齒，
> 撕毀玷污了詩人、愛書家、聖賢和聖徒；
> 甚至對幽默和學問也不留情。
> 如果你願意知道牠們為何如此，
> 我可以提供的最好理由是：
> 這乃是這些可憐小蟲的麵包。
>
> 對於胡椒粉、鼻煙、淡芭菰，
> 牠們付之一笑。
> 是的，對於這類科學的產物，
> 這些孱弱的小爬蟲何必害怕呢？

因為只有將你的書常加翻閱，
乃是對於這些小蟲的有效打擊。

脈望

　　凡是見過清末上海所流行的石印書的人，大約總記得除了著名的同文石印局以外，還有一家名叫"脈望山房"的。"脈望"兩字很生疏，不僅今日的"束髮小生"不會知道這是名詞還是動詞，就是有些曾在格物致知方面下過功夫的"通儒"也未必一定能知道這兩個字的出典。其實，說穿了毫不偏僻，脈望就是蠹魚，就是我們在舊書或衣櫥中常見的那種銀白色有長尾的小蟲。但是，為什麼稱為"脈望"呢？

　　出典是段成式的《酉陽雜俎》，他說：

　　　　建中末，書生何諷，常買得黃紙古書一卷讀之，卷中得髮卷規四寸，如環無端。何因絕之，斷處兩頭滴水升餘，燒之作髮氣。諷嘗言於道者，吁曰君固俗骨，遇此不能羽化，命也。據仙經曰，蠹魚三食神仙字，則化為此物，名曰脈望，夜以規映當天中星，星使立降，可求還丹，取此水和而服之，即時換骨上賓。因取古書閱之，數處蠹漏，尋義讀之，皆神仙字。諷方哭伏。

　　能化為脈望的蠹魚，我們慣稱之謂"書魚"或"衣魚"，學名是 lepisma saccharina。《爾雅》釋蟲稱之為"蟫"，白魚。注釋說，衣書中蟲也，始則黃色，既老則身有粉，視之如銀，其形稍似魚，其尾又分二歧，故得魚名。這種蠹魚在南方雖也常見，但為害似乎並不如另一種小黑殼蟲的幼蛹為大。因為將線裝書或洋裝書蛀成“玲瓏板”的，並不是這種能化為脈望的傢伙也。

因了能使人白日飛升的脈望是蠹魚吃了書中的神仙字化成的，遂有急於想得道成仙的蠢材特地寫了神仙字來餵蠹魚，希望牠早日變成脈望。結果化不成神仙，自己卻先得了神經病，這真是天大的笑話。事見宋人著的《北夢瑣言》。唐尚書張裼之子，少年聞說壁魚入道經函中，因蠹食神仙字，身有五色，人能取壁魚吞之，以致神仙而上升。張子惑之，乃書神仙字碎剪，實於瓶中，捉壁魚以投之，冀其蠹食，亦欲吞之，遂成心疾。

本來，書中自有黃金屋，書中自有顏如玉，已經夠書呆子一生做夢了，現在再加上有機會能夠白日飛升，自然除了變成神經病之外，沒有其他途徑可選擇了。

焚毀、銷毀和遺失的原稿

　　對一個作家來說，不用說，最寶貴的東西，該是他正在寫作中的，或是剛寫完的原稿。可是，我們從作家的傳記、回憶錄、日記書翰，以及文學史的記載上，可以經常知道作家最寶貴的原稿，時常如何被焚毀，被無意中銷毀，或遺失被盜竊。有的幸而被尋獲，或是經過重寫，失而復得，但是大部分卻一去不返，造成了重大的損失。文學作品所遭遇的這樣的不幸，是很多的。

　　英國史學家卡萊爾的《法國革命史》，可說是一部世界名著。不要說是出自英國人之筆，就是法國人自己寫的法國革命史，也沒有一部在敘事、論斷，以及文筆的才華上比得上卡萊爾的這一部。可是卡萊爾傾注全副精神從事這部著作時，生活很窮，又還未曾成名。可是他的全部人生希望所寄託的這部畢生大著《法國革命史》，第一卷幾經辛苦脫稿後，交給他的好友約翰米爾去校閱，不料竟被焚毀了。這對卡萊爾來說，是一個怎樣重大的打擊，簡直難以想像。約翰米爾也知道自己闖了大禍，但又無法不坦白告訴卡萊爾。因為當他親自到卡萊爾家中，向他披露這個不幸的消息時，簡直面無人色。卡萊爾自己後來曾經回憶當時的情形道：

我還清晰記得那一晚，當他親自前來將這消息告訴我們的情形。他的面色慘白如赫克脫的鬼魂，說我的不幸的原稿第一卷，已經被焚毀了。這對我們來說，等於宣佈了我們的半死刑。由於他所表示的恐惶過甚，我們惟有故作鎮靜……他逗留了三小時才走，這三小時之內，我們雙方都活活的受罪；直到他走了，我們才鬆下一口氣。

　　卡萊爾的這一卷《法國革命史》原稿，是未經裝訂捲成一卷的，放在約翰米爾的家裡，被他家裡的使女見到，以為是廢紙，拋到火爐裡燒掉了。後來約翰米爾為了表示歉意，送了二百鎊給卡萊爾，貼補他重寫這第一卷的生活費用。事實上，不要說是精神上的損失，就是物質方面，重寫這一卷所耗費的時間，也不是二百鎊所能補償的。但是卡萊爾當時曾答應他妻子，一定努力重寫，後來果然寫好。可是，脫稿時歎口氣說："這是我一生之中從未幹過的如此吃重的工作。"

　　因為，對一位作家來說，將一篇已寫成的舊稿重新寫一遍，往往比另起爐灶寫一篇新稿更為吃力。

　　還有，英國的理查・褒頓爵士，他是英國派駐中東各國的外交官，同時又是更有名的《天方夜譚》的翻譯者，他的譯本不僅最完整，而且還附有極為淵博有趣的注解。褒頓除了翻譯之外，更喜歡研究阿拉伯人的民俗和性生活，譯了不少他們的房中術經典著作。這工作深為褒頓太太所不滿。爵士在世時，奈何不得。後來褒頓爵士去世，褒頓太太就藉口不欲影響丈夫身後的名譽，將他遺留下來的這些未發表過的譯文和研究論文，全付之一炬。許多人至今尚為了這事惋惜，認為褒頓太太不該如此任性，應該將丈夫的這些遺著交託給大英博物院藏書室保管，要供研究，不該隨便焚毀，白費了丈夫的心血。

英國大詩人拜倫，熱情豪放，私生活不免有點浪漫，曾經同妻子鬧離婚，又據說同自己的堂妹有過戀愛關係，人言藉藉。據說這些秘密都由他自己坦白的寫在回憶錄中。這一份原稿，曾經交給他的好友詩人托馬斯‧摩爾保管。拜倫去世後，摩爾將這份回憶錄以兩千鎊的代價賣給出版家約翰‧麥萊。麥萊準備印行出版，不料給拜倫夫人和堂妹的家族知道了這事，恐怕其中的記憶會影響有關人士的名譽，便向麥萊施用壓力，不許出版，否則將來要控告他毀謗。麥萊不想惹禍，只好將原稿退回給摩爾，索回兩千鎊了事。

後來，據曾經讀過拜倫這部回憶錄原稿的人透露，回憶錄裡面雖有些地方涉及詩人的男女之私，但是並不如傳聞之甚。要想從回憶錄中尋覓這類資料的人士，將不免感到失望云。

近代捷克有名詩人小說家佛朗茲‧卡夫卡，活了不到四十歲便死去，可是對現代歐洲文學留下了巨大的影響。卡夫卡在精神上對一切都感到不安和不滿，因此他當時染上了流行性感冒不治時，曾決意要將自己未發表過的一切作品，包括日記書簡以及未寫完的原稿等等，全部加以毀滅。幸虧他的好友麥克斯‧布洛特已預料及此，預先加以防範，這才救回了大部分。我們今日能有機會讀到由布洛特整理出版的《卡夫卡日記》，可說就是拜他小心之賜。

英國拉斐爾前派畫家羅賽蒂，同時也是一位有名的詩人。他的詩稿曾經有過一次令人聽來毛髮悚然的遭遇。當一八六二年，詩人的愛妻麗沙去世時，詩人一時哀感逾恆，寫了一卷詩，就將原稿放到她的棺內殉葬。這樣過了幾年，羅賽蒂忽然又想到自己的這一件作品，就向當局申請，開棺取出殉葬的詩稿。由於入土已經七年，這一卷用牛犢皮作封面精裝的詩稿，據詩人自己記載說：「早已不成模樣了。」

法國小說家《紅與黑》的著作者司湯達，同時也是有名的美術評論家。他曾經從軍，拿破崙遠征俄國時，他是在遠征軍中。當時，拿破崙威名正盛，戰無不克，司湯達也像當時法國其他軍人一樣，認為拿破崙這次以大軍進攻老朽的莫斯科沙皇軍隊，不啻以石擊卵，一攻即下，行軍一定多暇，因此司湯達攜帶了他的新著《意大利繪畫史》原稿，在行囊中，準備在行軍途中抽暇修改。不料路遠天寒，法軍糧秣不繼，又不諳道路，被沙皇的哥薩克騎兵埋伏攔腰截擊，潰不成軍，倉皇撤退，司湯達的這部十二卷的《意大利繪畫史》原稿，也在亂軍中喪失了。

海明威年輕未成名時，在巴黎為記者，賣文為生，寫了不少短篇小說，一時未有發表處，交給他的妻子保管。有一次，海明威從別處旅行回到巴黎，約定與他妻子在巴黎某處車站相見。妻子一時大意，下車不久就被歹徒偷去了衣箱，箱內所藏的海明威許多未發表過的原稿，也一同喪失了。

還有，以寫海洋小說著名的康拉德，他本是波蘭人，卻以英文寫作，後來還入了英國籍。有一次，他有一個長篇在英國文學雜誌《布萊克伍德》月刊上連載，有一期的續稿，已經寫好了，正待交稿，放在自己的桌上，不料所用的煤油燈爆炸，將這一份原稿燒毀了。可是刊物的截稿期已近，康拉德手不停揮，連續工作了七十二小時，才補寫完竣，不致耽誤刊物的出版期。

還有，小說家加奈特，有一次自駕汽車同了妻子在法國旅行，這時他有一部小說剛寫了一半，還未完成。他怕這份原稿會在旅途中遺失，特別小心，不料緊張過份，反而出了事，忽然發現自己遺失了一件衣箱，自己的原稿恰巧就藏在這隻箱內。他立時中途停止旅行，臨時租了一個住處，然後向沿途所經過的每一個處所，仔細逐處去詢查，終於找回了失去的那隻衣箱。可是開箱一看，原稿並不在箱內。他再仔細想了一下，這才想起，原來他當初提防原稿會遺失，特地藏在自己車上司機座位的底下。上車揭開一看，果然好好在那裡。結果庸人自擾，虛驚一場。

英國小說家查爾斯·摩根，他的小說《槍房》初稿，是在第一次大戰中作戰被俘，關在荷蘭俘虜營中所寫，釋放時自然帶不出來。第二次再寫，所乘的船在海中遇到水雷沉沒，原稿又損失了。摩根並不氣餒，第三次寫，才在一九一九年有了出版的機會。

英國詩人丹尼遜，他的長詩《有所憶》，是寫在一冊又長又薄的抄簿上的，詩人說這本抄簿有點像肉食店老闆的賬簿。他將這本抄簿藏在壁櫥裡，後來搬家，竟忘記收拾。幸虧這事被他的朋友柏地摩爾知道了，趕到他原住處去尋找。新住客已經搬了進來，正在打掃地方，正擬將這本舊抄簿棄去。柏地摩爾趕到，及時救了回來。

有名的俄國小說《死魂靈》，它的作者果戈理，寫完了第一部後，續寫第二部，可是寫來寫去認為不滿意，花費了十年的時間才寫成，可是自己看了仍覺得不滿，一氣之下竟拋到壁爐裡燒掉了。

　　在我國生長的美國女小說家賽珍珠，她是在教會工作的。據說在對日抗戰初期，美國僑民奉命從中國撤退，她有一部未寫完的小說稿，提防途中遭日軍檢查發生麻煩，就藏在住處的牆洞裡。日軍撤退後，她後來重返舊宅，竟發現藏在牆洞裡的那部原稿，完整無恙。

梵諦岡的《禁書索引》

　　在中世紀的歐洲禁書史上，有一件極為重要的文獻，便是當 "宗教裁判" 權力最盛時代，羅馬梵諦岡教皇克萊孟八世所頒佈的《禁書索引》（ *Index Librorum Prohibitorum* ）。這一批禁書目錄的公佈，從宗教的立場上說雖是在防止異端邪說的傳佈，但實際上等於對一般思想言論出版自由的統制。

　　發源於西班牙的 "宗教裁判" 勢力，在十三世紀就伸張到了意大利，在威尼斯立下了腳跟。這黑暗的宗教特務組織，具有超越當時政治力量以上的特殊權力，運用這種種酷刑和恐怖手段，在各處殘殺猶太人和天主教以外的異教徒。到了十六世紀，他們便更進一步，在思想言論出版方面，也運用起 "宗教裁判" 的恐怖政策。本來，在罹受 "宗教裁判" 災難最甚的西班牙，受難的只是一般民眾，但一旦傳到了意大利，因了 "文藝復興" 運動已經萌芽，當時的意大利正是歐洲新思潮新文明的搖籃，於是文化方面便遭受了極大的殘害。

　　教皇克萊孟八世的《禁書索引》，頒佈於一五九六年。據約翰・亞丁頓・西蒙地斯在他的《意大利文藝復興史》上說，當時的威尼斯正是歐洲文化出版的中心，自這禁書目錄頒佈以後，據當時官方的報告，僅僅在幾個月短促的時間內，威尼斯的出版家便從一百二十五家銳減至四十家。印刷商對於新舊書籍都不敢承印，於是出版業也因了無書可出而萎縮。威尼斯所受的影響是這樣，其他意大利的城市可想而知。西蒙地斯說，十七世紀初葉許多意大利的天才的作品，只好避難到巴黎去找他們的出版家。

本來，在中世紀的黑暗時代，對於一切認為是"異端邪說"的著作，向來都是隨意加以焚毀的。主教、大學院，以及"宗教裁判"的法官們，都有這種特權。在印刷術還未發明，書籍還在原稿抄本的時代，一部原稿的焚毀便等於這部著作生命的終結。有時整座藏書樓都在這樣的罪名之下被毀滅。如歷史上著名的"宗教裁判"大總裁托爾卡瑪達，便用"妖術"的罪名，於一四九〇年在西班牙的沙拉曼加城，將一座藏書六千卷的藏書樓焚毀了。但自從十五世紀中葉有了格登堡發明的活版印刷術以後，書籍有了印本，焚毀政策的效用便減低了許多。同時，新教徒和異教徒的著作也借了這新發明獲得許多便利。於是教皇席斯都四世便第一次訂下出版統制法令，凡是沒有教會當局許可證的書籍，一律不得出版。一五〇一年，更由教皇亞歷山大六世用敕令承認這種措施，並指定主教和"宗教裁判"負責執行書籍檢閱工作。

第一部類似禁書目錄的東西，是於一五四六年由查理四世命令魯文大學編纂的，這完全是為了執行檢閱工作的便利，以便可以根據這目錄，決定什麼書應該全部禁止，什麼書應該部分加以刪節。一五五一年，西班牙的"宗教裁判"總部又根據這書目加以擴充，補充了一些他們自己擬定的西班牙文和拉丁文著作，從新發表了一批書目。

這些書目，後來得到教皇庇護斯四世的承認，於一五六四年第一次正式公佈，也就成了克萊孟八世所編纂的著名的《禁書索引》的底本。

在一五五九年保羅四世所公佈的目錄上，有六十一家出版家受處分，他們的全部出版物，一本不剩的全被禁止；此外，凡是曾經出版過一冊異端著作的出版家，今後他出版的任何出版物也要同樣加以禁止。時人沙爾比說得好："一本剩下來可讀的書都沒有了！"

克萊孟八世在一五九六年所公佈的最詳盡的《禁書索引》，除了書目之外，並附帶公佈了一些禁書條例。這些條例，和今日許多號稱民主自由國家的檢閱書報條例比較起來並不減色。這也可以說，今日的許多檢閱老爺們，他們的見解並不比中世紀黑暗時代的"宗教裁判"法官們更為開明。

這些條例，完全是對付馬丁路德、支溫格利、卡爾芬等宗教改革派和新教徒的著作的。查理五世早就在一五三九年明令規定，在他的轄境內，凡是私藏或閱讀路德著作的都要處死刑。現在在這目錄上更重申這樣的禁令，嚴厲警告各宗教組織以及學院和私人，凡是私藏或閱讀這類書籍的，無論是教士或一般人，不論地位如何，都有被"宗教裁判"指控為異端者的可能。書籍商、出版家，一般運售貨物的商人和關稅稅吏，都特別受到警告，若是他們包庇或私運這類書籍，都要同樣受嚴厲處分。

條例的第一項，規定凡是業已被指定為新教異端的著作，如路德、支溫格利等人的，無論是原文或譯文，都絕對毫無保留的一律加以禁止。第二項規定，除了公佈為合法的《聖經》經文以外，其他個人自行翻譯的，無論一章一句，必須獲得主教的許可，始可供學術研究之用，但無論何時都不許將這種譯文當作是正式經文。

關於異教徒所編纂的字典辭書之類，也要經過檢閱官的刪節修改之後，始可以不受禁止；討論天主教與新教的文字，也適用這條禁例。再其次，凡是內容淫穢猥褻的著作，也一律要嚴厲的禁止，但對於某一些古典名著，因在文章上的價值，可以寬容，但必須不能給青年讀閱；其他關於方士煉金術、魔術、巫術、預言、通神術等等著作，都在禁止之列。但關於農業、航海、醫藥等書，如對於人類有實用者，可在例外。

以上是屬於絕對禁止範圍之內的，至於其他一般的著作，如內容有涉及異端或迷信傾向者，都要經過"宗教裁判"所指定的天主教神學專家的審查。審查範圍包括正文，序跋以至注釋引證在內。凡是在羅馬印刷的書籍，必須事先送呈教皇的代表審查，在外省的則由各教區的主教，會同"宗教裁判"法官負責。各書在付印之前必須審查，未經審查許可而印刷的便是非法著作。"宗教裁判"執行者隨時巡查各印刷所和書店，以便進行搜查銷毀這類不法書籍。國外入境的書商、遺產項內有書籍的承繼人，以及私人藏書家、編輯人、一般書商，都同樣受這項法例管理，必須隨時具備書目以及被允許發賣、運輸、收藏、保管這些書籍的文件。

關於書籍內容的刪除和修改，是由主教和"宗教裁判"法官們主持。他們委派三位檢閱官，審查各書內容，決定必須的修改或刪除。根據檢閱官的報告，經過主教和"宗教裁判"法官們認為處理滿意之後，然後始頒發出版許可證。法例上規定，檢閱官應注意的不僅是正文，凡是注釋、眉批、提要、序文、獻辭，以及索引，都在仔細肅清之列，以防有毒害的思想潛藏其間。凡是傾向同情異端思想，懷疑大主教任何法規禮儀，以及行文詭異，造句新奇，曲解經文，斷章取義的截取經典字句作不正當解釋，提倡迷信及巫術，討論命運及未來事件，嘲弄宗教儀式和教士個人尊嚴，反對既成法律，或是措辭穢褻，圖畫淫猥者，這一切必須全部刪除或加以修改，否則禁止出版。

法例上又規定，書籍的第一頁上，必須印出作者的真名和他的國籍。若是這部著作物有充分理由一定要隱名出版，則第一頁上要印出審查通過讀書出版的檢閱官姓名。出版家必須嚴格注意所排印的文字要完全與審查通過的原稿脗合，而且要注意是否業已完成一切有關手續。檢閱官的批示、主教及"宗教裁判"法官們的許可證，必須印在每一本書前頁。出版家為了這事，須在主教或"宗教裁判"法官之前宣誓，甘願遵守《禁書索引》上的一切規律。

更有，凡是一個曾經被禁過的作家的著作，雖經刪改修正後可以出版，但在第一頁作者姓名下仍須注明關於他過去的禁令，以便表示僅是這部著作經過修正後可以出版，作者本身仍是一個不合法的作者。他們舉了一個這樣的實例：

圖書館學，康拉特·吉斯尼爾著，此人曾因思想不妥被罰，本書前出版時曾被禁止，現經刪改，由當局准予出版。

《禁書索引》所附的審查條例既是這樣的嚴酷繁瑣，再加上委任的檢閱官都是頑固成性或根本就是不學無術之輩，要獲得一張出版許可證真不知要經過幾許困難，因此許多被認為合法的思想正統的作家，他們的著作都要經過無限的耽擱，遑論其他有問題的作家或需要刪除修改的著作了。據西蒙地斯說，當時有一位天主教士曾寫信向紅衣主教賽爾立都訴苦，說是有一部曾經出版過的著作，業已檢閱三次，先在羅馬受檢，後來又送到威尼斯，最後又再送到羅馬，並且已經獲得教皇的許可，可是再版的許可證始終不見發下。

這些檢閱官都是義務職，工作又繁瑣，責任又重大，而且有些被委任的根本對這職務就不適合。因此教廷本身也有人表示不滿，如菲利浦二世的御教士巴托洛密奧・特・伐爾費地，曾在一封私信上對這情形表示不滿：

> 不熟悉文學，他們便將自己所看不懂的東西悉加禁止，作為執行職務的方法。沒有希臘文和希伯來文的知識，對於一切作家又具有一種偏見的敵意，他們便採取簡易的辦法，凡是自己沒有能力判斷的東西都加以禁止。這樣，許多聖賢的著作，以及猶太人所作的於聖教有益的注疏，都這麼被禁止了。

有些深奧的專門著作，經過刪改後都變成不合邏輯或充滿鄙俗的字句，使得這些作家拒絕將他們的原稿付印，或是從書上撤銷他們的名字，不再承認是自己的著作。這些作家本來都是擁護梵諦岡的，他們並不反對《禁書索引》和檢閱制度，可是那些檢閱官的糊塗和他們所採用的方法，終使他們不得不抗議了。

在這制度之下，更出現了新的令人傷心的事，那就是有些不學無術的檢閱官和不守清規的教士，每每藉了檢閱的機會，向着作家勒索或挾仇告密。一般不為教廷所讚許的作家不用說了，就是若干著名的天主教作家，受着梵諦岡特別保護和補助的，也時常受到秘密的阻撓。西蒙地斯在《意大利文藝復興史》裡，論及"宗教裁判"和書籍審查給予意大利文藝運動的迫害，引用了當時名作家拉地尼從羅馬寫給馬愛斯的信。信上說：

> 你不曾聽到這種威脅書籍存在的危機嗎？你究竟在作怎樣的夢想呢？在這一切出版的書籍都要受禁的今天，你還打算著作新的嗎？這兒，依我看來，在最近幾年之間，大約誰都不敢寫什麼，除了用於商業或寫給遠方的朋友之外。已經有一批書目公佈，誰都不許收藏這些書籍，否則便有被教會除名的可能。它們的數量是如此的大，剩下可以給我們看的幾乎沒有什麼了，尤其是那些德國出版的。大約也將使你那裡的書籍生產停止，使編輯人提高警戒。我的好朋友，請坐下來看看你的書櫃，但切不要開門，並提防種種響聲會招惹那被禁的智慧之果的毒素射到你的身上。

這樣嚴厲查禁一切書籍的另一種惡影響，便是使當時有些宗教學者根本無法繼續研究工作，異教徒的著作很難到手，收藏這類著作又不時有意外危險。但是沒有這些人的著作，尤其是伊拉斯莫斯等人的，《聖經》研究工作根本不能進行。各大學院都竭力要求，最低限度，異教徒的有價值而不違礙的著作，也應經過刪改後准予出版。但是這類刪改工作，包括改正他們的論據，削除作者的姓名，塗抹有關異教者的讚許，更換所引用的詞句，這樣從頭到尾的改造一遍，要花費極多的時間，因此這種要求也無法滿足。

邊境關卡的嚴屬搜索，使外國出版物無法進口。同時，為了“宗教裁判”的威脅，一般商人都束手不敢偷運書籍。據說，當時新教徒的出版物，本是夾在棉花包或其他貨物中，經過阿爾卑斯山偷運來的。在沙爾比氏的通信中，他曾忠告他的朋友們，不可再將這類書籍夾在商品中偷運，認為一定會在稅關上被發覺。

公共圖書館不時要受搜查，私人藏書也不能倖免。直到今天，有許多文藝復興時期流傳下來的古書，其中有些地方被用油墨塗去，有些地方被用不透明的紙張貼住，都是當年“宗教裁判”的檢閱官們所留下的政績。偶然來訪的一位賓客，當他離開你的住宅時，你可能就被告發為一個禁書私藏者。而一個有書櫃的人家，一定要向“宗教裁判”繳呈一份書目，載明櫃內的所有。書店和釘書作也隨時準備受檢。西蒙地斯說，至今羅馬還存有一位時人寫給紅衣主教賽爾立都的信，報告他在某處釘書作見到一冊費奈爾訖氏的禁書，要求他履行職務，加以禁止。

好笑的是，這位紅衣主教去世後，他的藏書公開舉行拍賣，好事家可加以窺探，發現所藏的抄本和印本的希臘文拉丁文書籍中，竟有三十九種是在《禁書索引》上有名的。好心腸的人士解釋說，主教保存這些書，是為了便於審查。

《禁書索引》所附的條例，雖然也包括了關於猥褻淫穢的書籍的禁例，但實際上，這條例的實行是有限制的。第一，有許多當時流傳很廣的諷嘲世態的作品在文藝的掩護下被寬恕了；第二，教廷所注意的是對於主教、教士等人的私德的嘲弄，關於貴族宮闈以及一般人士的穢行描寫，倒並不十分注意。有許多猥褻的小說，都將其中所敘述的人物，如淫僧、淫尼等，由僧侶、女尼改為一般商人婦女，便可以仍舊通行。當時流傳最廣的卜迦丘的《十日談》其中充滿了對於僧侶的私德的嘲弄，雖然列為禁書，但於一五七三年由格里哥里十三世勒令加以刪改，便由"宗教裁判"准許出版。刪改之後的卜迦丘的《十日談》，其中同情新教義的文字都被刪除，嘲弄僧侶教士的字句，以及牽涉到的聖者的尊號，如魔鬼地獄的比喻，都不見了；所有書中的"壞人"，凡是與教會有關的，都一律改成了一般的商民、學生等。這書後來又經過幾次刪改，但其中無關宗教的猥褻部分始終被保存，所注意的只是與宗教有關的部分而已。

梵諦岡的這一切努力，頒佈《禁書索引》和檢閱條例，目的全在維持本身的絕對統治地位，不僅在事權上，就是在思想上，也不許第二種新勢力侵入。為了對付宗教改革運動，他們展開"反常的改革運動"。加緊的毀滅新教和異教徒的著作，便是想阻止當時文藝復興運動的自由呼聲。因為只有阻礙新教義的生長，才可以護庇保守的舊的教義，才可以鞏固自身的優越地位，才可以取得"反改革運動"的勝利。為了支持這政策，他們便竭力反對復興運動。支撐這政策的，不僅有龐大的在

"宗教裁判"操縱下的政治力量，還有各地小諸侯的封建勢力，因為他們也感到新興的復興運動對他們是一種威脅。

在各學院和學術講壇上，獨立的見解都被嚴厲的排斥。新的教育方法和教科書也被禁止了。只有《禁書索引》上認可的古典著作才可以在講壇上使用。希臘古典被禁止講授，甚至柏拉圖也不許研究。

學術研究工作既這樣被宗教所牽制，學生對於他們所學習的科目自然毫不重視了。有一位羅馬的教授說，在他講學的時候，他的學生在教室內四處亂走。他們有時又在打盹。這位教授很幽默的表示，他並不反對他們睡覺，只要他們不發鼾聲就是，可惜連這一點也辦不到。他說他早已不將他工作的地方當作是一座學府。他認為自己只是上磨坊的驢子而已。

在政治思想方面，梵諦岡也不容許忽視宗教超越地位的理論存在，舉例說，提倡"霸術"的馬基亞費利的著作，早已列名於一五五九年公佈的《禁書索引》中，一六一〇年，北薩有一位市民的藏書中被發現有他的著作，這人因此遭受"宗教裁判"的酷刑拷問，梵諦岡後來要將刪改過的馬基亞費利的著作隱名出版，但是給他的後人很聰明的拒絕了。

十六世紀出版的《禁書索引》共分上下二冊，一冊是被禁的書名，一冊是應刪改修正的書名，注出其中應刪除或修正的部分。為了新書不斷的增加，這索引曾再三修正擴大，據杜爾倍非里在《西班牙的宗教裁判》一書裡說，從一六一二年至一七九〇年曾出過六版，最後出的一版全是應禁的書名，沒有那些需要刪節的著作。

譯 文 附 錄

〈書的禮讚〉

斯諦芬・支魏格

　　當我試着要將書籍和文化，在知識上，在經驗上，在使我能超越我一己範圍的能力上，所給予我的一切除去時，它便立時溶解消失了。無論我的思想轉向何處，每一種物件，每一種環境，都與和書籍有關的回憶和經驗聯繫在一起，而每一句話也涉及和我所讀過的所知道的無數有關事件。舉例說，當我念及我是在赴阿爾及爾和突尼斯的途中，立時有幾百種有關聯的事情從我心上閃過，明澈得像水晶一樣，不自主的聯繫阿爾及爾這個字 —— 迦太基、拜火教、薩朗坡、利夫的作品中所描寫的迦太基人、羅馬人、互相在柴瑪的戰鬥，同時又是格里爾巴齊爾戲劇斷片中的場面：這上面又再加上一幀特拉克洛作品的色彩，一篇福樓拜的自然描寫。在查理五世，在阿爾及爾的進攻中，塞萬提斯的受傷，以及其他千百種事情，都古怪的重現在我的眼前，當我說及或僅是想到阿爾及爾和突尼斯這簡短的名字時，兩千年的戰爭和中世紀的歷史，以及無數其他的事件從我記憶的深處湧了出來。想到一個沒有書的人的世界將是如何的狹隘，我真禁不住驚異。更有，我能具有這種思想，能夠為了奇奧凡里缺少來自一個廣闊世界的知識這件事而深深的感動 —— 我的這種能為了一個陌生人偶然的命運而深深的感動的能力，不就是出於我所讀閱的想像的作品之所賜嗎？因為當我們讀書時，我們除了在生活旁人的生活，用他們的眼睛觀察，用他們腦筋思索以外，還有旁的什麼呢？從這生動的可感謝的一刻起，在愈加生動和更大的感激之下，我記起了無數次的從書籍中所領受的賜予。像天上的星群一樣，一件一件的出現了，我記起了將我從愚昧的狹隘界限中引導出，將新的價值顯示給我，雖是在童騃時代，能給予我擴大我的存在的感情和經驗的那些確定的時刻。書籍給予我關於這廣闊的無垠的世界的最初的景象，以及想要浸涵其中的意念。我愈想到這些事情，我愈加了解一個人的思索世界包括千百萬單純的印象元素，這其中僅有少數是他本人觀察和經驗的結果：其餘的一切 —— 那緊要的綜合的群體 —— 都來自書本，來自他所讀閱的，間接的學習。

任何地方，不僅在我們這時代，書籍正是一切知識的泉源，各種科學的開端。一個人和書籍接觸得愈親密，他便愈加深刻地感到生活的統一，因為他的人格複化了：他不僅用他自己的眼睛觀察，而是運用着無數心靈的眼睛，由於他們這種崇高的幫助，他將懷着摯愛的同情踏遍整個的世界。

世上的一切進步大都依靠了由於人類聰明的兩種發明。車輪的發明，帶着眩目的變革隨了它的軸心向前輾進，使得我們可以到處移動。寫作藝術的發明，激動了我們的想像力，給予我們思想以表達的機會。那位第一個不知名的人，在某一時代某一地方，將堅硬的木材沿着車輻圍繞起來，教導人類克服了隔離地域和民眾的距離。隨着第一輛車輛的出現，交通立刻成為可能的了；貨物可以運輸，人民也可以旅行增廣見聞，它結束了自然所設立的界限，這原先曾將某一些果類、金屬、石料和旁的產物，各限制於其自己狹隘的產地的。國家不再是依靠自己，而是依靠和整個世界的關係而存在，東方和西方、南方和北方，由於車輛的發明而聯合在一起了。正如車輛的各種不同的用途，成為機關車、自動機、推進機的一部分，戰勝自然界的吸引力一樣，寫作藝術也正是這樣，它的發展早已遠離手寫的卷軸時代，從單頁進化到整本的書籍，克服了縈繞在個人身上的那種生活和經驗的悲劇的限制。有了書籍，誰也不再有閉關自守，縮在自己狹隘的樊籠裡的必要，而能感受世界一切已經或正在發生過程中的事情，他能共有整個人類的思想和感覺。在思想世界所發生的幾乎每一件事情，今日都要依靠着書籍，而這種生活形式，充滿着智慧，超越於物質關係之上，我們所謂文化者，沒有書籍也無從存在。書籍的這種擴大靈魂建造新世界的力量，活動在我們個人的私生活中，除了在特別重要的時機之外，很少使它自己現身在我們意識中引起我們的注意。書籍已經成為我們日常生活的一部分，這歷史的悠久已經使我們不能在每次運用它們時合理注意到它們稀有的特性，每一次呼吸，我們吸進氧氣，由於這看不見的營養物，我們使得我們的血液起一種神秘的化學上的滋養，可是正如我們對這種事實從不注意一樣，我們也很少意識到我們讀書的時候，我們從眼中不停地攝取心靈的食糧，這樣給我們精神以滋養或疲勞。因為我們已是幾千年寫作生活的後裔，讀閱幾乎已經成了一種生理的本能，幾乎是自動的。

自從我們開始進學校捧了書本在我們手中的時候起，我們和它們相處的熟悉，當我們拈起一冊書時，不經意得好像我們拿起一件外衣、一副手套、一支捲煙，或是其他為了供應我們日常生活所需而大量生產的任何物件一樣。熟悉孕蓄了輕視，於是只有在真正的創造、沉思、生活的冥想的時刻，我們才見到我們所習慣了的東西的真實的神異。只有在這種潛思冥想的時刻，我們才虔敬地意識到從書籍上所給予我們的能打動心靈的魔術的力量。而這種力量在我們生活中所佔的重要性，使我們無法想像，在這二十世紀，如果沒有它們這神跡似的存在，我們內心生活將變化成怎樣。

＊　＊　＊

我正在乘船旅行中 —— 是一隻意大利船 —— 在地中海上，從熱那亞到奈不勒斯，從奈不勒斯到突尼斯，從那裡再往阿爾及爾。旅程要費好幾天，而船上的乘客又很少。因此我便弄得和水手之一的一個意大利青年常談天。

然後，突然，一夜之間，有了一道看不見的牆壁隔離了我們。我們到了奈不勒斯，輪船裝上了煤斤、旅客、食糧和郵件，每到一個港口的照例的貨物，又開始啟碇，高貴的波西利波山看來像是小丘，維蘇威火山上的流雲似乎是煙捲的蒼白的煙圈，這時他突然向我走來，明朗的笑着，帶着驕傲給我看一封他才收到的信，要求我讀給他聽。

起初我還不明白他的來意，我以為他，奇奧凡里，接到了一封外國文的來信，法文或是德文，顯然是一個女子的 —— 我知道女子們一定愛慕像他這樣的一個青年 —— 現在他不過請我將她的來信翻成意大利文。可是並不，這封信是意大利文的。那麼，他要我做的是什麼呢？看看這封信嗎？不，他說，幾乎是不耐煩的，他要我將這封信讀給他聽，高聲的唸給他聽。於是我立刻恍然了。這個青年人，像畫中人一般漂亮的，聰明，具有天真的伶俐和真純的嫻雅的，乃是屬於他本國人口中的那根據統計說來是百分之七或八的不識字的人之一。他是個文盲。

這就是全部事情的經過，我發生下述感想的全部根由。但是我真正的經驗不過才開始。我躺在床上的一張椅子上，遙望着船外溫柔的夜色。這奇特的遭遇使我不安。這是我第一次遇見一個文盲。一個歐洲人。一個我認為是聰明，而且當作朋友交談過的人。我煩惱，甚至痛苦，不明白在他這樣人的腦中，與一切書寫的東西隔絕，世界的情形會是怎樣。我試着去設身處地為他這種人着想。他拿起一張報紙，不能了解。他拿起一本書，書在他的手裡，只是一件比木頭或鐵較輕的物件，方方四角，五光十色，一件全然無用的東西；他將它放在一旁，不知道怎樣去對付它。他立在一家書店的前面，而這些漂亮的，黃的、綠的、紅的、白的、長方形的東西，背脊上裝飾着金色，對於他只是一種畫出來的果物，或是瓶口緊封無法嗅到它的香氣的香水。他聽到歌德、但丁、雪萊、悲多汶等人神聖的名字。而這對於他毫無意義；他們都是無生命的字音，一種空虛的沒有感情的聲音。

〈書的敵人〉

威廉‧布列地斯

一　蠹魚

蠹魚曾經是書的最有破壞性的敵人。我說"曾經"，乃是因為很幸運的，在最近五十年來，牠的蹂躪行為在一切文明國家已經大大的被限制了。這一部分由於普遍發展起來的對於古物尊敬之增加——更大的原因乃是由於貪財的動機，因此能使得古書所有者對於年復一年增加價值的卷帙予以重視——還有，在某種限度上，由於可吃的書籍產量之減少。

中世紀的所謂黑暗時代，書的主要製作者以及保管人，乃是寺院的僧侶，可是他們對於蠹魚並無所懼，因為蠹魚雖以貪食著名，牠們卻不愛好羊皮紙，而當時還沒有紙張。至於在更早的時代，牠們是否也襲擊草紙，埃及人所用的紙張，我則不知道——也許牠們會攻進的，因為那是用純粹植物性的原料製成的；如果是這樣，那就很有可能，今日的蠹魚，在我們之間這麼聲名狼藉的，乃是那些貪食祖先的直系後裔，牠們曾經在約瑟的法老王時代，就磨折過祭司，摧毀過他們的史書紀錄和科學書籍。

在活版印刷未發明時代，抄本書籍乃是一種稀有的珍貴的東西，因此被保存得很好，但是當印刷發明以後，紙本的印版書籍就充塞世間；當圖書館大量增加，讀者眾多以後，習見更產生了輕視；於是書籍就被堆集到無人注意的地方，被人遺忘了，於是那個時常被人提起，可是很少有人親自見過的蠹魚，就成為藏書樓的合法住客，同時也就成了愛書家的死對頭。

對於這個小害蟲，差不多曾經用過歐洲古今各種語言的咒語來咒詛，就是過去的古典學者，也用了他們的長詩短句向牠投擲。比爾‧伯第氏，在一六八三年就用了一首拉丁長詩表示他的譴責，而巴爾奈耳氏的可愛的短歌更是有名的。

不過，好像一部傳記之前必須有一幅肖像一般，好奇的讀者們也許想知道這個那麼激怒了我們溫和派的小動物模樣是怎樣。這兒，從一開始，就有一種很嚴重的變化莫測的困難存在，因為這些蠹魚，如果根據牠們的工作來判斷，牠們的形狀和大小差別之多，幾乎恰如我們這些目擊者。

賽爾伐斯特在他的《詩歌的律法》中，以不甚有風趣的詞句，將牠形容為“一種渺小的生物，蠕動於淵博的篇幅之間，當被人發現時，就僵硬得像是一團灰塵一般”。

最早的記載是在 R‧荷基氏的《顯微畫集》中，對開大本，一六六五年倫敦出版。這部著作，是由倫敦皇家協會出資印行的，乃是著者用顯微鏡考察許多種事物的記述，最有趣的是，著者的觀察有時非常正確，有時又非常荒唐。

他的關於蠹魚的記載，寫得相當長而且十分詳細，不過非常荒唐。他稱牠為“一種小小的白色閃銀光的小蟲或蛾類，我時常在書籍和紙張堆中發現，料想那些將書頁和封面咬爛穿洞必是牠們。牠的頭部大而且鈍，牠的身體從頭至尾逐漸縮小，愈縮愈小，樣子幾乎像一根胡蘿蔔……牠頭前有兩隻長角，向前挺直，逐漸向尖端縮小，全部是環節狀，並且毛刺蓬鬆，頗像那種名為"馬尾"的沼地蘆葦。……尾部末端也有三根尖尾，各種特徵極與生在頭上的兩隻角相似。腿上有鱗也有毛。這動物大概以書籍的紙張和封面為食料，在其中鑽出許多小圓洞，也許從古紙在製造過程上必須再三加以洗滌錘煉的那些大麻和亞麻的纖維中獲得一種有益的營養。

真的，當我想到這小動物（這乃是時間的牙齒之一）將多少木屑或碎片搬入牠的腹中，我真不禁憶及並且欽佩自然的機智，在這動物的內部安置這樣的火力，經常不斷的由搬入牠的胃中的那些物質所補充，並且由牠的肺部風箱來鼓動。

伴隨這描寫的插畫或"想像"，也值得我們一看。一定的，R·荷基先生，這位皇家協會的會員，在這裡所畫的多少有一點憑着他的幻想，顯然乃是根據他的內在意識來構成這篇描寫和插畫的。

（原注：未必！有好幾位讀者寫信促我注意，荷基氏所述寫的顯然是衣魚類，這東西雖無大害，卻時常可以在舊屋的溫暖處所發現，尤其是略無潮濕的地方。他誤將這東西當作蠹魚了。）

昆蟲學家甚至對這"小蟲"的生活史從未給予重大的注意。基爾拜氏，提到這東西時，他說："Crambus pinguinalis 的幼蟲能編織牠的長袍，並用自己的排洩物來掩蓋，所造的損害頗不小。"他又說，"我時常見到有一種小飛蛾的幼毛蟲，置身於潮濕的古書堆中，在那兒大肆蹂躪，使得許多黑體字的珍本書，在這今日愛書狂的眼中是與黃金同價的，被這些破壞家攫走了"等等。

已經引用過的朵拉斯頓的描寫，也頗模糊。在他的筆下，這東西在一首詩中是"一種忙碌的小蟲"，在另一首詩中又是"孱弱的破壞小爬蟲"。漢奈特氏，在他關於書籍裝幀的著作中，說牠的真實名字該是"aglosra pinguinalio"，而格第夫人在她的比喻中又錫以"hypothe emus erudituo"之名。

F. T. 哈菲格爾神父，在赫利佛的教堂藏書樓中，多年以前曾與蠹魚發生過很多麻煩，說牠們乃是一種報死蟲，具有"硬的外殼，棕黑色"，另有一種"全身白色，頭部有棕色斑點"。

荷爾姆氏在一八七〇年的"解釋與詢問"中，曾提及"anobium puniceum"對於布克哈特氏從開羅帶回來的阿拉伯原稿，給予了相當損害，這些原稿現藏劍橋大學藏書樓中。別的作家又說："anobium pertinax"或"acarus erudituo"乃是牠們的正確科學名稱。

從個人經驗說，我見過的標本並不多；不過，根據藏書管理人告訴我的話，再依據推論來判斷，我認為以下該是這問題的真相：

在書中吃書的毛蟲和蛆狀幼蟲一共有好幾種。那些有腳的乃是一種飛蛾的幼蟲；那些沒有腳的，其實是腳退化了的，乃是將來會化成甲蟲的蛆狀幼蟲。

現在還不知道，是否有任何一種的毛蟲或幼蟲能夠一代復一代的僅以書為食糧，不過我們已經知道，有好幾種鑽木孔的蟲，以及其他以草木廢物為食料的蟲，牠們會吃紙，尤其是一開始被封面的木版所吸引，而這種木版，正是舊日的書籍裝訂者用來作封面的。為了這問題，有些鄉下的藏書管理人不願打開藏書樓的窗戶，以防這敵人會從鄰近的樹林中飛進來，飛在書上下卵。這是真的，任何人凡是見過榛樹上的小洞，以及被幹蛀所洞穿的木塊的人，他就會從這些昆蟲敵人所鑽的窟窿上辨出相類的形狀：──

一、anobium 類。這種甲蟲，有這樣數種："A. cruditus"，"A. pertinax"，以及 "A. paniceum"。在幼蟲狀態時，牠們形狀如蛆，如在一般乾果中所表現者；在這階段，各種不同的幼蟲很難區別。牠們以舊而乾燥的木頭為食料，時常蹂躪書箱和書架。牠們又吃古書的封面木版，因此就一直穿入書中，能貫穿渾圓的長洞，有時向傾斜的方向穿去，則所穿的洞便是橢圓形的。

牠們會這麼樣繼續貫穿過許多卷書，而佩基納特氏，那位有名的版本學家，曾經發現過有二十七部書給一隻小蟲這麼貫穿了一個直洞，這真是饕餮界的一件奇跡，不過這故事在我方面，卻不敢盡信。經過相當時日之後，幼蟲做了了繭，然後就變成一隻小小的褐色甲蟲。

二、oecophora 類。這種幼蟲與 anobium 的同樣大小，但是因了有腳，一見即可分別。牠乃是一隻小毛蟲，胸中有六隻腳，身上有八隻吸盤似的隆起物，像蠶一般。牠後來變成蛹，然後達到牠的完整形態，化成一隻小小的棕色蛾。吃書的一種乃是 oecophora pseudospretella。牠喜歡潮濕和溫暖，嗜食任何纖維物質。這種毛蟲與屬於庭園類者完全不同，除了有腳之外，外表和大小與 anobium 相似。牠大約有半寸長，生着有角的頭和堅強的牙床。牠對於印書的油墨和寫字的墨水並不十分不喜歡，不過我推測牠如果不十分強壯，油墨對於牠的健康便不很適合，因為我發現在有字的地方所穿的洞，牠的長度似乎不能提供足夠的食料以供幼蟲發展變化之需。不過，墨水對牠們雖不適宜，但是我仍發覺有不少幼蟲繼續健存，在靜默和黑暗之中，完成牠們的任務，日以繼夜的吃下去，依據牠們體格的強弱，在書中留下或長或短的洞。

一八七九年的十二月，保德薩爾先生，北安普敦的一位著名書籍裝訂家，非常好意的郵寄了一隻肥壯的小書蟲給我，乃是由他的一個工人在所裝訂的一本古書中發現的。牠在旅途中似乎很安適，放出來時還非常靈活。我將牠放在一隻小盒中，使其溫暖安靜，給了牠一些卡克斯頓所印的《波地奧斯》碎紙片，以及一頁十七世紀所印的古書。

牠將書頁吃了一小片，不過不知是否由於新鮮空氣太多，還是不習慣這樣的自由，還是因為食物改變了的原故，牠漸漸的衰弱起來，終於在三個星期之後死了。我很捨不得失掉牠，因為我正想在完善的狀態下確定牠的名字。大英博物院昆蟲部的華脫好施先生，在牠死後很好心的將牠加以檢查，認為牠乃是 oecophora pseudospretella。

一八八二年七月，大英博物院的嘉奈脫博士，送給我兩隻書蟲，乃是從新近從雅典寄來的一部古希伯來經典注釋中發現的。牠們顯然在旅途中震動過甚，有一個到我手中時已瀕垂危，幾天之後就追隨牠的已故同類去了。另一隻似乎很健強，在我處幾乎生活了十八個月，我竭盡我的能力照料牠；將牠放在一隻小盒中，選擇三種舊紙給牠吃，很少去驚動牠。牠顯然不願過這樣幽禁的生活，吃得很少，活動得很少，甚至死了以後的樣子也改變得很少。這隻希臘的書蟲，腹中充滿了希伯來經典，有許多地方與我所見過的書蟲大不相同。牠比任何一個英國同類都更長、更細，看來更精巧。牠是透明的，像一片薄象牙一般，身上有一條黑線，我猜想這大約是牠的腸子。牠非常緩慢的喪失了牠的生命，這使得牠的看護者十分傷心，因為他久已準備觀察牠的最後發展狀態了。

這類蠹魚的幼蟲之難於飼養，也許是由於牠們的身體構造狀態。在自然狀態之下，牠們能將牠們的身體倚了洞邊伸縮前進，用牠們的牙齒緊貼了前面的紙堆去咬。但是一旦解除這種束縛之後，而這正是牠們的正常生活，即使周圍堆滿了食料，牠們也無法吃到，因為牠們沒有腳可以支撐，於是自然的效能便喪失了。

以大英博物院收藏古書之多，而他們的藏書樓竟很少有蠹魚之禍，萊伊先生，印本書部門的主任，曾寫信給我這樣說：

在我任職期間，曾經發現過兩三隻，不過牠們都是很衰弱的傢伙。我記得，有一隻送往博物部，由亞當‧德特先生加以監護，據他表示這乃是 amobium pertinax，不過以後情形如何不再知道了。

讀者們，不曾有機會視察過古藏書樓的，不能想像這種害物可能造成的可怕損害情形。

我眼前就有一部精美的對開大本古書，用未漂白過的極佳的紙張所印，厚得像強韌的彈藥紙一般，一四七七年由德國曼因茲市的彼得‧叔費爾印刷的。不幸的是，經過相當的遺忘時期，很嚴重的受過書魚損害之後，大約五十年之前，又有人認為這值得換個新的封面，於是這一次在訂書匠的手中又再嚴重的受了一次損害。因為這樣，原來封面木版的情況已經無從知悉了，但是書頁所受的損害卻可以準確的加以敘述。

書雖曾經在書前書後都蹂躪過。在第一頁上，有二百一十二個清晰的洞，洞的大小不一，從一隻小針眼以至一隻粗的織物針所戳的那麼大的洞，這就是說，從一英寸的十六分之一至一英寸的二十三分之一。這些洞大部分都是與封面構成或大或小的直角，僅有極少數是沿了紙面構成的蛀槽，僅影響三四頁紙。這些小害蟲的不同能力可以從下列情況看出：

第一頁	二百一十二洞
第十一頁	五十七洞
第二十一頁	四十八洞
第三十一頁	三十一洞
第四十一頁	十八洞
第五十一頁	六洞
第六十一頁	四洞
第七十一頁	二洞
第八十一頁	二洞
第八十七頁	一洞

第九十頁　　　　　無

這九十頁的紙質很厚，一共大約有一英寸厚。全本書共有二百五十頁，將書翻到末尾，我們發現最後一頁共有八十一個洞，這是由另一群比較不貪婪的書蟲造成的。

情形是這樣：

倒數第一頁　　　　八十一洞

倒數第十一頁　　　四十洞

倒數第六十六頁　　一洞

倒數第六十九頁　　無

你如果注意一下這些小洞，在開始是迅速的，然後愈來愈慢的消失情形，真使你十分驚異。你一頁一頁的追從同一個洞，直到它的直徑在某一頁上突然減小了一半，經過仔細檢查之後，你會發覺在下一頁，如果繼續下去就應該有洞的地點，紙質有一點剝蝕。在我現在所提及的這本書上，那情形簡直就好似競走一般。在最初的十頁上，較弱的蟲都被拋落在後面了；在第二個十頁上，參加的還有四十八名，而這數目在第三個十頁上就僅剩下三十一名，到第四個十頁上則僅有十八名了。在第五十一頁上，能繼續支持的僅有六隻蟲。在未到第六十一頁之前，乃是兩個堅強的饕餮家所作的各不相讓的競賽，各人都鑽了一個相當大的洞，其中一個乃是腰圓形的。到了七十一頁，他們緊張競爭的情形還是一樣，第八十一頁也是如此，在第八十一頁上，腰圓的一個放棄了，圓的一個則再多吃了三頁，在第四頁上離開了。於是這以後的書頁都是完整的，直到從後倒數過來的第六十九頁上有一個蟲洞。從這以後，它們逐步增多以至卷末。

我舉出這本書為例，是因為它恰巧在我的手邊，但是有許多書蟲所吃的洞，比這本書中的任何一個都更長；我見過有幾個洞穿了兩三本書，從封面以至底面。舍費爾書中的洞，大概是 amobium pertinax 的工作成績，因為牠僅從前後兩邊進攻，書中部是完整的。這書的原來封面，必是用真木版的，書蟲的攻擊必從那裡開始，貫穿前後木版之後，然後穿入書中。

我還記得我第一次參觀牛津的鮑德萊安藏書樓，那是一八五八年，邦特奈爾博士正是當時的館長。他十分好意，給予我一切便利，任我研究那收藏非常豐富的“卡克斯頓”版，因為這正是我的參觀目標。當我翻閱一包黑體字版本的碎片時，這曾經放在一隻抽斗裡已經很久了，我發現一隻小小的蛆狀幼蟲，我毫不思索的拈起來拋到地上，用腳去踐踏。不久之後，我又發現一隻，是一個肥胖的發亮的傢伙，大約有三分長，我於是仔細的將牠保存在一隻紙盒裡，準備觀察牠的生活習慣和發展情形。看見邦特奈爾博士走近來了，我便招呼他來參觀我的獵獲品。可是，當我剛將這曲扭着的小東西放到皮面的書案上時，博士大拇指的大指甲就降臨到牠的身上，於是案上一縷濕痕就成了我的全部希望的墳墓，而這位著名的版本學家，一面將手指在衣袖揩拭着，一面這樣說：“哦，是的！牠們有時是黑頭的。”這倒是一件值得留意的事 —— 昆蟲學家的新資料；因為我這小東西的頭部是又硬又白而且發亮，我始終不曾聽見過有過黑頭的蠹魚。也許鮑德萊安藏書樓的大批黑體字版本同這異品有若干關係。不過，我所見的一隻乃是

anobium。

我曾經很無情的被嘲笑過這可笑的意念，將一隻吃紙的蟲藏在一隻紙盒中。哦，這班批評家！你們還不知道這種書蟲乃是一種懶惰的害羞的傢伙，一旦"被禁"之後，要經過一兩天始能恢復食慾。更有，牠頗有自尊心，牠決不肯吃這種將牠監禁的有光的劣質的抄寫紙。

至於我已經提起過的那部卡克斯頓的《我們聖母的生活》，其中不僅有無數的小洞，在書頁的底下更有幾條很大的蛀槽。這是很少見的現象，也許是：dermestes vulpinus 的幼蟲，一種庭園甲蟲的成績，因為這傢伙是非常貪食的，要吃任何乾燥的木質廢物。

我已經談起過，可吃的書，現在是愈來愈少了。現代紙張採用複雜質料攙雜的結果之一，乃是書蟲不願再觸及它。牠的本能制止牠去吃那些陶土、漂白粉、石膏粉、硫酸鹽，那些用來攙和纖維的各種物質，於是，古文學的智慧的篇章，與現代廢物在時間上的對抗競走，便大大的佔了便宜，由於今日一般對於古書的普遍注意，蠹魚確是遭遇了艱苦時代，那種作為牠們生存必須的對於古書的全然疏忽很少再有機會遇到了，正為了這原故，我以為應該有幾位耐性的昆蟲學家，在時機未消失之前，對於小生物的生活史作一番研究，好似約翰·魯布波克爵士研究螞蟻一般。

我眼前有幾頁某一本書的零頁，這是我們很經濟的第一位印刷家卡克斯頓先生用來廢物利用，將它們粘在一起作紙版的。不知是由於那古老漿糊的引誘，還是由於其他原因，書蟲在這上面所採取的吃的方式，不似一般那樣一直鑽入書的中心，而是採平面的方式，沿着書頁吃成了許多深溝，可是始終不越出封面的範圍。而這幾張零碎的書頁僅那麼溝槽交錯，以致如果要拿起來，便要碎成粉碎了。

這當然已經很不好，但是我們仍應十分感激，在這溫帶的氣候內，我們還沒有像在非常炎熱地帶所發現的那樣敵人，在一夜之間，整座的藏書樓，包括書籍、書架、桌椅，會給無數的蟻群所摧毀。

我們在美國的兄弟們，他們在許多事情上面都是幸運的，在這件事情上似乎更非常幸運 —— 他們的藏書從未被蠹魚所襲擊 —— 最低限度，美國作家們如是說。當然的，他們所有的黑體字版古書都是買自歐洲，花了他們很多的錢，他們照料得很仔細；但是他們同時另有萬千的十七世紀書籍，用羅馬字排印的，在美國用真實優美的紙張所印，而那些書蟲，至少在我們這國內是如此，如果紙質好，牠們決不會因了字體不同遂不吃的。

也許正因為如此，我們古藏書樓的保管人，對於書蟲的見解就與我們迥不相同，而這種見解反映在萊因瓦特氏所編印的《美國印刷辭書》中（非拉得爾非亞城出版），讀起來就更加有趣。據萊因瓦特氏說，蠹魚在他們那裡乃是一位生客，他們許多人都不知道有這東西，因此它的最輕微的蹂躪痕跡都被當作稀奇少見的事情。萊因瓦特引用狄布丁的著作之後，又依據自己的想像略加渲染，接着說：

　　吃紙的飛蛾據說乃是由於荷蘭的豬皮裝幀傳入英

國的。

他的結語，對於任何一個曾經目睹幾百本給蠹魚摧殘過的書籍的人，真覺得單純天真可愛。"目前"，他說，顯然是當作一種極稀奇的事情加以引述的，"在非拉得爾非亞城的某氏私人藏書樓中，有一部曾經被這昆蟲咬過洞的書"。

哦，幸運的非拉得爾非亞市民呀！你們雖擁有美國最古的藏書樓，可是為了要觀光全城唯一的一個給蠹魚所咬的小洞，卻不得不向一位私人藏書家請求！

二　蠹魚以外的害蟲

除了書魚之外，我認為不再有任何其他值得描寫的書的害蟲。屋內的黑甲蟲或蟑螂，在我國還是一種很近代的輸入物，還不足釀成若何重大損害，雖然牠們如果停留在地板上，有時會咬書的封面。

不過，我們的美國兄弟們卻沒有這麼幸運，因為在一八七九年九月份的《圖書館雜誌》上，威斯頓先生曾記敘有一種可怕的小害蟲，對於紐約圖書館藏書的布面裝訂給予了極大的損害。這乃是一種小的黑甲蟲或油蟲，被科學家稱為 "blatta germanica"，被一般人稱為 "茶婆蟲" 的。不像我們的屋內害蟲，牠們的巢穴在廚房，而且牠們的畏怯性格使牠們喜愛秘密和黑夜，但是這種發育不良的平扁的變種，要兩隻才抵得上一隻普通英國種的，牠的大膽卻可以抵消它的形狀細小，因為牠既不怕光亮也不怕聲響，不怕人也不怕獸。

一五五一年的古本英國《聖經》上，我們可以在《詩篇》第九十一章第五節讀到："你不必害怕黑夜的任何害蟲。"這一節詩將使西方的圖書館管理人充耳不聞，因為他們不分晝夜受着這害蟲的驚擾，牠們在光天化日之下爬到一切東西上面，玷染並且破壞牠們佔為巢穴的書架每一角落每一縫隙。有一種殺蟲劑的藥粉可以對付，不過這對於書架和書非常不適宜。但是，這種藥粉對於這種害蟲非常有效，並且還有可堪告慰者，這種害蟲略為呈現有疾病徵象時，牠即刻就被牠的貪婪同夥愉快的加以吞食，好似牠是新鮮漿糊製成的一般。

還有一種小小的銀色小蟲（lepisma），我時常在無人照料的書籍上背見到，不過牠的損害並無若何重要。

我們也不便認為蠹魚對於文藝乃是非常危險的東西，除非這條魚恰是信奉天主教的，像那條 ichthyobibliophage（請恕我這麼寫，奧溫教授）那樣，牠在一六二六年，吞食了那位新教殉教者約翰·弗利茲的三篇清教論文。當然，吃了這一餐之後，牠不久就被捉住了，並且在文學記錄上享了盛名。以下就是為了這事而出版的那本小書的書名：

　　魚之聲，一名腹中藏有三篇宗教論文的書魚，一六二六年夏至節前夜，在劍橋市場上一條蠹魚腹中所發現。

勞恩地斯說，"因為這書的出版，真使劍橋驚駭非常"。

不過，家鼠和野鼠，有時對於書的損害性也非常大，如下述軼事所示：兩世紀之前，威斯敏斯特牧師會的藏書樓乃是附設在牧師會所內的，有一次，這建築物需要進行修理，於是在屋內建立了木架，書籍則任其留存在書架上。因了支撐這些木架，牆上鑿了若干小洞，其中有一個洞為一對老鼠選作了牠們的家。牠們在這兒從書架上撕去了若干書的書頁，為牠們的孩子建立了一個窩。這個小家庭確是安穩而且舒適，直到有一天，建築工人的工作完成了，木架被拆去，於是——這對於老鼠真太糟了！——那些小洞被用磚石和水泥填塞起來。活活的被埋在裡面，這一對老鼠父母，連同牠們的五六個孩子，很快就全死了。這樣直到不久幾年之前，這牧師會所又要修理了，為了建立木架，這座老鼠墳墓又被打開，牠們的屍骸和牠們的家始被人發現。這些骨骼和巢中的碎紙，現在可以在牧師會所中的一隻玻璃罩內見到，有些碎紙據傳是卡克斯頓的殘頁。這傳說未必可靠，不過其中有若干確是非常早期的黑體字版的殘頁，為現在的威斯敏斯特大寺藏書樓所無者，如其中有一些乃是那有名的伊利沙白皇后祈禱書的殘頁，附有木刻，一五六八年出版者。

一位朋友寄給我如下的軼事：

> 好幾年以前，有幾隻野鼠在我宅外四周的樹上做窩；牠們從那裡跳上我家屋頂的平坦處，於是假道煙囪進入我存放書籍的一間房間。其中有一些皮脊的書，完全被牠們摧毀了，此外還有五六冊全部以羊皮紙裝訂的書。

另一位朋友告訴我，在多汶與愛克賽特學院的博物史陳列館中，另有一種小害蟲，專吃以牛皮和羊皮裝訂的書面。牠的科學名稱是 niptus hololencus。

他又說："你可知道，另有一種與這相類的可怕的東西，名為 tomicus typographus，十七世紀時曾在德國大肆蹂躪，在那裡的辭典中，曾在《土耳其人》的俗名下被正式著錄。"（見基爾拜與史班斯合編的第七版，一八五八年出版，第一二三頁）

這很古怪，我全然不知道有這回事，雖然我很知道 tomicus typographus 乃是一切好書的敵人。不過，關於我們課題的這一部分，我還是不涉及為妙。

以下乃是寄自劍橋的韋斯特布洛克博士，他所提及的損害，乃是我未曾親自見過的：

> 親愛的布列地斯，我寄給你一個作為敵人的普通蒼蠅的遺跡樣品。這東西躲在紙後，吐出若干腐蝕性的流質，然後就撇下這生活而去。我曾經時常在這樣的洞中捉住牠們。

> 這損害乃是一個長圓形的洞，有一層白色的多毛的光滑物質（菌狀物？）圍繞着，很難用木刻來表現。這兒所示的大小恰如原狀。（譯者按：原書在此處附有木刻插圖一幅，表示紙上的那個長圓形的破洞，此處從略）。

三　收藏家

還有，兩條腿的破壞者，他們應該是更懂事一點的，對於藏書所幹的真正的損害，也許並不亞於任何其他的敵人。我所指的並不是盜賊，他們對於物主雖有損害，但是對於書籍本身，不過是從這一列書架轉移到另一列書架而已，可說並無若何損害。我也不是說某一些讀者，他們時常光顧公共讀書館，為了減省抄錄的麻煩，時常從雜誌或百科全書中將整篇文章剪去。這類的破壞不常見，而且只是發生在那些容易補充的書籍上，因此僅值得偶然的提起而已；但是當上天產生了像約翰·白格福那樣狡獪的老書籍破壞家，這位古董學會的發起人之一，那就是一件嚴重的事了，因為這人在上一世紀的初期，到外地各處旅行，從這一座藏書樓光顧到另一座藏書樓，從各種版本的古書上撕下其中的扉頁。他將這根據國別和城市加以分類，再加上其他許多傳單報貼、札記的原稿，以及其他各種雜類的搜集品，構成了一百多冊巨帙，目前都保存在大英博物院中。將它們作為構成一部印刷史的資料之一，其用處當然不便抹煞，但他的直接損害卻是許多珍本書籍的被破壞，而版本家從它們上面所獲得的益處也遠不能抵償這損失。當你從這些巨帙之中不時發現有些書名的書現在業已全部失傳，或是已經極為稀睹；當你見到從一本少見的十五世紀古本書上剪下的卷末印刷題記，或是卷首的印刷家商標，同其他許多這類東西貼在一起，價值參差不一，你就無法祝福這個鞋匠出身的古董家約翰·白格福。他的半身畫像，是霍華特畫的，曾由費爾丟鐫版，後來又為了《版本家的十日談》再鐫一次。

不好的榜樣時常不缺乏模仿者，於是每季總有一兩種這類搜集品出現在市場上，為那些愛書狂者所搜集。他們這種人，雖自稱是愛書家，其實應該歸入書的最惡劣的敵人之列。

下文是從一家舊書店目錄上抄下來的，日期是一八八〇年四月，可以使我們獲得這些毫無心肝的破壞家所作所為的概念：

彌撒書的金碧彩繪字母

　　五十種繪在羊皮紙上的各式大寫字母；全部五彩，金碧輝煌。若干種大至三寸見方：花紋裝飾美麗非凡，年代從十二世紀至十五世紀。襯貼在厚長紙板上。完整無損。售價六鎊六先令。

　　（此種美麗字母皆從珍貴的手抄本上剪下者，作為古代藝術範本，非常有價值。其中有多種每個單獨市價值十五先令。）

　　普洛伊米先生在倫敦古書業是為人熟知的一個人。他非常富有，為了滿足他的版本學上的癖好，從不計較金錢，他的癖好乃是古書扉頁的搜集。他毫不顧惜的將這些東西撕下，時常將那些被斬去首級的書籍遺骸拋在一旁，不再過問。並不像另一個破壞家白格福那樣，他是沒有什麼有用的目標的，全然依據一種毫無意義的分類。舉例說：有一輯冊頁所包括的全是銅版鐫刻的扉頁，凡是十七世紀那些莊嚴的荷蘭古本大版書，一經他的手可算倒了大霉。另一本所貼的全是古怪的粗俗的書名扉頁，這倒確實可以藉此表示有些作家是如何的愚魯與荒唐。你在這裡可以見到一六五〇年西布博士的《各種說教的開膛破肚》，與那偽託的加爾芬教派教徒亨丁頓的論文〈死而受罪〉並列在一起，以及許多粗俗得不便提起的書名。詩人泰洛所採用作為詩題的各種古怪題名，佔了滿滿的數頁，真使人對於那些書籍本身不僅垂涎三尺。第三次所貼的全是附有印刷家商標的扉頁。如果撇開這些收藏家所造成的損害不談，對於這些搜集品，你也許可以獲得若干樂趣，因為有許多扉頁確是非常美麗，但是這樣的搜集實在無用，而且也不得鼓勵。

慢慢的，無可避免的結局來了，接着就是收藏品的散佚，於是那些在他們搜集時也許每次要花費二百鎊，這時就給商人以十鎊購得，終於流入南堪辛頓圖書館或其他公眾博物館，被當作一種版本學上的獵奇品陳列着。下列的東西正由沙斯拜・威鏗遜・霍特基聯合公司經手售出（一八八〇年七月）。係鄧・嘉丁奈氏的收藏品之一，號碼為一五九二號：

扉頁與扉畫

八百種以上的雕版扉頁和扉畫，包括英國及外國者（有幾種非常精緻及奇特），皆自古畫中取下，整潔貼於厚紙版上，共分三冊，半皮面，金邊，對開大本。

唯一使我感到無上快慰的扉頁集乃是一部美麗的對開巨冊，一八七七年由安地衛勃的普朗丁博物院委員會所出版，恰在他們收購了這座驚人的版本大寶庫之後。它的名稱是 *Titels en Portretten Gesneden naar P. P. Rubens Voor de Plantijnsche Drukkerij*，其中搜羅三十五張宏麗的扉頁，全是依據十七世紀的雕版原本翻印，這些都是由當時大畫家魯本斯親自執筆，於一六一二年至一六四〇年之間，為有名的普朗丁印刷所出版的各種出版物設計的。在這同一博物院內，還保存着魯本斯為一張扉頁構圖所開的賬單，其下還附有他親筆收款的簽字。

我眼前有一冊精美的 *Conclusiones Siue Decisiones Antique Dnor, De Rota*，係格登堡的合夥者希奧費爾於

一四七七年所印。這書除了它的最緊要部分，即書尾題記殘缺之外，全部完美無疵，而這題記正是被某一位野蠻的＂收藏家＂剪去了，這題記的文字該是：＂Pridie noris Jamearii Mdccclxxvij, in Civitate Moguntina, Impressarie Petruo Schoyffer de Gernsheym＂，接着該是他的著名商標，兩隻盾牌。

在這世紀的初頭，又有一種類似的狂熱發生，要搜集五彩金碧描繪的字母，這些都是從古抄本上取下來的，按照字母的順序貼到一本空白簿上。我們若干大教堂的藏書樓就曾經嚴重的遭遇過這樣的損害。在林肯郡大教堂，在這世紀的初年，唱詩班的孩子們總喜歡在歌唱班座席附近的藏書室中換他們的長袍。這裡藏有無數的古抄本，其中還有八本十本少見的卡克斯頓初印本。當他們在那裡等候信號進入座席時，這些唱詩班的孩子時常用小刀割取那些綠繪的字母和飾畫來取樂，並且帶到歌唱班的座席上去互相傳觀。當時的牧師們也未見得好過這些孩子，因為他們曾經任由地布丁博士將全部的卡克斯頓珍本隨便拿去。他曾將這編了一份小目錄，名為＂林肯的花束＂。後來這些東西都併入了亞爾索勃的收藏。

業已去世的嘉斯巴里先生乃是一位書的＂毀滅者＂。他所收藏的早期木刻珍品，一八七七年為了紀念卡克斯頓曾舉行展覽的，就時常為了增加他的收藏，購入有插繪的古本，再將圖版從其中拆下，貼在精細的布里斯托紙版上。他有一次曾經給我看一部精美的《地威丹克》殘本，是他已經撕過圖版的，我眼前還有他贈給我的其中幾頁，從鐫刻的優美以及排版的巧妙上說，可說壓倒了我所見過的任何印本書。這是十六世紀德國紐倫堡的漢斯‧蕭斯佩基爾氏為墨克薩麥倫皇帝排印的，為了使其精美無比，所有的字模都是特地刻製的，每一字母的字體都有七八種變化之多，再加上在每一行字上下兩面所增加的裝飾筆畫，使得具有經驗的印刷家見了這書，也不肯相信他是排印而成的。但是，它確是全用鑄成的活字排印的。一本完善無缺者現在要值到五十鎊。

好多年以前，我從蘇斯拜公司買得一批羊皮紙的古抄本散頁，有些是一本書的一部分，但是大部分是單張的。其中有許多因為剪去第一個彩繪大寫字母，變得毫無價值，但是那些第一個字母沒有裝飾，或者根本沒有的，就仍舊很有用處，於是當我整理分類之後，我發覺我擁有近於二十種的古抄本大部分，可以表示十五世紀的拉丁文、法文、荷蘭文以及德文的十二種不同書法。我將每一種個別裝訂，它們現在構成了一組很有趣的收藏品。

肖像收藏家，為了增加他們的寶藏，從古書上撕去第一面的扉畫，這樣就摧殘了許多本書，而一本書當它一經略有殘缺之後，它就很快的趨向全書毀滅。這就是為什麼像耶地鏗斯的《印刷的始源和長成》那樣的書，一六六四年出版者，現在會變得無處可購。耶地鏗斯的這小冊子當初出版時，書裡曾附有一頁精美的扉畫，係羅根所作，其中有查理二世的肖像，一旁侍立者並有大主教舍爾頓，亞爾貝瑪爾公爵，以及克拉朗敦伯爵。因了這些名人的肖像非常少見（當然，皇帝的肖像不在其內），於是收藏家每逢市場上有耶地鏗斯的小冊子出現，就立即收購，將那幅扉畫撕下來充實他們的收藏。正是為了這樣的緣故，你拿起一冊古書拍賣目錄，不時可以見到這樣的說明，"缺扉頁"、"缺插繪二頁"，或者"缺最末一頁"。

在古抄本之中，尤其是十五世紀的，不論是紙本或是羊皮本的，時常發現書頁的空白處被人裁去，有時從底下撕去，這破壞的情形令我惶惑不解了好幾年。現在我明白了，這是由於古時紙張不易獲得，因此每逢要傳遞一個重要的資訊，而家中僕人的遲鈍記憶力又不甚可靠時，於是那位先生或教士便走入藏書樓中，因了無紙可用，便從書架上取下一本舊書，從它寬闊的空白邊緣上隨手裁下一兩條以供急需。

我很想將那些愛書狂者和護持過甚的藏書家也歸入"敵人"之列，他們這種人，為了無法將他們的寶藏帶入另一個世界，便竭力在這個世界上阻礙它的被人應用。要想取得允許進入那位著名日記作家撒彌爾·潑佩斯的古怪藏書室，該是一件怎樣困難的事。這批藏書在劍橋瑪格大倫學院，鎖在潑佩斯自己設計的那同一式樣的書櫥中；但是除非有學院的兩位同僚作伴，任何人都不許單獨入內，並且規定如果遺失了一本書，則全部藏書即移贈另一學院。無論這兩位同僚是怎樣情願的陪伴你，為了你一個人閱書要連帶花費他們二人的時間，這是任何人也不願做的事，即使這兩位同僚很有耐性陪伴你。哈爾倫的泰勒里安博物院也有同樣類似的限制，許多寶藏都被判處了終身監禁。

幾世紀以前，有一批寶貴的藏書捐贈給吉爾特福捐款設立的文法學校。規定該校校長對於每一本書的安全要負全責，如果遺失，他要負責賠償。有人告訴我，有一位校長，為了竭力減輕他所負的責任，便採取了如下的野蠻處置——當他一接任之後，他就將學校課室的地板全部掘起，小心的將全部藏書都藏到地板架內，然後再將地板釘回原樣。他絲毫不管有多少大小老鼠會在這裡做窩；遲早有一天他要負責檢點每一冊藏書。他認為除了這樣積極的監禁之外，沒有更安全的辦法。

密特赫爾的故湯麥斯‧菲力浦爵士，乃是患有埋書狂的一個很好的例證。他收購珍本書籍，全然為了要將它們埋藏。他的宅第中塞滿了書；他收購別人整座藏書樓的書，可是連所買的是什麼，他也從不寓目。在他所購進的書之中，有一冊是用英文排印的第一本書，《特洛威歷史彙編》，係威廉‧卡克斯頓為布根地公爵夫人所譯印，她乃是我們愛德華四世的姊妹。這確是真事，可是幾乎令人難以置信，湯麥斯爵士竟不能找出這本書，雖然這本書確是在他的藏書堆中。這也難怪，因為當他逝世時，二十年以前買來的書，還擱在那裡始終未曾開箱，而他對於箱裡所藏為何物的唯一憑藉，乃是拍賣行的目錄或書商的發貨單而已。

四　火與書籍的災難

可以損害書籍的自然力量很多；但是其中沒有一種，它的摧毀力可以抵得上火一半的。僅是將那些運用不同的方法被火神護為己有的無數的圖書館和文獻寶藏列一張名單，已經將書不勝書。偶然的火災，瘋狂的縱火狂行為，法庭所宣告的火刑，甚至家庭中的爐灶，都不時減削着過去所遺下的寶藏，同時也減削了過去所堆集的廢物，以至直到今天，現存的過去的書籍恐怕千分之一也不夠了。不過，這樣的毀壞，不能一致認為是一種損失；因為如果不是這種“清潔的火”從我們之間移去山積的廢物，僅是為了無法容納這麼多的卷帙，我們也將被迫不得不採取強有力的毀滅措施。

在印刷術發明以前，書籍是相當稀少的；根據我們自己的經驗，在動力印刷已經運用半世紀以後，要收集五十萬冊以上的圖書，仍是一件怎樣艱難的工作，我們對於古代作家所描摹的古圖書館的豐富的收藏，不能不保持極度的懷疑。

歷史家吉本，對於其他許多事情不肯輕信，卻毫不置疑的接受了關於這部門的傳說。不用說，古埃及王族托勒密氏累代相承的寫本圖書館，因了日積月累，當然成為那時空前未有的最豐富的收藏；同時也因了它們裝幀的奢侈和人所未知的內容的重要，馳名全世。這些圖書館有兩座在亞歷山大里亞城，其中更大的一座是在布魯訖姆區。這些書籍，正如古代那時的一切寫本一樣，都是寫在成張的羊皮上的，兩端各有一根木軸，使得讀者每次只要卷開一點就可以。在公元前四十八年凱撒大帝的亞歷山大戰爭中，這較大的收藏為火所毀，而在六四○年，又為薩拉森人火燒一次。因此人類便蒙受了一種浩大的損失；但是當我們讀到被毀的圖書有七十萬卷或五十萬卷之巨時，我們便不由的感到，這樣的數字一定是很大的誇張。同樣的，關於幾世紀以後，迦太基戰爭中所焚去的五十萬冊以及其他類似的敘述，我們也同樣的不能置信。

關於最早的大量焚毀書籍的記錄，其中有一件是由使徒路加所述。那是，當使徒保羅說教之後，許多以弗所人，"平常行邪術的，也有許多把書拿來，堆積在眾人面前焚燒。他們算計書價，便知道共合五萬塊錢"（譯者注：見《聖經·新約·使徒行傳》第十九章十九節。此處所引，是中國聖經公會官話譯文）。當然，這些崇拜偶像的占卜煉丹書籍、鬼怪妖術書籍，由那些曾經在精神上蒙受其損害的人們所焚燒，原是不錯的；同時，即使它們逃過了當時的火厄，它們之中也沒有一本可以流傳至今天，因為現存的那時代的稿本一冊也沒有。

　　不過，當我們想到價值五萬塊古羅馬銀幣的書籍 —— 大略估計，折合時值該是一萬八千七百五十鎊 —— 突然變成了灰燼，老實說，我的心中無法不感到相當的惋惜與不安。試想，這些書中該包含多少有關古代異端邪教的詼奇的圖像，如魔鬼崇拜、太陽崇拜、拜蛇，以及其他古代宗教形式；以及傳自古埃及、波斯、希臘的古天文化學學說；以及多麼豐富的關於迷信的視察以及我們今日所謂民俗學；對於語言研究者，這些書中所包含的資料又將是怎樣的豐富，而在今日，如果有一座圖書館能擁有其中的二三冊，又將是如何的可以博得盛名。

　　以弗所城的廢墟，有確鑿的證據，證明這城市曾經是非常廣闊而且擁有華美的建築。那是當時的自由城市之一，實行自治。他們關於神龕和神像的貿易十分茂盛，曾經遠及兩地。這地方的魔術十分盛行，雖然經過初期基督教徒的屢次改宗運動，他們那種書寫着魔術咒語的小經卷，直到第四世紀仍是一種重要的商業。這些文書都當作符籙之用，用來防禦"凶眼毒視"，一般又用作防備一切邪惡的辟邪物。他們都將這東西帶在身邊，因此當使徒保羅的聽眾們，被他熱烈的言詞說服他們的迷信時，一定有整千的這東西從身上解下來投入火中。

試想那情景，一座廣場，鄰近月神狄愛娜的大廟，四周環繞着精美的建築物。那說教的使徒，站在略為高出群眾之上，以極大的精誠和說服力量宣說廢除迷信，將聚集起來的群眾緊緊的把握着。在群眾的外圍有無數的火堆，猶太人和非猶太人都將一束一束的經卷向火中拋去，一旁站着一位羅馬殖民地的長官和他的警察們，用着自古至今全世界警察們傳統的木然態度監視着這一切。這一定是一個很動人的景象，可惜皇家畫院的牆上卻選擇了其他更惡劣的題材。

在那遠古時代的書籍，不論是正統派的或異教徒的，似乎都有一種朝不保暮的危機。在異教徒每一次爆發新的檢舉風潮時，他們便將一切可能見到的基督教文字加以焚毀，而當基督教徒佔得上風時，他們也熱烈的採用同樣手段對付異教文學，莫罕默德教徒所持的銷毀書籍的理由是："如果它們的內容是《可蘭經》所具有的，它們便是多餘的；如果它們的內容有什麼與《可蘭經》不合的，它們便是不道德的"，可變則變，似乎是一切蹂躪者的共同法則。

印刷術發明後，書籍傳佈區域的廣大和迅速，使得要將任何一個作家的著作全部加以毀滅成為一件更困難的工作。在另一方面，書籍雖日漸增加，毀滅和生產也在同時並進，於是印本書籍不久也遭受同樣的火刑，這在那時期以前，僅是用來對付稿本的。

一九六九年，在克里莫那，僅是因了文學關係，一萬二千冊用希伯來文印的書籍被當作異端邪說，公開加以焚毀；紅衣大主教塞米尼斯，佔領格拉那達之後，曾用同樣方法對付五千冊的《可蘭經》。

　　英國在宗教改革時期，曾發生大規模毀滅書籍的事。

　　古董家貝爾曾在一五八七年這樣說起那時僧院藏書樓所遭遇的可羞的命運：

　　　　大部分購得那些僧院的人們，將那些藏書，有些用作廁所之用，有些用來擦燭台，有些用來擦靴。他們有些賣給雜貨商，有些賣給海外的書籍裝訂家，並非少數的，有時是整船的被運到外國。但是這地方的大學校也不能卸脫這種可憎惡的事實。我認識一位商人，我不擬在這裡說出他的姓名，用四十先令的代價買了兩座可貴的藏書樓的藏書；這真是提起來都害羞的事。他用這東西來餵的爐灶，已經繼續了十年以上，而他存下的還可以支持更多的時日。僧侶們任它們埋藏在灰塵中，頭腦蠢笨的教士們不過問它們，它們後來的主人又盡量的糟踏它們，而牟利的商人又將它們賣到國外去賺錢。（譯者注：原文係十六世紀古文，這裡僅譯出其大意）

　　這真使人想像起來都吃驚，科克斯頓的奧維德《變形》的譯文，以及其他許多我們第一家印刷所印出的書籍（譯者注：此處係指英國，科克斯頓為英國十五世紀最早的出版家），我們現在一點都沒有保存的，在當時不知有多少曾用作烤餅之用。

　　一六六六年的倫敦大火，書籍被毀的數量也是龐大的，不僅私人住宅，公家團體和教會藏書樓的無價寶藏都成了火灰，更有一大批存書，為了安全起見，由出版登記處從 Paternot Errow 移存到聖彼得大教堂的，也燒成了灰燼。

談到時代稍近的事，我們對於科敦藏書樓之得以保全，該表示如何的感激。一七三一年，威斯敏斯特的亞希貝姆罕大廈的火災消息，曾經使得文藝界感到極大的恐慌，因為科敦的古寫本那時正貯藏在那裡。費了極大的辛苦，火勢終於被控制了，但是有許多古寫本已經被毀，更有不少也受了損害。將這種焦灼得幾乎不能辨認的東西加以整理復原，是曾經用了不少心機的；它們先要一頁一頁的揭開，浸在一種化學液體中，然後夾在透明的紙頁中壓平。有一堆燒焦的書頁，毫未經過任何整理手續的，看來簡直像一隻龐大的黃蜂集，現在正陳列在英國博物院的古寫本室任人參觀，表示其他若干稿本所遭遇的類似的情形。

一百多年以前，群眾在白金漢的騷動事件中，焚毀了普列斯萊博士寶貴的藏書，後來又在戈登的騷動事件中焚毀了曼斯菲爾爵士文藝的及其他的收藏，這位著名的老法官，他正是第一個敢於大膽的決定，凡是踏上英國土地的奴隸，從此即可享受自由解放的人。曼斯菲爾爵士藏書的損失，曾引起詩人科勃寫過兩首短短的不很高明的詩。詩人先哀悼這些可貴的印本書籍的被毀滅，然後便提及爵士的原稿及其他當代文獻的被焚，對於歷史是一種無可挽回的損失：

　　卷帙凌亂，被焚被毀，

　　　這損失雖是他個人的；

　　　　但是在今後未來的歲月中

　　　　　人們也將哀悼他自己的損失。

　第二首詩則以如下不很高明的句子開始：

　　　　當機智與天才在烈焰中

　　　　　遭逢了他們的災難，

　　　　他們不啻將羅馬的命運告訴我們

　　　　　叫我們也提防這個。

　　普列斯萊博士的更好更豐富的藏書，卻不曾受這位正統派詩人的注意，也不曾引起他的哀悼，他也許因了這藏書的主人是一位一神派的教士，對於這一批異教書籍的被毀，私衷或許感到一種寬慰的滿足呢。

　　斯特拉茲堡的壯麗的藏書樓，於一八七〇年為德國軍隊的炮火所焚毀。於是，隨同其他若干難再得的文獻，格登堡和他的合作者訴訟案的記錄文獻也從此永遠喪失了，而這文獻正是可以證明格登堡是否是印刷術發明人的唯一可靠的依據。那火焰從高牆之間冒出，咆哮得比一座通紅的熔鐵爐更大。戰神和死神的祭壇上，很少有人呈獻這樣一筆精緻的犧牲品的；因為在戰爭中的嘈雜中，在那吃人的大炮的怒吼中，有史第一次的印本《聖經》以及其他許多無價的古本，被燒得飛揚天空，它們的灰燼在灼熱的空氣中隨風飄蕩，飄到好多里以外，給驚異的居民第一次帶來了他們首都被毀的消息。

　　當俄佛爾的藏書，由威靈頓街著名的拍賣商沙斯拜·威鏗遜公司經手拍賣時，已經拍賣了三天之後，鄰近的房屋突然失慎，火災延及拍賣陳列室，於是陳列中的孤本《彭楊詩集》以及其他珍本書都立刻一掃而空。我被允許在第二天去參觀那災場，我借了梯子爬上去，匍匐進入那還有多少樓板殘留着的陳列室。那依然陳列在書架上的燒焦了的成列的書籍，真是一種可怕的景象：使人看來覺得奇怪的是，火焰燒去了書脊以後，似乎又繞到架後，再將矗立在架上的書籍的前邊加以攻擊，結果使得大部分剩下的都是一塊完整的橢圓形的白紙和清晰的字跡，而周圍則是一團糟的黑炭。這種殘餘物後來用很低的價錢一筆就賣去了，而那購買者，費了很久的整理、補綴和裝訂工作以後，大約獲得一千冊書籍，在第二年交給勃狄克・辛浦森公司去拍賣。

　　同樣的，藏在奧古斯丁托鉢僧派的荷蘭教堂的走廊上的那些古藏書，當一八六二年的火災焚毀了這教堂時，這些古籍也幾乎被毀，雖然倖免於難，可是已經損害得很慘。不久以前，我曾在那兒花費了幾小時的時間，搜尋英國十五世紀古籍，我將永遠忘記不掉我離開時的那滿身灰塵的情形。沒有任何人去照顧，這些書放在那兒，幾十年都沒有人去摸它 —— 潮濕的塵埃，堆在上面已經有半寸多厚，接着就來了火災，當屋頂烈焰飛騰的時候，滾熱的水流，就像洪水一樣從上面瀉下來。可怪的是，經過這樣的情形，它們居然還不曾完成一堆泥潭。一切過去之後，這全部的藏書，因了在立法上不能拆散分送，於是便長期永遠借給倫敦市政會。又焦又濕，這一堆火後燼餘物來到那大無畏的圖書館專家阿伐拉爾先生手裡。在一間租得來的頂樓裡，他將這些書籍像衣服一樣的掛在繩索上晾乾。於是一個星期又一個星期，這種斑駁的曲扭的書本，有時是沒有封面的,有時是僅有一張單頁,被小心的料理烘乾。洗滌、補綴、夾壓、裝訂,產生了奇跡,於是今天來到市政所藏書樓那吸引人的小廳時,見到那成列的書寫漂亮的書脊時,決不會想到在不久以前,本市的這一批最特殊的藏書,它們所處的狀態,使你覺得花五鎊錢去整批買下來也不值得。

五 水與書籍的災難

除了火之外,我們便要將兩種形態的水,流質的與蒸發的,列為書的最大的毀滅者了。整千整萬的卷帙,曾經實際上沉溺在海裡,連同照管它們的那些水手,不再為人所知道。狄斯拉里曾提起,一七〇〇年左右,有一位胡特先生,是荷蘭密特堡格的有錢的紳士,曾經化裝為中國官員,在中國縱橫旅行了二十年。每到一處,他便搜集書籍,後來,他的豐富的文藝寶藏終於裝船準備運往歐洲了,可是,這是他的祖國無可挽回的損失,這些東西從來不曾抵達它的目的地,因為這艘船在風暴中沉沒了。

一七八五年,著名的麥菲·比內里氏去世了,他的藏書是舉世聞名的。這是經過比內里氏家族累世搜羅而成的,包括大批的希臘、拉丁以及意大利著作,許多都是初版珍本,有美麗的描金裝飾,以及許多從十一世紀至十六世紀的手稿。全部藏書由遺囑執行人賣給了巴爾瑪爾的書籍商愛德華先生,他將這些書分裝了三大船,準備由威尼斯運往倫敦。在地中海為海盜所追,其中一艘被掠了,強盜怨恨船上不再有其他任何珍寶,便將所有的書都拋入海中。其餘兩艘幸而脫險，能夠安全的卸了它們的貨物，後來在一八八九年至九〇年，這些曾經瀕於毀滅的書，在康都特街的大拍賣室拍賣，賣了九千鎊以上。

這些強盜，比起莫罕默德二世起來，就值得原諒多了。他於十五世紀攻佔君士但丁堡之後，除將這聖城任由他部下放縱的兵士擄掠外，又下令將所有各教堂的藏書，以及君士但丁大帝的偉大藏書樓所藏的稿本十二萬卷，全部拋入海中。

在雨水的形式下，水時常要造成無可補救的損害。幸虧直接的水濕很少在藏書樓發生，但是如果不幸發生了，那損害就非常屬害，而且如果時日長久，紙張的質料抵不住這有害的侵襲，逐漸靡爛，終於一切纖維都消失了，紙張變成了一堆枯白的朽塊，一觸之下便碎成粉末。

目前英國的一些古藏書樓，很少再像三十年前那樣荒廢無人照料了。那時，我們許多學校和教堂藏書樓的情形，簡直令人心寒。我可以舉出許多例子，尤其其中之一，有一扇窗扉破裂了許久，始終無人過問，以至長春藤攀了進來，纏繞在一列書上，而這些書每一冊都是在價值幾百鎊以上的。到了雨天，雨水便像經過水管的引導一樣，從這些書的頂上，浸濕全部。

在另一處較少的藏書中，雨水從天窗直接漏到書架上，不斷的淋濕着書架頂層，這上面有卡克斯頓和其他英國古版書，其中的一冊，雖然爛濕了，後來獲得慈善委員會的許可仍賣得了二百鎊。

德國，這歐洲印刷術的誕生地，似乎也任隨這類損害發生而不加防止，如果下面發表在《學院》（一八七九年）這刊物上的這封信，內容可靠的話⋯⋯

在過去相當的期間內，瓦芬布台爾的藏書樓的情形，是最令人難堪的。建築物的不安全的程度，到了一部分牆壁和屋頂已經坍毀的程度，其中所藏的書籍和原稿，有許多已經暴露在潮濕和霉爛中。已經有呼籲書發出，要求不要為了經費缺乏的問題，任隨這寶貴的收藏歸於毀滅，又指出因了瓦芬布台爾目前已不是知識中心，應該將這收藏移到布魯斯魏克去。不該為了虛偽的感情問題，為了紀念這藏書樓的創立者萊辛，妨礙這計劃的實現。萊辛本人就會是第一個主張首先要顧及這藏書樓本身和它的功能的人。

瓦芬布台爾的藏書是名貴非凡的，我只希望這以上的報導是誇張的。如果只是為了缺乏一點小錢去修理屋頂而使這收藏受損，這將是這國家的永久的恥辱。德國有那麼多的真正愛書家，會釀成這類的一種罪行，幾乎是令人不肯置信的。（原注：此文作於一八七九年，後來已經另建了一座新建築。）

在水蒸氣形式的水，是書的大敵之一，那潮濕同時侵襲着書的外面和內面。在外面，它促成生長一種白黴或白菌，蔓生在書頁的邊緣，以及書脊裝訂的合縫處。這雖然很容易抹去，但是在那白黴發生的地方，會始終留下一塊顯明的痕跡。在顯微鏡觀察之下，你可以發現每一塊白斑都是一座雛形的森林，那些可愛的小樹，都長着美麗的白色樹葉，樹根都深入書皮，摧毀了它的纖維。

在書裡面，潮濕又能滋長那種醜惡的黃斑，這時常損壞了插圖和精印的書籍。這種黃斑，尤其喜歡侵襲十九世紀初葉印行的書籍，那時製紙商剛剛發現了破布漂白的方法，能製出潔白的紙張。這種紙張，因了漂白關係，它本身已經蘊藏着一些腐爛的種子，一旦暴露在潮濕之下，立刻就發生變化有了黃斑。狄布丁博士的有關目錄學的著作大部分都受到這樣的損害；雖然他的目錄並不正確，但是印刷插圖那麼美麗而且充滿了逸話和瑣聞，所以見到他的這些超越的作品充滿了黃斑，實在使人心酸。

在一座全然乾燥溫暖的藏書樓中，這些斑點也許不致繼續發展，但是許多公家的或私人的藏書樓，都不是每天有人應用，因此便時常受到一種誤解的損害，以為只要大氣保持乾燥，嚴霜和長期的酷寒對於藏書並無損害。而事實上卻是，藏書絕不應使其真正的長期受冷，因為一旦溶雪天氣來到，氣候轉成和暖，那種充滿潮濕的空氣，便會鑽入最隱僻的處所，侵入書與書，甚至書頁與書頁之間，而在它們寒冷面上留下潮濕。最好的預防方法，是該在嚴霜天氣下保持藏書樓氣候的溫暖。那種在嚴寒之後的突然加熱是無用的。

我們最壞的敵人有時會是我們真正的朋友，因此最好使藏書樓免於潮濕的方法，乃是使我們的敵人化為熱水，在樓板下裝設水管通達全樓。目前，從屋外燒熱這些水管的設備既如此簡而易舉，消費又相當低微，而它能直接排除潮濕的收穫又如此可靠，因此只要不十分困難可以辦成這件事，我以為總是值得辦的。

同時，任何取暖的設備，不宜越出有格壁爐之外，因為它所供給的流動的溫度，對於書有益，對於人也有益。煤火是有許多該反對的理由的。它既危險，又污穢又多灰塵。從另一方面說，一座石棉的火爐，它的火塊是排列得疏密適宜的，可以供給一座普通火爐所具有的溫暖，但是卻免除了它們所有的任何缺點，而對於一個不喜歡依賴僕人的人，可以深信即使自己擁書而睡如何沉熟，他的爐火也不致熄滅，一具石棉火爐實在是太有用了。

這也是一種錯誤的幻想，以為將裝幀最好的書放在有玻璃門的書櫥內，就可以獲得保障了。潮濕的空氣一定能透進去的，而櫥內沒有通氣的地方，恰恰幫助了黴菌的滋長，這些書所遭受的損害會比放在敞開的書架上更壞。即使為了書籍安全，也應該排除玻璃，以裝飾的鋼製網格來替代。正如那些古老的烹飪書籍的作者，在有些特別的食譜上加以個人親身實驗的證據那樣，我也要說，這方法是"業已試驗有效"（probatum est）。

六　塵埃與荒廢

書上有了塵埃便是荒廢的表示，而荒廢便是或多或少的緩慢的毀敗。

書頂上烙製適當的金邊，對於塵埃的損害是一個很大的防止設備，而任隨書邊毛亂不加防護，一定會產生斑點和污穢的邊緣。

在舊時，常很少人擁有私人藏書的時候，學院或公家的藏書樓對於學子的功用是很大的。那時的藏書樓管理員的職務決非清閒，而塵埃也很少有機會能在書上找到休息的地方。十九世紀以及動力印刷術促成了一個新的時代。漸漸的，無人照顧的古藏書樓落伍了，結果便墮入荒廢。不再有新書加入。而那些無用的舊書便棄置一旁，無人照料，無人光顧。我曾見過許多藏書樓，它們的大門一個星期又一個星期的關閉着；你在那裡面可以嗅到紙張霉爛的氣息，每拿動一冊書就不免要打噴嚏；其中有許多舊箱篋，充滿了古文獻，都被當作蠹魚的貯藏室，連一個秋季大掃除減低牠們繁殖的措置都沒有。有時，我指三十年以前的情形，這些古藏書樓被利用作最不堪的用途，如果我們的祖先能預知它們這樣的命運，真要驚震得不知所措。

我清晰的記得，許多年以前，一個明朗的秋天清晨，為了尋找科克斯頓的古版，我走進我們某著名大學的某一個富有的學院的內庭。周圍的建築物，在灰黯的色調和陰暗的角落下顯得十分可愛。它們都具有高貴的歷史，而它們飽學的子孫都是承受得起這種光榮傳統的承繼者。太陽溫暖的照着，大部分的室門都敞開着。有的傳出一陣板煙的氣息；有的傳出嗡嗡的談話聲；有的又傳出鋼琴的節奏。有一對高年級的學生在陰蔽處散步，手挽着手，身穿敝袍，頭戴破帽——這就要畢業的可驕傲的標幟。灰色的石牆上佈滿了長春藤，僅露着那刻有古拉丁銘文的日晷，記錄着太陽的影子。一面是教堂，這僅從它的窗戶的形式上才可以分辨出，似乎在監視這學府的德行，恰如它對面的膳堂，從裡面走出了一個白圍裙的廚師，正在留意它的世俗的興盛。當你踏着那平坦的石板路時，你便走過一些舒適的房間，窗上掛着絲織的窗簾，椅上蒙着椅套，銀製的餅乾箱和高腳的玻璃酒器調節着這艱苦的攻讀。你可以見到在金色的書架成桌上有金脊的書籍，而當你將目光從這奢華的室內轉注到修剪平坦的庭院草地時，那古典的噴泉上面也灑着太陽的金光，你的心目中便會感到這一切都分明表示是"奢華與淵博的結合"。

我心想，除了這地方不會再有別的地方了，古文學必然正受着非常的重視和愛護；因此，帶着那一種和周圍一切調和的愉快的氣氛，我詢問藏書管理人住在什麼地方。似乎沒有一個人能確知他的姓名是什麼，或是擔任這職銜的究竟是誰。他這職務，是又高貴又清閒的，似乎照例僅由低年級生去擔任。誰也不稀罕這職位，因此那辦公室的鑰匙和鎖的見面機會也就很少。終於我終獲得成功了，有禮貌的可是卻啞默的，為那藏書管理人所領導，走向他那塵埃和沉默的王國去。

舊時捐款人黯黑的畫像，從他們古老灰塵的畫框中，用朦朧的眼光驚異的注視着我們走過，顯然在詫異我們究竟預備做些什麼；霉爛的書味 —— 這種籠罩在某些藏書樓的特殊氣味 —— 充滿在空氣中，地板上滿是塵埃，使得陽光在我們經過時飛舞着塵屑；書架上也是灰塵，樓中的書案也堆滿了厚厚的灰塵，穹形長窗下的古老的皮面書桌，以及兩旁的圈椅，都是十分灰塵。經我詢問之下，我的引導者認為什麼地方曾經有過一本手抄的這藏書樓的目錄，不過，他又認為，從那上面不容易找出什麼書，而且目前更不知道從什麼地方去找這本目錄。這藏書樓，他說，現在的用處很少，因為研究員都自己有書，且又很少會需要十七世紀十八世紀的版本，而且這藏書樓很久就不曾添置新書了。

我們走下幾步，又進入一間藏書的內室，在那裡，地上正堆棄着整疊的大版古書。在一張古老的烏木桌下，有兩隻長長的雕花的橡木箱。我揭開一隻的箱蓋，上面有一件曾經是白色的法衣，鋪滿灰塵，下面是一堆小冊子——未曾裝訂的共和政治時代的四開小冊子——全然是書魚與霉爛的巢穴。一切都荒廢了。這間藏書室的外門，這時正敞開着，幾乎與院庭成了平行。外套、褲子、皮靴，都放在烏木桌上，這時正有一個校役站在門內刷着這些東西。如果是雨天，他便完全在藏書室內幹這件工作——他全然不知道自己這種行為的不妥，正如我的那位領導員一般。

所幸者，現在的情形已經改變了，現在的學院已經不再存有這類荒廢的笑話，讓我們希望，在尊崇古學的觀念又復興了的今天，不再有什麼學院的藏書樓有這同樣的慘狀。

不過，並非英國人獨有這類過錯，對於他們的版本寶藏有這種毫無憐惜的待遇。下文是自巴黎新出版的一冊有趣的書裡翻譯出來的（戴羅米著，《書的浪費》，一八七九年出版），表示即使在當前，在法蘭西的文藝活動中心，書籍在遭逢着怎樣的命運。

戴羅米先生說：

現在讓我們走進外省有些大城鎮的公共藏書樓看看。它們的內部都有一種可悲的模樣；塵埃和凌亂將那裡當作了家。它們都有一位管理員，可是他的待遇只不過是一個看門人，他僅每星期一次去看看委託他照顧的書籍情形；它們的情形都不好，成堆的堆疊在角落裡，因了沒有照應，不曾裝訂，正在霉爛中。就在目前，巴黎有不少公立圖書館每年要收到幾千冊書籍，可是因了不曾裝訂，在五十年左右便會消失不見；有許多珍本書，是無法再得第二本的，因了缺乏注意，都爛成碎片；這就是說，因了棄置不加裝訂，成了塵埃和蠹魚的犧牲，一觸手就要碎成粉碎。

所有的歷史都顯示這樣的荒廢並非僅屬於某一特殊時代或某一國家的。我自愛德蒙・魏爾兌的《法國書史》（一八五一年出版）中引述下列的故事：

詩人卜迦丘，在阿布里亞旅行的時候，渴望去觀光那有名的嘉辛修道院，尤其想看看它的藏書樓，因為他聞名已久了。他向一位容貌引起他注意的僧人問訊，極有禮貌的，請他帶去參觀藏書樓。"你自己去看罷"，那僧人說，粗魯的，指着一座古老的石階，已經因年代湮久而殘破了。卜迦丘因了對於當前的版本學上的盛筵的憧憬，極愉悅的趕快跨上那石級。他不久就走進了室內，並不見有鎖甚或門來保護這寶藏。試想他的驚愕情形，窗上生長的野草竟遮黑了室內，所有的書本和座位都積有一寸多厚的灰塵。在極度驚異之下，他拿起一本又一本的書。全是極古的手抄稿本，可是全都殘破得很可怕。有些整輯都給人粗暴的撕去了，有許多羊皮紙空白的邊緣也給人割了去。一句話糟踏得極為徹底。

因了眼見這麼多的偉人的智慧和著作，竟落在這樣不稱職的保管者的手裡，卜迦丘感到心酸，噙着眼淚走下石階。在僧僚內，他遇見另一個僧人，問起這些古稿本怎樣被糟蹋成這樣的？"哎"，他回答，"你該明白，我們不得不設法賺點小錢貼補我們的零用，因此我們只得將那些古稿本的空白邊緣截下，寫成許多小本經卷和祈禱書，賣給有些婦女和兒童"。

作為上述故事的附錄，伯明罕的替明斯先生告訴我，嘉辛修道院藏書樓的現狀，已經比卜迦丘的時代好得多了，那值得敬重的主持，非常寶貴他的這些名貴的古稿本，很高興捧出來給人看。

這大約是許多讀者很樂意知道的，目前在這僧院的一間廣廈中正有一所完備的印刷所，包括石印和排印，正在積極活動，那絕妙的但丁原稿已經重印出來了，其他影印本也正在進行中。

〈愛書狂的病徵〉 湯麥斯·弗洛奈爾·狄布丁

一八〇九年，湯麥斯·弗洛奈爾·狄布丁氏，曾在倫敦出版過一冊關於愛書狂的小書，以輕鬆幽默的筆調，談論這"毛病"的徵候和治療方法。這書目前已不易得，茲從威廉·塔爾格氏選輯的《愛書家的遊樂輪》中選譯若干節於下。

* * *

機智的佩格納氏，在他的《目錄學辭典》第一卷第五十一頁，曾將愛書狂詮釋為"一種佔有書籍的狂熱；欲從其中獲得教訓的程度，還不如玩賞它們滿足自己的眼福。染上這癖病的人，他們僅知道書的書名和出版年月，並且不是為它的內容而是為它的外表所吸引"。這定義，也許過於廣泛和含糊，對於這癖病的理解和預防恐不能有多大益處。是以，讓我們更確定更明白的將它來描摹一下吧。

這"毛病"常見的徵候有對於下列各項的狂熱：一，精印本；二，未裁本；三，插繪本；四，孤本；五，皮紙精印本；六，初版本；七，特殊版本；八，黑體字本。

我們且更詳細的將這些病徵描摹一下。

一、精印本，有一些書，除了尋常版本外，另有若干套或限定的部數，在油墨及印刷方面都特別精緻，開本較大，而且紙質較好。這種書的價值將隨它們的美觀程度以及是否稀覯而定。

在目前，愛書狂的這一病徵已經很普遍而且猛烈，而且還有蔓延更廣的趨勢。就是現代出版物也逃不脫它的可怕的影響；當書賈密勒先生告訴我，精印本的《瓦論地亞旅行記》的預約是如何的熱烈；伊文斯又向我揭露，他的新版《褒勒特的自身時代史》每一部都已脫手時，我真忍不住仰眼向天，高舉雙手，藉以哀憐愛書狂這一病徵的流行！

二、未裁本，愛書狂的一切病徵之中，這可說是最古怪的一種。這可以詮釋為一種狂熱，要求獲得邊緣從不曾為裝訂者的工具所裁剪過的書籍。我環顧我自己群書羅列的書架，我止不住感到這種錯亂的病徵已蔓延到我自己的門口；但是當我想到只是有一些有關版本學的著作，留下了書邊未裁剪，全然不過為了取悅於我的朋友們（因了一個人必須有時研究一下他們的趣味和胃口，正如研究自己的一般），我深信我自己的這徵候還不至產生什麼十分嚴重的後果。至於這種未裁過的書本，雖然有其不便利和殘缺之處（試想，一本未裁開過的字典！），而且一個有理性的人所要求者必然是一本裝訂完善的書，但是因了既有這一種要搜集它們的古怪狂熱存在，我敢說，如果有一部未裁的初版莎士比亞或是未裁的初版荷馬出現，一定能帶來一筆好收入！

三、插繪本，對於附有無數的版畫作插繪或裝飾，表現書中所提及的人物或環境的那種書的狂熱，乃是愛書狂的一種非常普遍和猛烈的病徵。這是在最近半世紀特別流行起來的。這病徵的起源或第一次的出現，有些人曾追溯到格朗吉爾的《英國傳記史》的出版；但是若是有人讀一下這本書的序言，他將發覺格朗吉爾曾經使他自己躲在艾費林、阿希摩爾及其他等等的權威蔭庇之下；對於發生搜集版畫這狂熱的產生，認為不應由他個人單獨負責。不過，格朗吉爾乃是第一位以第一篇論文的形式將這狂熱加以介紹的人，而且這論文的發表時間又顯然十分"不吉"——雖然這位作者本人可說並無"預謀"之罪。他的這部英國歷史似乎吹起了對於古版書的一種廣泛的搜索和屠殺的號角：許多可尊敬的哲學家和息影已久的英雄們，他們既已無驚無擾的安息在記錄他們嘉言懿行的那些豪華巨帙之中，立刻就被從他們安謐的寓所中拖曳出來，與那些紈綺的現代版畫並列一起，排在一部插繪本的格朗吉爾中！

瘋狂的程度不止於此。插繪成了一時的流行；莎士比亞和克拉郎頓成了它的第二攻擊目標。從這裡，它再斜出側擊其他的各方面，裝飾其他次要一些的東西；而這種狂熱，即愛書狂的這一病徵，尚繼續亢奮不衰。不過，如果公正的論斷，在一切病徵之中，這一種可說是為惡最少的一種。能擁有一輯製作精好的某有名人物的畫像，包括他的一生各個時代，從含苞的幼年以至恬澹的老年，確是堪以賞心悅目；但是如要搜集所有的畫像，不論其優劣好惡，便表示這病徵已經危險驚人，到了幾乎不可救藥的地步！

還有另一方式的插繪本，也是屬於愛書狂這一種病徵範圍的；它乃是從各種不同的作品中（用剪刀或是採用謄寫的方式），將有關這人物或這一課題的每一章每一節收集到一起。這是對於自己心愛作家的一種有趣的和有用的詮釋方式；這樣的作品，如果出於熟練精巧之手，是值得收藏到公共文庫中的。我對於用這方式詮釋的詩人蔡特頓集幾乎想予以嘲弄，直到我目睹了哈斯里烏德氏的一部，共有二十一卷，竟吸引我坐在椅子上不能起身了！

四、孤本，對於一本具有任何一種特點的書的愛好，如前述的兩種方式的插繪本，或是這本書在開本、美觀或其他情形方面有值得注意之點 —— 都是愛好孤本的顯示，這毫無疑問也是愛書狂最流行的病徵之一。是以讓我在這裡提醒每一個清醒謹慎的藏書家，切不要為 "稀覯罕見" 這類名詞所誘惑；這類名詞，用斜體字很仔細的注明在書賈的目錄中的，很容易令人不在意走入了歧途。

五、皮紙精印本，對於這樣精印本的欲望，也是愛書狂的一種很強烈而普遍的病徵；不過因了近代印本很少是這樣的，藏書家便不得不仰求於三百年以前，亞爾都德、費拉耳特以及瓊代伊等等所印刷出版的這種版本了。

雖然巴黎國立圖書館，以及在土魯斯的馬卡第伯爵藏書樓，據說收藏最多以羊皮紙精印的書籍，但是那些有眼福曾經見過英國皇家藏書樓，瑪波洛公爵、斯班塞伯爵、瓊斯先生，以及業已去世的克雷訖洛特先生（現藏大英博物院中）諸人所藏的這種書籍時，他們便無須一定要跋涉到歐洲大陸始能目驗它們那種異常的精美和富麗了。愛德華先生所藏的用羊皮紙印的初版《利未記》孤本（他一定能原諒這形容字），它本身就抵得上一座藏書樓，以及新近發現的烏爾德用羊皮紙印的《朱麗亞拉‧巴尼斯之書》的再版本，全書沒有絲毫缺點，已經可以確實表示在我們的祖父時代，這種愛書狂的病徵已經流行；因此這就未必如有些人所斷定，這是最近半世紀始出現的事了。

六、初版本，從安賽隆到亞斯寇的時代，就已經顯示出有一種極強烈的欲望，要購求一本書的原版或初版，因為原版和初版大都是由作者親自監督印刷和校正的；並且，恰如版畫的初印本一般，也被認為更有價值。任何人凡是具有搜集這種版本的狂熱者，毫無問題可說是具有愛書狂的這種病徵：但是這種病症並不是不可醫治的，並且也不值得給予嚴厲的處理和非難。所有的版本學家都看重這種版本的重要，為了它們可以同以後的版本對勘，並且時常可以查核出後來的編輯者所顯示的疏忽。初版本的莎士比亞曾被人認為那麼重要，於是一部影印的複製本的出版居然獲得了成功。關於希臘拉丁古典作品方面，一部初版本的獲得，對於那些要出版定本古典作品的編輯家乃是第一重要的事。我相信，韋克費特氏曾始終認為是一件憾事，他不曾及早見到魯克利地奧斯的初版本。當他着手編輯時，這部初版本還不曾收入斯班賽伯爵的藏書樓中——這一座一切精美稀覯的古典文藝作品的寶庫！

不過，不應忘記的是，如果初版本在有些方面非常重要，但是有許多時候都是多餘的，對於一位藏書家的書架乃是一種累贅；因為由於後繼編輯家的努力，已經糾正他們的錯誤，並且由於所增加的資料，使得它們已失掉再予以參考的必要。

七、特殊版本，有時，某一部書的若干本，因了其中的錯誤，被剔除放在一邊。雖然這些錯誤並無任何足供推薦的意義或美麗（其實都是缺點而已！），但是這樣的一種版本卻為某一些藏書家所熱烈的搜尋着！這種特殊的追求也許可以列為另一種病徵，愛書狂的病徵之七。

　　八、黑體字本，愛書狂的一切病徵之中，這一病徵在目前乃是最有力最流行的一種。是否由舍爾荷姆氏的好事（他是一位關於珍本和古本書的著名作家），這病徵始由荷蘭傳入英國，實值得精密的考慮。不過，無論它的來源如何，有一件事已是確定的，即黑體字的印本，目前正以前一世紀的藏書家所未曾有過的熱忱被人搜求着。如果威斯特、拉克里夫・法瑪爾與勃朗等人的精靈，從那"從無旅行者回來過的地方"能夠彼此相互交談，前三人對於後一位所說的他的藏書之中的某一些書的價值，將要感到怎樣的吃驚！

　　但是愛書狂的這種特徵，並非不能醫治，而且也並非完全沒有好處的。在適當的變換之下，它對於推動英國文學，已經履行了若干重要的服務。它激起了對於法瑪爾和斯蒂芬斯的研究，並且能夠使得他們在所鍾愛的莎士比亞額上纏了許多美麗的花枝。

　　總之，雖是愛書狂的一種很強烈和普遍的病徵，但是如果小心謹慎處理，還不致產生有害的結果。不過，如果以不擇好惡的貪婪的胃口，吞食任何以黑體字印刷的東西，那就使得患者縱不致死亡，也要染上了無可救藥的病徵！

〈有名的藏書家〉

歐文‧布洛溫

　　〈有名的藏書家〉是一篇短文，原作者歐文‧布洛溫的身世不詳，茲從威廉‧塔爾格所選輯的《愛書家的遊樂輪》中譯出。布洛溫在這裡所說的有名藏書家，並非以藏書著名的藏書家，而是那些具有藏書癖的名人，從希臘羅馬的皇帝、哲人、作家，以至貴婦人。

$$* \quad * \quad *$$

　　搜集書籍的狂熱並非一種近代的病徵，而是可能自有書籍可聚以來即已存在的，並且曾經傳染了歷史上許多最智慧最有權勢的人物。希臘詩人歐立比地曾經被亞理斯多芬在《群娃》中嘲笑他的藏書癖。羅馬帝王之中，戈爾地安，這位在第三世紀興起的人物（也許非未興起吧，因為他即位三十六天之後就被殺了），吉本氏曾說道，"二十二名姬妾與六萬卷的藏書，顯示了他的癖好的多方面"。這種好內癖與文藝趣味的結合，似乎又寄託在稍後時期的另一位帝王身上 —— 亨利第八 —— 他在三年之間，為了購置珠寶花費了一萬零八百鎊，可是在同一時期購買書籍和裝訂費用卻僅有一百鎊，這兩筆支出相差如此的原因，據解釋，乃是由於他的藏書樓的收藏大都拜掠奪僧院之賜。亨利曾經用羊皮紙將他反對路德的著作印了幾部。

羅馬的西賽祿，在他的吐斯寇倫別墅中擁有一座優秀的藏書樓，尤其富於希臘著作，曾經這麼描摹他的心愛收藏道："增加青年智慧的書，取悅老年的書，裝飾興旺，在苦難不幸之中蔭庇安慰我們的書，將享受帶到家中，出外又與我們作伴的書，同我們消磨夜晚，同我們旅行，又同我們一起到鄉下的書。"

詩人佩特拉克，他搜集書籍，不僅為了滿足自己的愛好，而是心想成為威尼斯的一座永遠圖書館創立人，將他的藏書捐給了聖瑪可教堂，可是大部分因了保存疏忽損失了，僅有一小部分倖存。

《十日談》的作者卜迦丘，預料到自己的早死，曾將他的藏書託付給他親愛的友人比特拉克，要他依據自己的條件，保障藏書的完整，這詩人曾允應如果他比卜迦丘後死，他一定照顧這收藏；但是卜迦丘卻比比特拉克更長命，於是他便將他的藏書遺命捐給佛羅倫斯的奧古斯丁教派僧院，這些藏書的一部分至今仍可以給遊客在勞倫地里藏書樓見到。根據卜迦丘自己對於他的藏書的敘述，我們必須相信他的藏書對於僧院的藏書樓必定非常不適合，而好心的僧人也許早已將它們大部分付之裁判異教徒的火刑，恰如《堂吉訶德》中那些遊俠的故事集所遭遇的一般。也許這些玩世的小說家蓄意將他的贈予當作一種暗中的諷刺。

舊日曾經容納散文家蒙田藏書的那間房間的牆壁，至今仍展覽給巡禮者的，木樑和橡柱上由這位怪癖的可愛的小品文家用烙鐵烙滿了銘句。

《撒克遜劫後英雄傳》的著者施谷德，以整套精緻的胄甲裝飾他華麗的藏書樓，又充盈以妖怪學與巫術著作。酷愛諷刺的《格里佛遊記》的著者史惠夫特，則有詮注他的書籍的習慣，喜歡在扉頁寫下他對於著者評價的概略的意見，無論他所有的是一些什麼書，他似乎沒有莎士比亞，在史惠夫特十九卷的著作中也找不出任何提及他的地方。

軍人對於書籍似乎總有一種熱情。且不說凱撒大帝的文學修詞趣味，那位"古今第一人"的菲特烈大帝，在桑蘇訖、波茨坦、柏林，都有藏書樓，他將藏書按照類別排列，不論開本大小。過厚的書，他拆開來分訂成數冊，以便翻閱便利，他特別鍾愛的法國作家作品，有時要依據他的口味重印成細字本。

法國的孔地將軍從他父親手上承襲得一座有價值的藏書樓，他非常愛惜並加以擴充。英國的馬爾巴羅將軍有二十五部羊皮紙精印的書，都是一四九六年以前的珍本。

驍勇善戰的拿破倫麾下大將軍朱諾將軍，有一批羊皮紙本的藏書，在倫敦賣了一千四百鎊。而他的偉大的主子，雖然一面忙着要征服歐洲，一面不僅未忘記從他自己的永久藏書，以及出征時隨時攜帶的書籍之中獲得慰藉。他更計劃，並且業已開始實行印行一套行軍用的叢書，都是十二開小本，廢除書邊空白，極薄的封面，一共要有三千冊左右，他計劃僱用一百二十名排字工人，二十五名編輯，以六年時間完成，費用大約要十六萬三千鎊。聖海倫拉島的放逐摧毀了這計劃。說來真古怪，拿破倫竭力詆毀伏爾德，恰如菲特烈大帝那麼誠心崇拜他一般，但是卻使費爾丁和拉·薩基儕於他的旅行伴侶之列。而他的愛書癖，卻可以從他給他藏書管理人的指示上看得出：

> 我要精緻的版本和美麗的裝訂，我的財富已經足夠應付這要求。

唯一使得人們對於他的文學趣味的正確性予以信賴的事，乃是他對於愛爾蘭三世紀古傳說詩人奧塞安的愛好。

朱理安·凱撒也選集了一套四十四冊袖珍本的旅途藏書，收藏在一隻皮面的橡木小箱內，十六寸長，十一寸闊，三寸高。各書用白犢皮裝訂，包括拉丁文和希臘文的歷史、哲學、神學著作和詩歌。這批藏書的收藏者是英國的朱理安·凱撒爵士，現在這一批精緻無兩的收藏已在倫敦大英博物院中。各書都是印於一五九一年至一六一六年之間的。

十八世紀英國桂冠詩人薩克搜集了一萬四千冊藏書，誠如他自己所說，這是直到他那時為止，任何一個以筆耕為生的人所能搜集的最有價值的一批藏書。

時間限制我不能談論伊拉斯默斯、特·梭·格洛地奧斯、歌德，以及鮑特萊；還有漢斯·史羅姆，他的五萬卷的私人藏書乃是大英博物院藏書的起點，還有科而羅密歐主教，以四萬卷藏書成立了米蘭的安勃羅西藏書樓，以及其他許多夠得上稱為愛書狂的有名人物。

我們也不可忘記理查·威丁頓爵士，他是以奸詐著名的，曾捐贈四百鎊成立倫敦基督醫院的圖書館。還有女性，不論是好女人和壞女人；傑出的可以舉出格雷夫人、密地希的凱賽琳，以及狄愛娜·特·波愛地爾。

現在剩下來要談的該是那位偉大的鴉片煙癮君子了（譯者按，此指《一個英國鴉片吸食者的自白》著者，即下文所說的英國十八世紀散文家湯瑪斯・特・昆西），他簡直是一種文藝上的偷食鬼，以借了書從不歸還著名，因此他的藏書乃是全部強迫朋友捐贈而構成的——是的，因為有誰膽敢拒絕不借一本書給湯瑪斯・特・昆西呢？但是這位偉大的湯瑪斯對於書的使用卻是非常疏忽不經心；約翰・褒頓氏，在他的《獵書家》一書中，曾經告訴我們，"他有一次曾經將一本原稿寫在一部狹長的八開本 Somniun Scipionis 邊緣上，因了他根本不曾將書上的文字塗去，以至排字工人弄得莫名其妙，結果他將書上本來印就的拉丁文與他手寫的英文混合起來排成了一篇糊塗賬"。

　　一點不開玩笑，我認為文雅的伊利亞（譯者按，此指英國著名的小品文家查理斯・蘭勃）應該歸入他一類，因為他曾經說："讀來最稱心滿意的該是自己的書，這種在我們手中業已年深日久的書，我們已經清晰書中的斑點和摺角，能夠追溯其中污跡的由來，以便在喝茶時同了牛油鬆餅一同讀，或是對了一袋煙來讀，而這我則認為該是最大的限度了。"

　　不過，對於查理斯・蘭勃，有相當的疏懶可以原諒，因為根據萊・亨脫所說，他有一次曾經拿起一部古老的大段《荷馬》來接吻，當人們問起他怎樣能夠分別這一本書與那一本書時，因了沒有一本是有標誌的，他回答道："牧人又怎樣能夠分辨他的羊群呢？"

　　荒淫的亨利第八與剛愎的朱諾將軍對於書籍所表示的愛好，並未必勝過那位貪口腹的和奢侈的羅馬將軍盧庫盧斯，對於這人，使我們想起另一位將軍彭佩，當他在病中被醫生吩咐他吃一隻鶇鳥作午餐，他從僕人口中知道夏季無處可以獲得鶇，除了從盧庫盧斯的肥美禽欄時，他便拒絕因了一頓午餐而領別人的情，曾經表示道："那麼如果盧庫盧斯不是一個口腹家，彭佩也就活不了。"

關於他，信實的傳記家波盧塔克曾說道：

> 無論如何，他對於供給一座藏書樓，是值得稱讚和記錄的，因為他搜集了許多精選的手抄本，而對於它們運用之美妙，更甚於他的購買，因為這藏書樓常年是開放的，它的閱覽室和甬道對於一切的希臘人都是出入自由的，他們最高興的事，就是拋下他們的工作，趕快來到這裡，好似來到文學女神的宮殿一般。

關於哲人蘇格拉底搜集書籍的事，並無記錄 —— 他的太太也許反對這事 —— 但是我們卻從他的口中知道他愛好書籍。他並不喜歡鄉村，而唯一能吸引他到那裡去的東西乃是一本書。他曾經向費艾特魯斯承認這事說：

> 非常真確的，我的好朋友，我希望當你知道這原因以後，你可以原諒我，因為我是一個知識愛好者，而住在城中的人都是我的先生，並非那些鄉間的樹木。不過我確實相信你可以尋找一種方法，勾引我從城中來到鄉下，好似用一根樹枝或是一串水果引誘一匹餓牛一般。因為你只要用同樣方法拿一本書放在我的眼前，你就可以牽了我走遍整個亞地加，甚至走遍全世界。而一旦到了之後，我就希望能夠躺下來，並且選擇一個最適宜看書的姿勢。

〈書的護持和糟踏〉

赫利・亞爾地斯

　　這是赫利・亞爾地斯的《印本書》(*The Printed Book*)最後一章，也就是全書的第十章。這本小書本是劍橋大學出版的科學與文學小冊子之一，初版出版於一九一六年，篇幅雖少，但因為作者敘述得簡潔扼要，三十餘年來始終為讀書人所愛讀，因為他是為內行人寫的，同時也是為外行人寫的。前年又由約翰・卡德與克魯訖萊二人就原書略加增訂，刪除陳舊過時的部分，增入若干新資料，使亞爾地斯的原作又注入了新生命。我的譯文所據的底本，就是一九四七年出版的增訂本。

＊　＊　＊

　　書籍可能招致的毀滅的危機，最可怕的無過於火，無論是暴力的，如一八七〇年史特拉斯堡藏書樓的遭遇，以及一九一四年魯文大學藏書樓的遭遇，或是破壞力並不減輕的偶然意外的火災。後者可舉的例子很多，從一六六六年倫敦大火災的大規模焚毀書籍，一七三一年科頓手抄本的無可補償的被毀，以至一九〇四年吐林藏書樓部分的損失，以及一九一一年亞爾巴萊的紐約州立圖書館的被焚。但是書籍這東西，乃是火神不容易掃蕩乾淨的一種物質。教會和官廳方面，當他們以公開的篝火來銷毀異教徒的著作時，就已經明白了這事，於是恰如約翰·赫爾·褻頓氏所說，"到後來，他們發覺焚燒異教徒自身比焚燒他們的書籍來得更容易更省錢了"。不過，火所不曾完成的摧毀工作，往往可以由它的攣生敵人——水來完成，因為這已經並非一件未經驗過的事，當書籍發生火災時，救火的水所造成的損害往往比火的本身更巨。

水，當它以更稀薄的狡獪的潮濕形式來出現時，對於書的損害可能變成一種更有效的傢伙。以巧妙的方式，潮濕能遲早將一本書腐爛至那種地步，它可以破碎得化成粉末；黴菌的損壞程度雖然輕一點，但也可以毀壞封面裝訂，使得書頁發生不可救藥的斑點；而輕微的潮濕，便已經足夠扶助蠹魚的摧殘。

這些害蟲，牠們的痕跡比牠們本身更容易為人發現，平時不常見到，除非在那些遭受潮濕空氣以及不常翻動的書中。牠們乃是一種屬於 anobium 類的小甲蟲的幼蛹，形狀如白色的蛆蟲，長約一英寸的十五六分之一，棕黑色的頭。在牠們悄無聲息的行程中，有一些在一本書中向四方八面鑽了許多洞，有些則將牠們的活動限定在書封面的木版上，將它們咬成粉碎。牠們對於紙張顯示有一種鑒別的能力，因為牠們的注意點大都集中在十五、十六世紀的古本上；牠們很少使牠們的消化力忍受冒險，去攻擊那些現代稱之為"紙"的東西。當牠們的存在一旦被發覺之後，可以先將書打開隨意翻動書頁，將躲在甬洞中的牠們加以擾亂，藉以滅殺牠們的活動。然後將這本書用石腦油或福馬林來塗抹，再放在小箱中封閉數日，然後始取出來吹乾，放回書架。

當一本書的封面裝訂受了潮濕，發生微斑時，它們應該用柔軟的毛刷仔細的加以揩擦 —— 更不應忘記將書打開，揩拭書面的外面，裡面和邊緣 —— 並且放在通風地方，徹底的經過風吹之後，然後始放回原處。書架也應該用石炭酸或其他消毒殺菌劑加以清理。空氣流通乃是最好的防止潮濕辦法，為了便利空氣有充分的地位可以流動，書架每層木板的裡邊和書架後背最好應該留有半寸的空位。至於書架本身，因了尖銳的角度最容易損壞書的邊底，而木板的那些稜角 —— 這些銳利平削的邊端正是每一個木匠自負的手藝 —— 應該在前方毫不容情地將其刨圓。至於書架用對開玻璃門的問題，這一來要看個人的趣味，但重要的還是看環境如何。

在鄉間，可以用到玻璃門的地方實在很少，如果它們是左右拉動的，它們時常會夾住；如果它們是向外打開的，它們將是一件長期的煩惱，即使不是一件實際的危險。在城市中，灰塵既重，煤煙又多，也許可以說，如果為了流通空氣和便利，便任其長期暴露在不斷的灰塵以及因了每日拂拭而不可避免的損傷之下，那未免代價太大了。更有，書籍放在架上不宜擠得過緊，以免不易取出而損傷了它的裝訂；但是也不宜放得過鬆，使其張開來，任令灰塵落到書頁之間。

對於書的護持的另一些敵人，其一乃是煤氣，最容易看出的乃是書架近天花板的一層，時間久了，能使得皮面的裝訂化為灰塵；其次是熱水管，它奪取了空氣中的自然滋潤成分；還有強烈的日光，它不僅使得書面乾燥，同時也蹂躪了它的色彩。最後，還有春季大掃除，為害也不少，他們有意將書用力的拍打，使得書脊破裂，書面分家，以便那懂事的灰塵能自動的向敞開的窗口飛出去（他們確是這麼相信）；而他們事後還向愛書家保證，這些書業已放回原處，"絲毫無損"。

一本時常用的皮裝書籍的皮面，較之空閒的放在架上者更能保持它們的優美。這是由於空氣流通，時常撫弄，以及撫弄時給予的薄薄一層油潤。如果皮面任其枯乾，它就要喪失了它的韌力，變得脆弱，很容易破裂，尤其在接口處，皮面便要剝落了。如要使得皮面保持良好狀態，它們應該偶爾用油加以塗抹。

為了這目的最好的混合物，乃是兩成蓖麻子油與一成石腦蠟或石腦油膏。馬鞍肥皂、羊毛脂、凡士林，以及一般擦傢具用的油膏，都可以做這用途。前三者用來都相當令人滿意，惟是後者的刺鼻臭味，使人想到其中必有若干不妥的原料，最好加以避免。

從架上拿一本書，最不宜用食指捺住書頂這麼提出來，因為由於一再反覆地這樣舉動，頂端的束帶便要破了，書卷的上半部便被撕開，這東西不久就鬆開，落下來，終於不見了。在從前的時候，當書的外口向外放置時，它們的遭遇也不見得好；書扣和絲帶，當要抽出一本書時，它們往往成為最順手的籤條，結果有許多書都失去了這種事實上是累贅的附屬物。比較好的方法，是用食指緊緊的捺住書上口近一寸的地方，然後推向前去，以便能夠用大拇指和其餘的手指將書取出來。或者，在這本書的左右兩本書之間，用大拇指和其他手指用力插進去，以便不觸及書頂就可以將一本書取出來。

　　由於機械廣泛的運用，切書刀雖然早已成為裝訂的普通工具，但是有些出版家仍喜歡保持不切書邊的癖好。對於那些被注定要糾正這遺漏的讀者們（時常並非減少，而是要多花額外的代價買這樣的書），最值得推薦的工具是一柄象牙刀；並且似乎必須在這裡說明，手指或是髮針都不是適宜的替代工具。在動手裁書時，刀應該向下用力，而不宜向前推去，否則書邊便要裁得很粗糙；並且，未裁之前，先將刀在頭髮上略加拂拭二三次，使其略受油潤，則使用起來一定更加平滑。裁開書上面的書頁時，應該特別注意一直要裁到書脊；留下四分之一寸未裁，然後當書攤開時便被撕破，這真是一種太常見的現象。

　　另有一點，實應該較尋常給予更大的注意者，乃是關於翻開一本新書的方法。如果要一本書能夠很舒適地打開，書頁可以自由的翻動，書脊部分，當一本書合起時是圓形的，打開時便應該保持一種凹圓形。不過，新書的書脊是用膠水膠硬的，如果將任何一部分用力的揭開，書頁又被大拇指和手指捏緊，書脊的這一部分便可能會裂開，形成一個難看的角度，還有，因了書脊事後不再能恢復它那本來的柔順自然的半圓形，這本書便會老是容易在這一部分翻開。為了避免這個，一本新書在未讀之前，應該小心的前後翻開一遍。最好的方法是從前後兩端輪流向中心翻來，每一次從印書時每一段的頁數中部翻起。這位置很容易從將每一個號碼或標誌（這在印書時每一段第一頁的下角）的頁數數一半獲得，或更簡單的從書角的訂口一望便知。舉例說，如果是一部通常的八開本書，這位置必然在第八面、第二十四面、第四十面等等。

書外的包書紙，這很容易玷污和破爛的，應該即刻除去。這是為了書籍未達到讀者手中之前，將它加以保護，以及為了供書店櫥窗中陳列之用的；將這東西加以保存，不過是貪多的圖書館員，以及搜集現代初版本的藏書家的好事行為而已。

一本書，經過仔細的裁開，適當的翻開，再除去它的臨時外衣之後，還有一些應該注意的事。在讀的時候，不應過於貼近火，否則封面就會弓起；為了同一原因，也不應放置在太陽下。此外，還有讀書時用各種的方法在書頁上作記號的問題。有人任它打開俯覆在桌上 —— 這是最常見的疏忽 —— 或將書頁摺起一角，或是，如某一位小學生的方法，每翻過一頁就在書角上用手指劃一條痕跡。有些人甚至讀完一頁之後，就順手撕下來拋出窗外。其實，一張小紙片，乃是這一切野蠻行為的最簡單最不花錢的替代物。

〈不能忘記的損失 —— 一些原稿遺失的故事〉

克里浦・鮑台爾

　　失去一部書的原稿，有些像失去一個孩子一般。這種損失似乎是無可補償的。為了構成一個意念，使它成型可以傳之後代，有時要花費幾個月，甚至幾年的細心工作。然後打擊來了 —— 有時由於意外，有時由於疏忽，或者全然屬於惡運 —— 那原稿被毀了，於是全部創造工作必須再開始一次。幾乎每個人都聽見過托馬斯・卡萊爾的《法國革命史》第一卷的悲劇的命運。但是卡萊爾忍受了這打擊，站身起來，再寫一遍，並且由此獲得名譽與成功。而且《法國革命史》並非是初稿遺失之後重新再寫一遍的唯一的一本名著。

　　為了明白起見，我們不妨再回顧一次這熟知的意外事件。卡萊爾寫完第一卷之後（據湯森・斯寇德所寫的這位史學家太太的傳記《絳妮・威爾布・卡萊爾》），就將它送給約翰・司徒・米爾去校閱，希望他能指出修辭上的小疵。

　　那是一八三五年三月六日下午的喝茶時分，米爾突然到訖利街五號去拜訪卡萊爾，向他揭露了心痛的消息：米爾家中的一個僕人將這本原稿當作是一堆廢紙，將它用來生火，僅剩下了一兩頁。

"這真是一件從來不曾有過的事情"，米爾呻吟着。

"有過的"，卡萊爾回答道，"牛頓和他的愛犬金剛鑽"。

卡萊爾並沒有記札記，但是他毫不停留的就去着手他這時正擬從事的第二卷的第一章，不久再回頭來補寫前面的材料。他寫得很困苦，但是他發誓說，雖然有這樣的挫折，這書將不失是一本好書 —— 果然如此。

卡萊爾所提起的伊撒克·牛頓爵士的事，是關於另一件有名的但是也許是傳聞的損失。據一般傳說，牛頓爵士將他暮年生活紀錄的原稿，放在桌上的蠟燭台旁邊。他的愛犬金剛鑽，在桌旁跳躍嬉戲，一不小心將燭台打翻，將原稿燒了起來。達觀的牛頓爵士，對之只是搖頭歎息。

"唉，金剛鑽，金剛鑽"，他向牠說："你真不明白你闖了怎樣的禍！"

歷史並未記敘是否有人設法滅火，或是牛頓又再寫一次的話。

著名的戲劇家莫里哀，在一次類似的情況下，曾使自己怒不可遏。他翻譯路克里地奧斯的作品已近完成，他的一個僕人卻擅自將一部分的原稿用作莫里哀假髮的捲紙。在一怒之下，這位戲劇家竟將剩下的原稿全部拋入火中。

也許，一切的哲學家到了年老之後都變得有點馬虎，或者他們對於家庭管理天生是一個可憐的判斷者。卡萊爾與牛頓事件，可說正是哲學家阜明·亞保濟特，現在已被人遺忘的牛頓的友人和同時代者，所遭遇的事情的重演。

用當時流行的語言來說，"一個頭腦簡單的鄉下的女僕"，心想"將他的東西收拾一番"，將他書桌上的全部紙張都拋入火中。這包括着他四十年辛苦工作的成果。但是亞保濟特先生卻冷靜的又從頭去做。

當你想到史惠夫特的雄辯的《浴桶的故事》，於一七〇四年出版後所引起的騷動，你也許忍不住要驚異這位作者曾經使他的原稿經過怎樣的危險。嚴酷的史惠夫特，對於早年所出版的一切諷刺作品，從不使自己直接和書商 —— 出版家辦交涉。對於《浴桶的故事》，他為了要竭力保持自己的匿名，竟從一輛行動的馬車中將這原稿拋到書商的門口，甚至不及等待察看是否為他所期待的人拾起。

史惠夫特決意與命運試行賭博，緊緊的靠在他的馬車發霉的座墊上，但是那危機並不如初時預料那樣的大。如果原稿真的遺失了，由於他對於當代的迷信和狀況所感到的那種無盡的憤慨的刺激，他會毫無問題的加以重寫。他的這種衝動，正是那種為了要說話，並且不惜克服任何困難務使自己的意見傳達給讀者的那種作家的特點。

那是在一八三六年，恰在卡萊爾損失原稿之後的一年，理查·亨利·達拉完成他繞道和倫角到加利福尼亞州的歷史的旅程之後，回到波士頓上岸了。用他兒子在較後的某一版的《桅前二年記》的序文中的話來說：

> 在海程中，他幾乎每天用他的懷中記錄冊作記錄，然後在閒暇時再詳細的去寫。這份他的旅程的完備的記敘，連同他的一箱衣物紀念品以及為家人朋友所準備的禮物，由於在碼頭上為他管理物件的一位親戚的疏忽，竟遺失了。

這一份原稿如果仍在人間，有一天被尋到，那將是一件大發現。今日已成名著的《桅前二年記》的文章，乃是達拉回到哈佛法學院以後根據他的筆記重寫的。很幸運，他不曾將他的筆記交給那位不知名的旅伴去照管。但是幾乎已經要費去四年的時間，使得達拉重寫一遍，並由威廉‧寇爾倫‧布萊恩特將這海洋生活的寫實名著整理出版，這部影響着百年以來一切目睹報導的著作。

這種幾百萬的損失了的文字的蹤跡，現在又將我們領到舊金山，那著名的鮑德溫旅館和劇場，由那"幸運的"鮑德溫所建築的，這位賭徒和計劃家 ——"這個唯一的從未有過的在賭博中翻一張牌就贏了二十萬元的人"。

威廉‧吉列地氏，演員和編劇家，於一八九八年十一月二十三日正住在鮑德溫旅館。隨了"秘密情報"作巡迴公演，他曾經集中下台後的每一分鐘的餘暇從事柯南道爾的《福爾摩斯探案》的改編，這時已經完成了。

我們不難想像，這位演員將他的原稿最後一頁作了最後的修正後，看一看鐘點，算定在上戲院之前，還勉強有時間可以匆匆吃一頓飯。於是將完成的原稿放在他的跑江湖的衣箱的頂上。他拿起帽子，走下樓，穿過華麗的客廳就向街上走去了。

吃完飯之後，吉列地走出餐館，轉身走回旅館去。天上有一派紅光，人們都從他身旁跑過。再走過幾間屋，全部悲劇就突然迸現在他眼前。鮑德溫旅館已在烈焰中。火勢已不可收拾，後來一連續燒了好多天。

但是威廉‧吉列地從一開始就下了決心，於是一年之後，他開始第一次扮演歇洛克·福爾摩斯的角色，並且由此成名，他繼續演這角色幾乎一直演至一九三七年去世。這份重寫的原稿現在是紐約某珍本書商的珍藏。那上面每一筆紅墨水的修改，每一個墨團、每一處給舞台監督的圖解，都是他從打擊之下全然恢復的無言的佐證。而且重寫的也許是一個更好的劇本。

至於波士·塔鏗頓，則由於命運的離奇的曲折，得了一次比威廉·吉列地較佳的運道。巴頓·寇萊，當時的《婦女家庭》雜誌編者，到印地安納波里城來拜訪他，向他取一篇特約寫的短篇小說原稿。

寇萊先生將小說稿放入他簇新的小英國豬皮旅行夾中，這裡面已經有好幾篇他準備攜回費拉得爾菲亞的原稿。塔鏗頓先生準備給他送行，當他們赴車站的途中，他們在大學俱樂部停下來。那天正是一個嚴寒的天氣，塔鏗頓的黑人汽車伕也下車走進俱樂部的邊門去取暖。

五分鐘之後，他走出道房，竟發覺汽車和車中的一切已經被人偷走。巴頓·寇萊只好放棄旅行夾趕上火車，夾裡還有睡衣和其他的私人物件。我們還是讓波士·塔鏗頓自己來敘述這故事的下文罷：

"警署被通知了"，塔鏗頓先生說，"第二天的報紙上並刊了一條懸賞廣告，汽車也發現了 —— 被拋棄在城外 —— 在我們的早餐時候。當警察以及發現汽車者攜同車輛來到之前，有一個大膽的青年人，借了一個工人的鋁質餐盒，走來向我們說，他就是發現汽車的人，領了賞格很快的就走開了。後來我們知道他是前一天才從潘德頓的懲治監獄裡釋放出來的。但是拿了我們很高興付給他的這筆錢，他就啟程到無人知道的地方去了。

當警察攜同汽車以及它的發現者來到以後，我們只好又付一筆賞格；但是寇萊先生的豬皮夾以及其中的原稿卻永不曾尋獲——除了一篇。這一篇就是我的小說。那竊賊顯然曾將皮夾的內容檢視一遍，決定將它和其中的所有物保存下來，除了其中的一篇，他將它拋在車廂裡；他的口味多麼不高妙呀"。

但是，如果塔鏗頓是幸運的，勞倫斯上校就不是了。《智慧的七柱》的初稿，就被作者自己於一九一九年聖誕節時在利丁車站換車中遺失了，並且永遠不曾再尋到。

這部偉大著作的各種不同版本的書志學，恐怕比我們這時代的任何一本書都更複雜。但是雖不必去作詳細的敘述，我們不妨將後來構成《智慧的七柱》的主要故事的成長經過總括一下。

全書的原來十卷稿本，除了序文以及第九卷、第十卷的草稿之外，全都在車站遺失了。一兩個月之後，勞倫斯向人表示，他已經開始憑着記憶將初稿記出二十五萬字左右了。在三個月不到的時間內，他又完成了一部十卷四十萬言的原稿。"當然"，他說，"文章是很草率的"。他將這底稿時寫時輟，直到一九二一年，這時他又着手起草第三次的底稿，寫到一九二二年二月間完成。到了這時，他便將第二次的底稿全部焚去，僅留下一頁。

第三次的底稿，就是後來據以印成第一次非公開本的所謂牛津版本，這個後來又再加修改成為以後其他的版本。最初的原稿的遺失，在當時似乎曾經使勞倫斯很難過，但是當第三次重寫之後，由他親自將第二次稿加以銷毀，可以顯示這是在文學史上很少見的一種追求完善的舉動。

正如勞倫斯自己所說，"文學上的初學者，總喜歡將他們所擬描寫的東西的輪廓用一些形容詞隨意亂湊；但是到了一九二四年，我已經學習了寫作上的第一課，已經時常能夠將一九二一年所寫的兩句三句拼成一句"。

當然，在他的散文中，勞倫斯仍保持他的詩人氣質 —— 每一個音韻都不肯放鬆的斲輪老手。對於一個詩人和歷史家，一篇原稿的喪失也許是最大的悲劇。但是一個詩人如果注定必須重寫，他也可以重寫。請看埃達娜·芬桑·密萊的《午夜的談話》的全部初稿偶然被毀的故事。

一九三六年五月某一日的下午，埃達娜·芬桑·密萊，同了她的丈夫尤金·波賽芬，來到佛洛里達海岸沙尼貝爾島上的巴姆斯旅館。他們隨身帶着的，除了準備長期勾留的行李之外，還有他業已寫作兩年之久的一首長詩唯一的全部草稿。

這一部原稿包括好幾本筆記簿，以及褐色的包裹紙碎片，還有背後有隨手記下斷片的舊信封。這正是密萊女士的計劃，她準備在未來的數星期內用手提打字機親自將原稿打一份。

吩咐將他們的旅行袋、箱夾打字機，以及原稿送來寓所之後，他們便啟程向海濱走去。大約走了還不到半里路，偶然回頭一看，他們看見旅館已在烈焰中（威廉·吉列地氏遭遇的重演）。火舌似乎就從他們寄寓的窗中迸出。他們趕緊跑回來，但是已經無法挽救任何東西。所幸者，他們還保全了從燃燒的建築物旁推開的汽車。

坐上汽車，穿上現在是他們唯一衣服的污穢的白浴衣，他們開始駛過一座橋到鄰近的克浦地伐島去。到了那裡，那個小旅館的老闆倒證實是一位聰明人。當他知道密萊女士已經將她的新著原稿全部遺失之後，他立即自動的探取行動。他捧了一疊紙張和一架打字機來到他們的房裡。於是密萊女士就立刻坐下來憑着記憶打着她已喪失的詩稿。

用她丈夫的話來概括這個故事："設若不是由於旅館老闆的好意和他的想像力，真不能確定她是否能夠記出她的詩稿。但是因了立刻就開始，還在她有時間被她眼前這艱苦的工作所嚇倒之前，她因此倒有能力記得起一切，除了僅有幾處短短的語句，以及因了她心中還不能決定兩三個字之中誰是更好一點的，她現在正為了這在繼續工作。"

洛伯特・賽爾夫・亨利的《復興故事》起首十六章的原稿以及全書其餘部分的札記，也遭遇了如塔鏗頓的短篇小說相同的命運，可是從不曾再尋到。他將它們放在一輛未鎖的汽車的後座的衣箱中，自己走進奈希費爾去拜訪幾個朋友。當他走出來時，一切都不見了。

賞格、報紙封面上的新聞，以及當地的無線電廣播，結果都毫無所獲。亨利先生只是從草稿做起，又花了三年的時間，他的著作始能出版。

他的初稿並沒有副本，所涉及的注釋，有許多又是剪報等容易失散之物，使他無法再搜集第二次。但是自己也不相信這樣的耽擱果真影響了他的著作。這其中可說包含着一個教訓。

今日所出版的書，大多數如果加以重寫，也許會更好。一個作家的心思，一旦在紙上構出一個意念之後，他便會有意識的與無意識的繼續工作不休。如果要求脫稿的慣性不那麼大，許多原稿會由作者加以修正和改善。可是，事實卻不是這樣，逐字釘餀的苦役，再加上時間、金錢，以及一個強人所難的編輯的種種原因，使得作家不得不趕着以便他們的單行本、文章和小說去付印。

　　原稿的遺失也許是一種變相的福氣。誰能知道本文內所提及的各書，其獲得今日的聲譽，有些地方不是由於它們恰是重寫過的原故呢？

〈贗造的藝術〉

芬桑·史塔勒特

　　文學作品中最逗人的關於贗造的敘述 —— 這是藝術之中最卑鄙最危險的一種 —— 乃是歇洛克·福爾摩斯先生在《六個拿破崙》最後數頁所提到的。老行家應該記得那段插話的當時環境，使得著名的波爾齊的黑珍珠得以尋獲的……

　　"華生，將珍珠放入保險箱中"，那偵探說，當一切完畢之後，"並將關於康克 —— 辛格東贗造案的文件拿出來。再見，李斯特拉。如果你發現任何小問題，只要我能力所及，我十分高興在解答上貢獻你一些意見"。

　　但是這就是我們所能知道的關於康克 —— 辛格東贗造案的一切。這真可惜，我們對於麥克費爾遜與威廉·亨利·愛爾蘭，知得比康克 —— 辛格東更多，我們不知道他究竟是何許人，所贗造的是什麼東西。我們甚至不明白他究竟是一個人還是兩個人？他的名字倒有點像是一位莎士比亞作品注釋家。老朋友華生！在他那未整理出來的筆記堆中，不知有多少這類案件使我們永遠失之交臂了。我們還是為了已經知道的向他致謝罷。

　　但是我們不難明白歇洛克·福爾摩斯對於收藏在他保險箱中的這些文件所感到的興趣。一個贗造品的問題其中含有一種錯誤的魔力；這真可惜，他不曾有機會視察一下，許多年以來震動了文學世界安靜的一些驚人的欺詐行為。僅是關於莎士比亞這一部門的研究，就要使他忙碌數十年。關於版本方面的研討會害得他發狂。

現代文學贋造案之中最吸引人的，乃是一九三四年由卡德──波拉特二人所揭露的那些；這回大暴露的回聲，依舊還可以在任何關於藏書的談話中得到反映。對於約翰‧卡德與格萊罕‧波拉特二人的工作，福爾摩斯也要表示他的欽佩。他們的著作，《關於某些十九世紀小冊子的性格的探討》，可說是世上有名的偵探故事之一。在那些引人入勝的篇幅中，大約有三十多種小冊子，都是在藏書家之中被認為稀覯的初版本而且售價高昂的，被指出都是由一個贋造家的巨擘所經手贋造問世的。這一批初版本的書目，許多都是文學上的名著，包括白朗寧夫人的《葡萄牙短歌》，拉斯金的《芝麻與百合》的一部分，丹尼遜的《亞述王之死》，斯蒂芬遜的《論森林的溫度影響》，狄根斯的《黃昏的讀物》，以及史文朋、華斯華茲、愛略亞特女士、摩里思、羅賽蒂等人的各種次要作品。除這之外，還有二十多種其他的小冊子也有很大的可疑之點。不過，我們該記住，這些作品的本身並無問題；所贋造的乃是那些所謂"初版本"。

被分析的冊子共有五十四種，都是用一種極費時間和精力的檢驗手續，並且對於製造的細節，如字型和紙張等，特別予以極縝密的注意。研究者的探索方法──對於製造原料的精密研究──其新穎之處好似將那個巧妙的贋造家所用的方法擺在他們眼前似的；於是就產生了我們這時代少見的一本書。可惜的是，它不曾提出那個贗造家的姓名；但是看來那兩位作者心目中已知道這人是誰，並且使得本書的讀者讀了之後，對於所推測的對象也無庸懷疑。

　　但是我們要記住，這些贗造品都是異常精巧的。它們都是在一個顯然對於書志學科學訓練有素的人指導之下製造的；一個有修養的人，一個學者。他們的偵查工作，需要在各方面與贗造者相等的耐心和學識。但是並非所有的文藝贗造品都是如此的。再沒有像費拉恩・路加斯對於那位天真的法國數學家，密歇爾・車司里斯所施行的欺詐行為那麼大膽的了。這個贗造家的全名該是費拉恩 —— 鄧尼斯・路加斯，他是一個受教育不多，但是非常大膽和有自信力的人。他的犧牲者是當時著名的幾何學家之一。差不多繼續有十年之久，在一八六一年至一八七〇年之間，路加斯偽造了許多已死的名人的書信，當作真的賣給車司里斯。據統計，這位學者在那許多年代之中，曾先後收購了從這同一多才的筆尖下產生的文獻達兩萬七千件之多，並且耗資至少十五萬法郎。

　　這些書信都是 —— 說得和緩一點 —— 非常稀奇的。其中有二十七封是莎士比亞寫給若干友人的，又有幾百封拉布萊和巴斯加的信；但是這些還是這批收藏之中次要的東西。那真正的寶貝，據車司里斯向他的友人所示，包括有使徒路加與凱撒大帝的通信，以及莎孚、維吉爾、柏拉圖、普林尼等人的書信，亞歷山大大帝與龐比伊的通信。但這兩位的信件的光彩，卻給更出奇的克萊奧巴特娜寫給凱撒大帝，談論他們的孩子西賽里安的一封信，拿撒勒寫給使徒彼得的一張便條，瑪麗·瑪嘉達蓮寫給布根地皇帝談閒天的信所掩沒了。這一切的信都是用現代法文寫的，這對於它們的購藏者也許顯得更加動人。真的，這至少使他，讀起來更為容易。

我猜想路加斯正擬將耶穌登山寶訓的原稿 —— 用法文寫的 —— 或類此的荒誕東西賣給車司里斯，但是恰在這時被揭穿了。可是那位着迷的數學家至死都在辯護他的寶藏不是贋造品。

與費拉恩·路加斯相類的是亞歷山大·哈蘭·史密斯，被稱作"古董史密斯"的，他曾經使蘇格蘭市場充滿了贋造的詩人彭斯的原稿；後來卻因了他的聰明誤用而忍受了十二個月的苦工監。

這裡似乎應該順便提到一個大不為人知道的故事，而且是另一種性質的。這牽涉到一個名叫茂萊甘的愛爾蘭人 —— 康杜克的詹姆斯·茂萊甘，曾經任過美國駐薩摩亞島的總領事，他的任期恰與洛伯·路易斯·斯蒂芬遜在該島住的時期同時。因了是這位蘇格蘭小說家的友人和崇拜者，茂萊甘曾經吞沒了傑克·布克朗的一本書，這人就是《破船賊》裡面的"湯眉·哈頓"的本人。這本書經過作者親筆簽字，恰恰是布克朗藏書室所有藏書的一半；總領事將這書借去，始終打不定主意將它歸還。幾個月之後，它的所有者要求他歸還，以便轉給一個偶然認識的友人。

這故事的下文由茂萊甘自己說罷。"他使得我寢食不安"，總領事敘述這段插話，"我表示我已經將它遺失了。可是他不肯相信我的表示，後來竟堅持非還不可。這時，幸虧他的情人，一個漂亮的半淪落的名叫麗賽·莊士敦的姑娘，正熱衷於名人墨跡的搜集，表示她想要克里夫郎總統的十二張親筆簽名；傑克提議，如果我能夠供給這些簽名，他可以放棄索回這本書，並且由我保有"。當然，茂萊甘結束這敘述，"我便將簽名給了他"。

將這有趣的逸話加以注釋，未免有點煞風景：我希望，這事的關鍵已足夠令人一目了然，

除了卡德——波拉特的揭發之外，近年被人最廣泛談論着的贗造案，怕是那些和程·東姆夫人名字有關的了，這些人物簡直就像活生生的從巴爾札克書中走出來似的。

一年多的時間，這個有名的案件激動着愛書家，終於在一九二六年十二月鬧上了英國法庭。被牽涉的作品是一個劇本，《為了皇帝的愛》，由英國書店繆塞姆所出版，據說是奧斯卡·王爾德作的，但是這假定卻為王爾德作品研究專家克里斯多夫·密拉特氏所竭力否認。這書所根據的原稿來自程·東姆夫人處，她本是一位緬甸律師的孀婦，據她說這劇本是這位愛爾蘭戲劇家於一八九四年特地為她寫的。這位奇特的人物，本來名叫瑪貝·科絲格羅芙，在訴訟時卻被稱為烏德好斯·比爾斯夫人，她自稱有一時期曾與王爾德的大哥"威廉"訂過婚，並且多年前與王爾德在愛爾蘭的家人相識。當她與程·東姆結婚之後，有一時間曾在緬甸住過；據她自己的自白，正是由於她寄給王爾德的這些"本地風光"，這才驅使他寫了這部緬甸的童話劇《為了皇帝的愛》。

程·東姆夫人的儀表，恰和她的經歷一樣令人驚異。她是

都伯林、倫敦、巴黎文藝圈中一個著名的人物，她的頎長的身材，穿了一件博大的黑色長袍，頸後翹起高高的黑領，每到一處就立刻吸引人家的注意。為了更使別人對她注意，每逢出外時，她總要攜帶一隻燦爛的翠綠色的鸚鵡停在她的肩上或彎曲的手臂上。這隻出色的鳥，據說能夠以使人吃驚的熟練英語和法語交談；在巴黎，程‧東姆夫人曾被人稱為"鸚鵡夫人"。她的態度隨時都是令人同情的，她的風致和智慧也值得令人注意，她有很多的朋友和熟人。

這劇本是經過英美雜誌發表後，於一九二二年十月由繆賽姆書店出版的。王爾德研究專家密拉特，他以筆名司徒‧馬遜為人所熟知，於一九二五年夏天捲入了這案件。程‧東姆夫人這時正被人稱作烏德好斯‧比爾斯夫人，正企圖將六封"十分有趣的王爾德書信"以廉價售給密拉特。這些書信，經過檢視之後，密拉特表示都是贗造的；並且為了懷疑《為了皇帝的愛》也是相類的東西，他與這書的出版家接洽，請求允許他檢驗一下這書的原稿。結果發現原稿乃是由打字機打的稿本，附有據說是王爾德親筆的修正；但是密拉特宣佈這部作品全部都是贗造品。他更指斥那些修正之處乃是烏德好斯‧比爾斯夫人的手筆。後來，他為了這問題寫了許多通信給好幾家倫敦的報紙，可是這些報紙都拒絕發表，他後來又將這些信件收集起來印了一本小冊子散佈。在這一切經過之中，他都是很仔細的表示他的信任，認為出版家的行為是無疵的，不過是上了當而已。但是後來在他分送給各書店的招貼上，其中有些不幸的詞句惹出了是非，使得繆賽姆書店以毀謗名譽罪向他起訴。在證人台上，小說家 F. V. 路加斯供述他曾經為書店審閱過這部原稿，他至今仍相信這是真的作品。

另一個原告的證人回憶程‧東姆夫人第一次拿原稿來的情形說，"她似乎有點怪癖"，他承認，"她的肩上有一隻鸚鵡"。原告的律師向密拉特恭維了一陣，承認他作為王爾德專家方面的盛譽，但是堅持他一再反對這劇本實是一種偏見，並且並無佐證足以證實這是贗品。最後，法庭判原告得直，密拉特以言行魯莽被判罰款。這事不久之後，他便逝世了，精神潦倒，他的朋友們都認為是由於這次判決結果所致。

那個一再被指責贗造罪的婦人，卻始終不曾向密拉特採取什麼行動。在密拉特的指斥以及其後毀謗名譽案的高潮中，有人設法尋找她這個人，好久不曾尋到；後來被發覺她正在監獄中，因了偷竊罪被判監禁。

有兩件屬於贗造文藝作品的古典的例子，一篇關於這題目的文章漏了它們便不能算完全者，乃是查特頓與帕撒瑪拉沙爾（Pralmanazaar）；後一位先生的大名有許多不同的拼法，但是因了這根本就不是他的真名，因此多一個 a 或少一個 a 實沒有什麼區別。查特頓的案子是很淒惻動人的，關於這已經有很多文章寫過了。感情衝動者說他是一個 "傑出的孩子"，從他的詩中尋出天才的證據 —— 這確實是可能有的 —— 但是也許由於他青年自殺，使得他在人們的眼中看來比他實際上更加動人了。

湯麥斯‧查特頓是一個不幸的貧困的學校教師的不幸遺腹子，在十四歲時就開始了他的可憐生涯，企圖用贗造文件來證實布列斯托的某一個錫匠是貴族出身。他用彩色墨水和一些古羊皮紙完成了這件工作；他所贋造的門閥紋章譜牒使得那錫匠非常高興，竟送了他五先令作酬報。這時正是一七六六年。這事稍後，在當地一位律師處為學徒，他又偷暇杜撰一些驚人的文獻，假託是有關古代布列斯托歷史的，竟使英國這一部分的考古家受了欺騙。於是，從此以後，他又不時拿出一些詩歌，都是用古文寫的，假託是一個名叫湯麥斯・洛萊，一位中世紀牧師的作品；這些寫在古羊皮紙上的原稿，他表示是在一隻教堂用的古櫃裡發現的，這隻櫃子放在教堂樓上一間小房裡久已被人忘記了。在那些一時被這發現欺矇了的人之中，還有那著名的荷拉斯・華爾波耳；但是結果這"傑出的孩子"終於喪失了信用。他到倫敦去，嘗試文學寫作生活，但是不曾成功，最後 —— 潦倒、絕望、餓着肚子 —— 便在從一位安琪爾夫人家租來的房間內服毒自殺。他這時還未滿十八歲。

對於湯麥斯・查特頓，實在只應該寄予同情。雖然直到最後，他還堅持表示他並非"洛萊"詩歌的作者，但這事實在已經不必再懷疑了。據說：他本來的用意，乃是想當世人對這些詩歌一致讚揚時，他就走出來除下那用來吸引人注意的面具，這也許是真的。但是華爾波耳的譴責使得這冒險行為無法繼續，使他不得不回復自己的面目，並且獲得悲劇的下場。他寫給他母親和姊姊的那些愉快勇敢和說謊的書信，當他自己在倫敦連麵包都沒有的時候還寄禮物給她們，實在都是文學上最動人的文獻。雖然是他指出了贋造，但是華爾波耳在這次事件中並不怎麼得人擁護；而他後來對於自己處置這詩人所作的辯護

—— 其中細節至今還不明白 —— 也不曾使他有何收穫。他未免過於苛刻，說查特頓"對於文體以及手技的模仿的技巧。我相信，可能引誘他趨向偽造更簡易的散文，錢財票據"。這些話未免過份，因為說這話的人他自己就是那著名的《奧特蘭托蘭古堡》的著者，在序文上曾說明這作品乃是發現自"英格蘭北部一家古老的天主教家庭的藏書樓中，於一五二九年在奈不勒斯用黑體字所印"。

喬治·帕撒瑪拉沙爾，一般都這樣稱呼他，至今還是一個神秘的文人。他的一本書，《台灣的歷史與地理的敘述，一個臣服於日本皇帝的海島》，於一七〇四年在倫敦出版，使他引起人們相當的注意。接着他又出版了《一個日本人與一個台灣人的對話錄》；而在他一七六三年逝世時，這時已屆八十四歲高齡，他更留下一部回憶錄，這書可說與他以前所寫的東西同樣荒唐。如果以這書為根據，他該出生於法國南部某處，約在一六七九年左右，曾在一座多密立克教派的僧院中受過教育，因了不守規則，後來從其中逃了出來。

為了繼續做一個匿名的歐洲人，既麻煩同時又不安全，那回憶錄說，因此這才異想天開，使他最後出版了他那全然捏造的台灣歷史。

看來一個名叫威廉·殷尼斯的人，這人乃是軍中牧師和出名的流氓，似乎同這發展有關。至少，乃是由於殷尼斯的勸說，帕撒瑪拉沙爾才領受洗禮，並且被引誘自稱是一個歸化的台灣人，而且也是由於殷尼斯的協助，他才到了倫敦，得以將他的聰明繼續大顯身手，為了完成他的冒險行為，這騙子竟真的造了一種台灣方言，並附了文法規則和二十個字母。為了將他的島國文字加以運用，他竟印了所謂台灣文的《公禱文》，《使徒信經》以及《十誡》，不過都是用拉丁字母拼音的。他甚至還出版了一本小小的辭彙，以供那些有意去觀光這個神秘海島的人們參考之用。

這全部都是胡謅；但是由於他的支持者的好奇心以及他的反對者的懷疑向他所作的嚴厲的盤詰，使他自己不得不記住這一切。他時常要回答一些換一個心靈稍為遲鈍的人便要被難倒的問題。

這本書的插畫也相當出色；這其中包括着祭壇和烤架，根據書中所說明，要在這上面燒烤兒童的心臟，在一年的祭禮中要需用一萬八千名；還有太陽、月亮、星宿的各種祭壇；水上的村莊、葬禮行列、皇室用的服飾；以及全部錢幣，這對於帕撒瑪拉沙爾倒很方便，因為這時很少人知道這區域的錢幣是怎樣。這書中的歷史和地理部分，有不少抄自別的著作；但是大部分乃是純粹的杜撰，而且時常杜撰得非常出色。還可以附帶一說的，乃是帕撒瑪拉沙爾又捏造了一些全新的宇宙志。

這是一種幾乎令人難以置信的情形，而且這個贗造家的天才，以及他的記憶力，一定有些時候會受到很嚴重的考驗。但是他居然能混過了一些時。甚至有人在發起一種為他募款的運動；由康普登主教以及其他教會中人出資，他在牛津大學消磨了六個月，向一些有志去傳教的學生們教授"台灣語文"。當然，到了最後，他終於被揭穿了，而且有一時期成了被嘲弄的箭垛。

後來，他默默無聞地隱居起來，似乎就寫了那部身後出版的回憶錄。在他的暮年，約翰遜博士總是在老街的一家麥酒店裡，同他坐在一起談天；派奧基夫人在她的〈逸話〉中曾經敘着："他對於一種麻煩的疾病所表示的順從和忍受，完成一個足資榜樣的死，使他品性所造成的深刻的印象得以加強"在博士的心上。他對於當時文壇所作的最後的貢獻，其書名可說謙遜已極：《我的最後意見和囑咐，一個被一般喚作喬治·帕撒瑪拉沙爾的可憐而毫不足道的人物》。書中供述了他的贋造案——"那個卑劣的欺騙行為"——並請求上帝和世人厚宥他寫下了這個。其實，世人對於他的裁判倒並不怎樣苛刻。

這位偉大的博士對於另一個欺詐者的意見，就沒有這麼寬恕。關於麥克費爾遜以及奧賽安欺騙案，已經有了很多文章；但是其中最能引人入勝的，恐怕無過於博士對於詹姆斯·麥克費爾遜的見解了。

那是在一七六一年——帕撒瑪拉沙爾模範的死之前的兩年——出版了一篇題名《芬格爾》的史詩，引起了比台灣的謊話更猛烈的爭辯。這篇詩之後又出版了別的，據稱都是自古代詩人奧賽安的賽爾特語原文譯出，由一個名叫詹姆斯·麥克費爾遜所譯。出版之後就引起很大的懷疑，在許多人的眼中，都認為這些詩是很淺顯的疏忽的贋造品。當時的麥克費爾遜，一個很自負的自我主義者，便大為發怒，威嚇他的批評家，但是因了拒絕拿出原文，只有愈加證實了一般人的懷疑。事實上，他始終不曾拿出原文過；於是這種爭辯就從十八世紀的末年，很酷烈的一直繼續至十九世紀。也許這問題將永不能圓滿的使得每一個人都滿意的解決；但是一般的見解傾向，在今日恰如在當年一般，是對於麥克費爾遜不利的。一般的意見是，他也許偶然獲得若干零星的原文，他就以此為根據贋造了那些公之於世的欺人東西。

約翰遜，他對於要說的話從來不肯吞吐其辭的，公開指責麥克費爾遜向人欺詐，於是就即刻從這個好戰的詩人那裡獲得挑戰的回答。但是這一場決鬥始終不曾實行。約翰遜只是買了一根粗大的橡木手杖以防萬一，並且對於這邀請回了一封至今尚為人引用的信：

詹姆斯·麥克費爾遜先生：

　　我收到了你的愚蠢而魯莽的信件。凡是投給我的侮辱，不論如何，我必盡力回報，我自己無能為力者，法律亦必為我盡力。我決不會對一個惡漢的恐嚇而有所懼畏，因而中止我對於一件我認為欺騙行為的偵察。

　　你要我撤銷。我有什麼可以撤銷呢？我自一開始就認定你的著作是一種欺騙。我仔細思索，愈加肯定它是一個欺騙。為了這個原故，我將我所知道的公之大眾，我想你決不至反駁。

　　不過，無論我怎樣鄙視你，我仍尊敬真理。如果你能夠證明你的作品是真的，我可以接受。我藐視你的憤怒。至於你的能力，因了你的作品並不怎樣令人欽佩，以及我所聽到的關於你的品行，使我將不顧你要說的是什麼，只注意你能證明的是什麼而已。

　　如果你高興，你可以將這發表。

— 307 —

撒彌耳·約翰遜。

這封信，據約翰遜在給鮑斯威爾的一封信裡說，"結束了我們的書信往還"，這也許是一種可以理解的發展。

後來遲至一八一〇年，始有一篇報告出版，披露蘇格蘭協會為了研究所謂奧賽安詩歌的來源和真實性所作的調查的結果；這時有一些據稱是原文的片斷出現了。但是委員會所能作的最好的解說，乃是麥克費爾遜將一些古舊的歌謠和故事，加以自己鋪張的穿插，構成一種集錦──一種東拼西湊的東西。從今日看來，為了這個老混蛋，雙方所花費的筆墨可說已經太多了，而奇怪之至，這個傢伙躺在威斯敏斯特大寺裡，竟以指斥他為恐嚇的那位著名的辭家相距只有數尺之遙。

與莎士比亞的偉大的名字有關贗造案是相當多的；要談論他們，幾乎需要一大本書，而且事實上，為了那些好奇的人士，這樣的一本書業已存在──真的，一共有好幾種。不過，在那些出色的偽託的莎士比亞作品之中，顯得最大膽的乃是那兩位愛爾蘭氏，父親和兒子，以及約翰·派尼·柯利爾的出產。說來湊巧，愛爾蘭氏施行欺騙的時代，也恰是我們發現查特頓、帕撒瑪拉沙爾，以及麥克費爾遜諸人贗造品的那個同一豐收的時代；這就是說，十八世紀的下半個世紀，是一個適合大小混蛋的豐腴時代。

那是一七九六年，撒彌耳·威廉·亨利·愛爾蘭氏出版了一冊，據說與莎士比亞生活有關的贗造文獻；但是在這書出版以前，他們已經為這些東西熱鬧了一陣。事實上是，在一七九〇年，它們就已經露面，到了一七九四年，它們更層出不窮

—— 契據、信件、簽名、折字體的詩句、愛情詩、合同 ——
使得它們在諾爾弗克街的展覽會，獲得不可思議的成功。群眾
蜂湧着去參觀這麼一大批珍異的收藏品，當代有聲望的考古家
都簽署證件，表示他們承認這些文獻都是真的。在一張證書上
簽名的人之中，鮑斯威爾也簽了他的名字，他在未簽名之前，
曾經跪下來感謝上帝使他能目睹這樣的發現，"我現在可以瞑目
了"，在狂歡之下，他這麼喊道。

　　但是瑪隆，當代著名的莎士比亞研究權威，他的關於莎士
比亞的著作和原稿的存在理論，多少曾有助於愛爾蘭氏的贋造
計劃，當那些收藏品印成書之後，便揭發其欺詐；後來，年輕
的愛爾蘭氏終於自己承認了。在他的自白中，他竭力想開脫他
的父親，他是這書的編輯人，曾經同謀騙人。不過，在大家譁
然聲中，這贋造品卻不曾影響生意，於是一部很壞的劇本，《伏
爾地根姆》，據愛爾蘭氏說是莎士比亞寫的，竟由希萊頓與克
姆貝二人在丟威郎上演。

　　約翰・派尼・柯里爾的贋造案，就更為精巧，使得莎士比
亞學者也更為惶惑，因為柯里爾是一位有才幹和權威的伊利沙
白時代的學者。

　　他的產品 —— 自一八三五年延至一八四九年，其中包括寫
在一冊第二版的莎士作品上面的原稿修改 —— 由於他的煊赫的
聲譽的支持，非常值得喝彩。如果他高興將這些東西當作是他
自己從謬誤的版本中所得的推論和結論，看來其中有不少將為
人所接納，並且將成為標準的注釋，但他不曾這麼做，因此他
的名譽受了很大的損害，而這個插話的影響，使人對他許多重

要的作品也不再信任。

勒威斯‧西奧鮑特與喬治‧斯諦芬斯二人，也是那個冗長的莎士比亞專家名單榜上有名的人物，這些人都是因了對於自己的任務過份熱衷，曾經使得他們越過一切危險的信號，最低限度走近了犯罪的幻想主義邊緣。

很顯然的，文藝贋造案的動機，有時太複雜，不容易理解；但是從柯里爾的案件，以及其他幾個失足的著名學者的情形看來，似乎有一種變態的忠忱 —— 最低限度是崇拜 —— 應該為他們這種行徑負責。當然，再加上相當的利己主義。有時，純粹的狡猾也有份；或者甚至是陷害，因為學者們向來彼此之間就沒有同情的。不過，有許多例子，其動機並不難獲得。

這種解說似乎可信，就是，年輕的愛爾蘭氏 —— 一個十九歲的孩子，才能不及查特頓一半 —— 在一種諷嘲性質的戲弄精神之下開始他的活動，他要試看為了尋求古物，冒昧的輕信態度可以發展至如何限度；而查特頓的案子更明顯可見：他希望有人能注意他那若是當作自己的東西發表便無人過問的詩歌。從一般說來，貪婪不免是大部分文藝欺騙行為最基本的動機，正如其他一切贋造案一般。

不過，忠忱的動機也不應加以忽視；這可以從一些早期的文件紀錄的贋造品上看出它的最好的例子：如為了教會、宗派或教條的原故而縝密製造的贋造品。

那些真偽難分的 "記事書"、"福音書"、《使徒行傳》、《啟示錄》，以及《新約》中的各篇書信，乃是一批驚人的重要的文獻；但是在最後分析之下，它們都是贋造品；這裡無法詳細的敘述；關於研究這問題的書籍已經汗牛充棟。但是我們至少要將那些書信之中的一封加以引用。一般的經文讀者，也許現在是第一次讀到它。將要惋惜不得不將這些可愛的章句歸入假見證的地獄中。下引的一節據說是一部古稿本的一部分的譯文，是一封信，是當基督教降生傳道的初期，由耶路撒冷的總督普比利奧斯·郎吐魯斯寫給羅馬議會的：

在近來這些時候，這裡出現了，並且還繼續存在，一個名叫耶穌基督的有大能力的人，一般民眾都稱他作真理的先知，但是他的門徒們卻又稱他作上帝的兒子，能夠使死人復生，醫治疾病，這人身材中等，儀表端正，具有一種能令人敬畏的容貌，使得望見他的人對他又愛又懼；頭髮的色澤是一種未熟的榛實色，直到耳畔都是平直的，但是從耳下就彎曲成鬈，並且色澤更黑更光亮，披拂到他的肩上；髮式按照拿撒勒人的方式，在頭頂中部分開；眉宇光鮮寧靜，一張絲毫沒有皺紋或瑕疵的臉，略略一點色彩（紅色）就使他十分美麗；鼻子和嘴也無絲毫缺陷可尋；具有同他頭髮色澤相同的絡腮鬍鬚，不過不很長，在下頷處略有分歧；表情簡單熱諳，眼睛灰色，閃閃有光而澄澈；斥責時使人生畏，訓誡時則又慈祥可愛，愉快但是保持莊嚴；他有時會哭，但是從來不笑，身材頎長修直，手和手臂都美柔可愛；說話時嚴肅，含蓄而且謙遜（是以他很正確的為先知們所稱道），比人們的孩子還更柔美可愛。

還有其他幾種現存的這類經文，彼此雖有相當的差異，但是都顯然是根據一般相傳的耶穌容貌而寫的。“不用懷疑”，M.

R.詹姆斯博士說，"一定是面對着一幀這樣的畫像寫成的"。詹姆斯博士斷定這種虔誠的杜撰出於十三世紀，並且認為是在意大利編造的。沙爾美爾博士，一位更早一點的專家，說這贋造品該由一個法國拉伐爾人名叫胡亞特者負責。

其他真偽難分的信徒書翰之中，這些都是為學者們所熟知，並為他們所指責的，還有那些據稱是耶穌和他的一些同時代人的往來文件，以及西尼加與使徒掃羅的通信。在更廣闊的關於歷史上和政治上的欺騙行為領域中，那些贋造的信件和文獻，以及相類的用來欺騙某一個人或一個國家，時常就是他的後代的文字，是無法統計並且不勝揭發的。在這廣大的欺騙部門中，純粹的屬於文藝的贋造品僅佔極小的一個角落。不過，有時這兩者會合而為一，於是在收藏家的書架上，就會增加一本如那著名的《伊康‧巴西奈基》之類的作品，這是由保皇黨所散佈，用來引起民眾對於英國查理一世惋惜的。（譯者附注：《伊康‧巴西基》〔 *Eikon Baislike* 〕意譯為 "皇帝的影像"，是高丹博士於查理一世被殺後所出版，據說是查理在獄中所作的感想錄。出版後頗為當時民眾所信仰，曾出至四十七版，以至國會不得不撰文對這偽書加以駁斥。）

很少文藝事件曾經引起過這麼多的討論和爭辯的。皇上係在一六四九年一月三十日受刑，但是在次日 —— 是極端秘密的 —— 這本書就出現在國人之前。它宣稱係出自查理一世本人親筆，是他對於自己統治期內重要事件的感想的忠實表現，以及在拘禁期間由回憶所引起的虔敬的思想。這書的流傳目的是想構成一種對於這位尊貴受難者的同情，它果然獲得了這效果。

這書在第一年就印了五十版！並且被譯成多種文字，包括拉丁文在內，人們對了這書下淚，到處都被人熱切的讀着，辯論着。這書究竟是誰寫的，至今還議論未定，雖然在"王政復古"之後，有一位薩賽克斯郡波金地方的牧師，名叫約翰高丹的，曾出面自承是他的手筆。不過，他的要求是在相當秘密之下提出的，後來為了作為使他繼續保持秘密的代價，他得了愛克斯特區的主教職。其後，他埋怨這區域過於清貧，又被調到更富足的瓦爾士打區。但是說高丹是《伊康·巴西奈基》的作者，實在沒有什麼充足的理由；相反的，若說他不是這書的作者，理由倒很充分。也許，這位機警的上帝的牧人，聽到機會來到他的門前，並且聽到它的叩門聲，他的要求酬報可說本身就是一種欺詐。更有可能者，這書確如它的內容所示，是查理一世本人寫的，但是彌爾頓及其他等人都不贊同這見解。

不過，無論從哪一方面說，這裡面一定牽涉着一宗值得注意的欺騙行為。

在一大群騙子的名單中，還應該提到費特波的安尼奧斯的名字，他是多密立派的僧人，是亞歷山大六世的神宮的主管人，他出版了十七冊的古物研究，捏造發現了桑訶尼安拉、瑪力梭、比洛斯奧斯等失傳的作品；還有約翰·費拉，那個西西里的冒險家，他在十八世紀末年，宣稱擁有失傳的《利未記》共十七卷，係用阿拉伯文寫的。在這一雙例子上，"十七"這數字，似乎是一個用得很妙的數目。結果這兩個人到底都被揭穿了，可惜安尼奧斯在不曾有機會自白之前便已逝世。至於那大膽的費拉，開始是滿身榮譽，然後為自己的破綻所洩漏，終於受到監禁的處分。

但是贋造家的名單是寫不完的。只有一位偉大的古典文藝學者，才有資格敘述關於古代文藝欺詐行為的複雜的歷史。似乎不少古時有名的名字都曾經先後蒙上過雲翳。荷馬曾被人指為是一個婦人，是一種集體寫作，是一部選集。《安拉貝塞斯》究竟是塞諾芬的作品，還是狄米斯托奇尼斯的作品呢？耶穌基督的歷史的真實性，有一部分全依靠約瑟夫的一行書；但是這一行卻有人認為是加添進去的贋造品。還有，究竟誰是《伊索寓言》的作者呢？

要檢查贋造的原稿、贋造的著作，以及過去著名作品中的贋造的章節和贋造的添注，是一種專門學術的工作；而這種搜尋工作的歷史，可說是我們這時代的偉大偵探故事之一。也許一切都是可疑的。但是有一點卻十分清晰。文學中的贋造行為，幾乎同文學本身同樣的古老。也許它們彼此之間僅有一小時的距離。在創造的腳跟之後，緊接着就出現了模仿，然後便是贋造。而每一個莎士比亞都有他的捉刀人。

〈人皮裝幀〉

荷爾布洛克·傑克遜

　　許多愛好書籍裝幀的好事家都十分怪癖，只有別人一般無法獲得的東西，才足以使他們見了高興。如果大家時髦用小牛皮或摩洛哥皮裝訂書面，他們便去搜求海豹皮或鯊魚皮；他們用大蟒蛇皮和眼鏡蛇皮來對付羊皮和豬皮的流行；牛皮紙的象牙似的潔白可愛也被染成各種奇怪顏色，藉以變化它的單調；他們之中有少數人渴望至少能有一本書是用人皮裝幀的，他們放肆的將這東西捧得高出一切之上。這趣味對於一個有潔癖的腸胃是不值一顧的，但是對於有一些人，那些從反常的意念和古怪異國的經驗上感到滿足的人，可以提供一種奇特的甚至褻瀆神聖的喜悅。現代心理學研究者，將這趣味歸於變態心理之列，而伊凡·布洛哈博士等人，則說這是屬於性慾變態的拜物狂。他舉例說，女性的乳房，對於男性是一種自然的生理學上的崇拜對象，但是除開這種正常的愛好之外，另有一種值得注意的乳房崇拜狂者存在，他們使用割離人體的乳房作書籍裝幀之用；他引述魏特訶斯基的著作，說有些愛書狂和色情狂的人，他們使用自婦人乳房部分取下的皮裝訂書籍，使得乳頭在封面上形成一個特殊的隆起部分。有些人懷疑有這樣裝幀的書籍存在，他們將這類故事當作釣魚家的逸聞，水手們的大話以及老婦人的瑣談一樣付之一笑。我認為，這類故事是否可信是一件事，但是卻有不少可靠的目睹者證實確有用人皮裝幀的書籍存在。不過，未談到這些事實之前，讓我們先談談那些傳說，以免它與那些真的事情相混。

在一切過份興奮緊張的期間，如戰爭、革命、饑荒、瘟疫之時，謠言的成分在新聞散佈中佔了主要部分，曾經身歷世界大戰的危險和焦灼滋味的我們知道得更清楚。在一九一四年的那個悲劇的秋天，許多人都相信，曾經有大批俄羅斯軍隊自俄國阿堪遮城調到蘇格蘭北部，然後用鐵路運到英國南部，再用船送往法國，用來替代在德國人緊迫之下，可能一敗不可收拾的我們的疲乏的軍隊。後來，又有人傳說，我們在比利時蒙斯前線的軍隊，曾經得到成群天使的庇護，有許多兵士都親眼見過；更後來，我們的新聞紙又說，這正是求之不得的，由於脂肪和油類的缺乏，德國業已組織一座大工廠，將他們自己的以及敵人的屍體提煉成那些生活必需物。這類故事成了那些苦難時代的流行物，而且那麼密切的摻雜在一切紀錄中，以致使人簡直分不出哪些是真哪些是假的。如果有幾位可靠的權威人士表示真假都是一樣，那也毫不足怪。

人皮曾經在古代和現代被煉製作皮革，這是早已被證實了的事。它正如其他任何動物的皮革一樣，適宜於一切製革過程，但是皮與皮的質地各有不同，有些摸起來堅硬粗糙，有些柔軟潤滑；本文的有些讀者也許聽了會感到驚異，有些人皮的厚薄有時會相差一英寸六分之一至一英寸七分之一（原注：見費隆著《製革工業》）。硝皮的作用能使薄皮加厚，能使粗糙的皮膚變成堅緻的軟皮。在外觀上，達凡鮑特說，它頗似小牛皮，但是很難拔光汗毛。

另一位權威說，人皮更似羊皮，有細密堅緻的組織，觸手柔軟，適宜於高度的擦光；另一位則說它似豬皮的鬆浮多孔。我本人支持後者的意見，根據我自己目睹的一塊人皮製成的皮革，這是大約三十年以前在倫敦所製，現在為薩姆斯多夫所有。這塊皮頗似柔軟的豬皮，它幾乎有八分之一英寸厚，可是愛德溫・薩姆斯多夫先生卻說它的紋理頗似摩洛哥皮，不似豬皮。硝製人皮供用，必須先要浸在濃厚的白礬、硫酸鐵、食鹽的溶液中數日，然後取出陰乾，再按照普通製革程序揉煉。

我所能找到的最早涉及人皮製革的參考資料，是瑪爾斯雅斯的傳說，他不自量力的向阿坡羅挑戰作音樂比賽，失敗之後，便如約忍受活生生的剝皮處分。有人說他的皮被製成水泡或足球，又有人相信，是製成了一隻皮瓶：如斯特斯普斯所說（原注，見柏拉圖的對話），他們可以活剝我的皮，只要我的皮不似瑪爾斯雅斯那樣製成了一隻皮瓶，而是化成一片美德。另一個是法國大革命時代的工業界的傳說，說是貴族的屍體怎樣被送到茂頓的一間硝皮廠，他們的皮被製成皮革，用作書籍裝幀及其他用途。這些故事中最使人不能忘記的一個，乃是關於某一位法國人有一副皮短褲，係用他的犯竊處刑的侍女的皮製成。這位傑出的道德家從不厭倦的指責他的侍女，而每當發表一篇洋洋大論之後，他便十分滿意的拍着他的臀部，嘰咕着："但是她仍在這兒，這傢伙，她仍在這兒！"

一六八四年，羅伯・芬里爾男爵，這位忠忱的倫敦郡長，捐給鮑特萊圖書館"一張硝製過的人皮，以及一副骷髏，一具風乾的黑人兒童屍體"。威廉‧哈費也捐給醫師學院一張硝製的人皮，此外，巴塞爾大學以及凡爾塞的里賽生理學博物館也有人皮標本。在美國的百年博覽會裡，有一副人皮製的撲克牌陳列。費隆在他的《製革工業》裡說，在十八世紀，美國馬薩諸塞州的丟克斯貝萊，以貧民的皮製造小兒靴鞋，後來頒佈一條法令，凡是買賣人皮者要處罰監禁五年，這風尚才被遏止。可是關於人皮的最浪漫的故事，怕是波希米亞的約翰‧齊斯迦將軍的了，他吩咐身死之後，以他的皮製成一面鼓，因為他認為這面鼓的聲音足以嚇退他的敵人，正如他活着時候的名聲一樣。

這麼證實人皮確是曾經有人硝製，製成皮革確是堪用之後，那就無須怎樣的才智便會擴大它的用途，同時，恰如律師們所說，既然書籍與人類和他的行動等等有密切關係，我認為將這種皮革用在書籍方面，可說是一種合乎邏輯的、雖然很可怕的嘗試。這種用途的發展，在法國更受到經濟上的以及臨時環境上的鼓勵。有一位作家說，在那革命的風暴中，裝幀藝術消失了，書籍便用人皮來裝訂；另一位權威記錄着，法國大革命的另一種恐怖的副產品，乃是這種可怕的玩笑，以人皮來裝訂書籍；誰都記得《克勞地奧斯博士》中所引用的卡萊爾的話，"法國貴族嘲笑盧騷的學說，可是他們的皮卻被用來裝訂他的著作的第二版"。我還可以舉列許多這類的敘述，可是夠了，因了這些話並無事實可證，而若干可信賴的權威，包括大劊子手桑遜在內，已經在他的日記中指斥過這些傳聞了。所以不妨說，這些故事所以流傳不墜的原因，乃是因為多數人寧信傳聞，不信歷史；他們只是相信他們喜愛相信的東西。

用人皮裝幀的書籍，公家以及私人的藏書中都有不少實物可以見到。在巴黎的迦拉伐勒博物院裡，塞里爾·達凡鮑特曾見過一本一七九三年的憲法，用一個革命黨人的皮裝訂；布丁在著名的藏書家阿斯寇博士的藏書中見過一本，可是他忘了書名；另一位歷史家說，瑪波羅大廈中有一本書，係用瑪麗·卜特曼的皮裝幀，她是約克郡的一個女巫。潘西·費茲格拉特曾舉列若干實例：訶爾特的受審問和行刑的報告書，他是謀殺瑪麗·馬丁的兇手，這報告書便用兇手的皮裝訂，這皮是由聖愛德孟斯的一位外科醫生特地煉製的。他又提到有一位俄國詩人的詩集，用自己的腿皮裝幀，這是因了行獵的意外傷害而割去的，這本詩集是《獻給他心上的女士》；最後，他又提及有一位藏書家怎樣在英國布列斯托由一位書店老闆給他看過幾本書，都是由布列斯托法律圖書館送來託他修補的。它們都是用人皮裝幀的，這些皮都是定製的，來自當地死刑犯的身上，行刑後自身上剝下。法國龔果爾兄弟的日記中也提到“有一位英國古董家用人皮裝訂他的書籍”。

可是並非僅是我們（譯者按，指作者的本國人，即英國人）有這嗜好。法國的天文學著作家，加密列·弗拉馬列昂，有一次曾向一位肩膀美麗的漂亮伯爵夫人，稱讚她的皮膚的可愛。當她死時，她便吩咐死後可將她的肩上及背上的皮製成皮革，送給弗拉馬列昂，作為他對於它的最近所有者的讚詞的紀念。這位天文學家便用它的一部分裝訂了他的最有名的一部著作：

《天與地》。另一個記載，敘述幾年之前，巴黎醫學院的一位醫官，將一個被處刑的暗殺犯康比的皮，裝訂他的死後屍體剖驗的報告文件。安得烈‧萊洛設法獲得詩人德萊爾的一小塊皮。他用來嵌飾一冊裝幀豪華的維吉爾田園詩譯本（德萊爾所譯）。別的法國作家，包括繆塞在內，都有愛好這種皮革的表示，因此我相信在其他許多國家，一定也可以尋出人皮裝幀的愛好；但是我並非在寫這個題目的專論，因此我便以我所能找到的最近的一個實例結束本文。在一八九一年，有一位醫生委託薩姆斯多夫用一塊女人的皮裝訂一本荷爾拜因的《死的跳舞》。這塊人皮，我在前面已經提起過，係由沙弗斯貝里街的斯威丁所硝製，為這本書包書面和燙字的工人至今還活着。書脊兩端的絲製頂帶，也用人髮來替代。此書的現在下落不明，但相信大概在美國。（譯自荷爾布洛克‧傑克遜著：《愛書狂的解剖》）

*　*　*

譯者附誌：日本齋藤昌三氏曾有一篇短文，記他所見到的畫家藤田嗣治自南美洲帶回來的一冊人皮裝幀書籍，茲附錄於後（據藏園先生譯文）：

用人皮來做裝幀的這種野蠻趣味，我雖然在書本上常常見人說到，可是從來沒有夢想過會把實物放到自己手上來細看的。

然而最近因為決定要替畫家藤田嗣治出隨筆集，跟他閒談四方山的野蠻逸事，忽而記起別人，說過藤田先生確實愛藏人皮裝的書籍，便把談鋒轉到這個問題來，他隨手從座右的書架上抽出一冊書遞給我，那是一冊十六開，似乎用豬皮做面的小書，樣子彷彿是由一個外行人裝訂成書的。

在未親見到時總以為用了人皮裝幀一定使人感到心情惡劣，但當他隨便遞給我時，我就忘掉恐怖拿來放在掌上，大概是因為熟皮的關係，觸手很柔軟，到底不是豬皮或羊皮所能得上的。皮色帶黃，但總覺得是白皚皚的，不知道到底是人身上哪一個部分的皮，皮下還粘連了一些肌肉。

據藤田先生說，這是他到南美厄瓜多爾旅行時酋長的兒子非常誠意的送給他的，書的內文是西班牙文的宗教書。書扉上印明一七一一年出版，顯然是二百多年前的了，可是外裝的人皮似乎是後來才加上去的。

不過這張做書面的皮到底是白人的還是土人的？根據皮色看來我以為大概是白種人的。總之，我得見此珍貴之物使多年的願望如願以償了。

附錄：三集譯名對照表（筆畫序）

一、人名

文中寫法	通譯	外文原名
卜迦丘	薄伽丘	Giovanni Boccaccio
比亞斯萊	比亞茲萊	Aubrey Beardsley
支魏格	茨威格 / 褚威格	Stefan Zweig
史惠夫特	史威夫特 / 斯威夫特	Jonathan Swift
白朗寧夫人	勃朗寧夫人	Elizabeth Barrett Browning
阿坡羅	阿波羅	Apollō
狄根斯	狄更斯	Charles Dickens
果戈理	果戈里	Nikolai Gogol
法朗士	佛朗士	Anatole France
特‧昆西	湯瑪斯‧德‧昆西	Thomas Penson De Quincey
拿破倫	拿破崙	Napoléon Bonaparte
格登堡	古騰堡 / 古登堡 / 哥頓堡 / 古滕貝格	Johannes Gutenberg
悲多汶	貝多芬	Ludwig van Beethoven
斯蒂芬遜	史蒂文森	Robert Stevenson

文中寫法	通譯	外文原名
華爾波耳	渥波爾	Horace Walpole
瑪森	梅臣	Richard Mason
褒頓	伯頓	Richard Francis Burton
穆倫都爾夫	穆麟德 / 穆麟多夫	Paul Georg von Möllendorff
盧庫盧斯	盧庫魯斯	Lucius Licinius Lucullus
賽珍珠	珀爾·賽登斯特里克·巴克	Pearl Sydenstricker Buck
彌爾頓	米爾頓 / 密爾敦	John Milton
羅賽蒂	羅塞蒂	Dante Gabriel Rossetti
盧騷	盧梭 / 盧騷	Jean-Jacques Rousseau

二、作品名

文中寫法	通譯	外文原名
〈一個不相識婦人的情書〉	〈一位陌生女子的來信〉	"Letter from an Unknown Woman"
《一個英國鴉片吸食者的自白》	《一個鴉片吸食者的懺悔錄》 / 《一個癮君子的自白》	*Confessions of an English Opium Eater*
《天方夜譚》	《一千零一夜》 / 《一千零一夜的故事》	*One Thousand and One Nights*
《幸福王子》	《快樂王子》	*The Happy Prince*
《約翰·克里斯多夫》	《約翰·克利斯朵夫》	*Jean-Christophe*
《格里佛遊記》	《格列佛遊記》	*Gulliver's Travels*
《格登堡聖經》	《古騰堡聖經》	*Gutenberg Bible*

文中寫法	通譯	外文原名
《堂吉訶德》	《魔俠傳》/ 《吉訶德先生傳》	*Don Quijote de la Mancha*
《復仇神號航程及作戰史》	《納米昔斯號航程及作戰史》	*Narrative of the Voyages and Services of the Nemesis*
《奧特蘭托蘭古堡》	《奧特蘭托堡》	*The Castle of Otranto*
《獄中記》	《深淵書簡》/ 《出自深淵》	*De Profundis*
《蘇茜黃的世界》	《蘇絲黃的世界》	*The World of Suzie Wong*